옮긴이

김기택

성균관대학교 대학원 법학 석사. 대학시절 다이빙 사고로 경추를 다쳐 지체 1급 장애를 입게 되었다. 국립재활원 강사로서 서울지역 초·중·고등학교 학생들을 대상으로 하는 '장애 이해 및 후천적 장애 발생 예방 교육' 수업을 진행하고 있다. 장애인 활동지원사 교육 기관에서 '사회활동 지원'에 대한 강의를 담당하고 있다.

김민정

이화여대 국문학과, 서울대 행정대학원 석사. 2011년 희귀 질환인 시신경 척수염 발병으로 시각과 지체의 중복·중증·중도 장애를 갖게 되었다. 지금은 작은 출판사를 꾸리며 글 쓰고 그림을 그린다. 좋은 사람들 사이에서 꿈을 가지고 즐겁게 살고 있다.

김헌용

한국외국어대학교 통번역대학원 한영과 번역전공 석사. 중학교 영어 교사로 일하며 장애 관련 칼럼을 여러 편 기고했다. 《영어 점자 규정집》을 번역하고, 〈유엔 장애인권리협약(CRPD) 제너럴 코멘트〉를 감수했다. 우리동작장애인자립생활센터에서 10년째 중증장애인 번역가 양성 과정에 강사 및 운영위원으로 참여하고 있다.

박환수

삼육재활학교에서 초중고를 졸업하고, 숭실대학교에서 국문학을 전공했다. 선천적 중증뇌성마비장애인으로 필담이나 휴대폰 메모로 다른 사람들과 이야기를 한다. 이 책의 저자 리 리들리와 유사한 장애를 가지고 있어서 공감하며 재미있게 번역에 참여했다. 장애에 관한 책을 계속해서 번역하겠다는 꿈이 있다.

현지수

공주대학교에서 특수교육과 영어교육을 전공했다. 조산아로 태어나 인큐베이터 치료 중 사고로 시각장애를 갖게 되었다. 현재 서울시 구청 소속 사회복지 공무원으로 질병 등으로 근로가 어려운 저소득층에게 생계 및 의료비를 지원하는 사업을 담당하고 있다.

감수 최유정

한국외국어대학교 통번역대학원 한불과 국제회의 통역 석사. 자음과 모음에서 출판한 《도쿄산보》를 번역했다. 사람과 고래를 좋아하고 음악과 만화, 여행을 즐긴다. 세계 여러 나라를 떠돌며 만난 사람들의 이야기를 언젠가 책으로 펴내고 싶어 독립출판사 피아바나나를 시작했다. 인스타그램 @fihavanana_books

LOST VO

ICE GUY

리 리들리의 말은 시차를 두고 전달된다. 그의 말을 음성으로 들려주는 '토커'에 한 글자 한 글자 입력을 마치면 비로소 말이 소리 위에 올라타기 때문이다. 청자는 인내심을 가져야 하고, 오디오가 비는 시간의 어색함을 견뎌야 한다. 이렇게 시차를 넘어 도달하는 그의 말을 들은 사람들은, 그의 재치있고 날카로우면서도 풍요로운 세계를 알았으므로 그를 그냥 내버려 둘 수 없었을 것이다. 리들리는 이렇게 자신의 말을 기꺼이 듣고자 했던 가족, 친구, 학교 선생님, 코미디 업계 동료 관계자와 함께 자신만의 길을 나섰고, 순발력과 타이밍이 핵심인 스탠드업 코미디의 세계에서 가장 유명한 사람이 되었다.

"다른 사람과 의사소통 하기 위해 몸부림쳤던" 소년이 어느 날 말로 사람들을 들었다 놓았다 하는 무대 위에 서게 되는 이 이야기는 영웅적이면서 한편으로는 사소하고, (조금 지저분하지만) 엄청나게 웃기며, 중요한 사회비평적 메시지로 가득하다. 구어체로 쓰인 이 책을 읽는 독자는 그의 '진짜' 목소리를 들을 수 없지만, '목소리를 잃어버린' 그가 실은 장애가 있는 많은 사람의 목소리가 되었음을, 이 기막힌 이야기를 전달할 유일한 목소리를 가졌음을 곧 깨닫게 될 것이다.

- 김원영(《실격당한 자들을 위한 변론》 저자, 변호사)

일곱 살 때 저는 교통사고를 당해 식물인간이
된 적이 있습니다. 반년 만에 깨어나 TV를 켰
을 때 처음 나온 프로그램은 〈개그 콘서트〉였
어요. 운명처럼 〈개그 콘서트〉에 푹 빠져 지
내며 '나도 사람들에게 웃음과 감동을 선물
하는 사람이 되고 싶다'는 꿈을 품게 되었습
니다. 그렇게 개그맨의 꿈을 키우다가 2018년
에 드디어 스탠드업 코미디에 도전하기로 했어요. 난생 처음 무대에 서는 거라 어떤 식으로
공연을 해야 할지 고민하고 있을 때, 함께하는
동료가 로스트 보이스 가이 영상을 보여 주었
습니다. 영상을 보고 저는 정말 깜~짝 놀랐습
니다. 자막은 없고 영어뿐이라서…

다시 자막 달린 영상으로 로스트 보이스 가이의 공연을 보았고 자신의
일상 이야기를 코미디로 풀어내는 모습을 보며 웃기도 많이 웃고 영감도
많이 얻었습니다. '나도 이분처럼 내 이야기를 코미디로 풀어야겠다'라
고 결심한 후 제가 경험했던 장애 이야기를 스탠드업 코미디에 녹여내기
시작했고, 지금은 '뻔장코(뻔뻔한 장애인 코미디언)'라는 타이틀로 활동하
고 있습니다.

이 책이 한국어로 나와서 기분이 엄청 좋습니다. 저는 지
금도 영어를 못하거든요… 영어를 잘하든 못하든 많은 분
들이 이 책을 읽어주셨으면 좋겠습니다. 장애인이 나와서
코미디를 한다고 하면 불편하게 보는 사람들이 대부분인
지금 여기에, 로스트 보이스 가이와 저 뻔장코의 개그는
엄숙근엄진지 사회를 예방하는 필수 백신입니다. 독자 여
러분은 잠시 선입견과 편견을 치워두고 웃을 준비를 해주
세요!

- 한기명(스탠드업 코미디언)

I'M ONLY IN IT FOR THE PARKING

리 리들리 지음

로스트
보이스
가이

김기택 김민정 김현용 박환수 현지수 옮김 • 최유정 감수

책덕

친애하는 한국 독자분들, 안녕하세요. 이 책을 읽어주셔서 고맙습니다. 전 세계에 제 팬이 있다니 정말 행복해요. 여러분에게 웃음과 재미를 드릴 수 있어서 진심으로 기쁘답니다. 지금 이 순간 이 글을 쓰고 있다는 사실 자체가 엄청나게 감동적이에요. 스탠드업 코미디를 처음 시작할 때의 저는 지구 반대편에도 저를 좋아해줄 사람이 생길 거라고 전혀 꿈도 꾸지 못했거든요. 저의 꿈을 현실로 만들어준 여러분에게 정말 감사해요.

그럼, 다들 이 책을 신나게 즐겨주세요. 장애인을 보고 맘껏 웃으시라고요. 하지만 다들 명심하세요. 돈은 내셔야 한다는 거!

그럼, 다들 잘 지내세요!

세상의 바보들에게 웃으며 화낼 수 있는 진정한 코미디언

저는 재능 많은 사람들을 구경하는 것을 좋아합니다. 2018년 여름 어느 날, 여러 나라의 오디션 영상을 찾아보다 제 눈을 사로잡은 사람이 있었습니다. 어색한 걸음걸이로 무대 위에 올라와 특이한 음성으로 스탠드업 코미디를 하는 모습이 너무 웃기고 재치 있어서 곧바로 저의 연인에게 공유했습니다. 이 공연을 정말 재밌게 볼 것…, 아니, 들을 것 같았거든요.

2018년 당당하게 〈브리튼스 갓 탤런트〉에서 우승을 차지하고 단숨에 세계에서 가장 유명한 말 못 하는 남자가 된 사람, 장애를 바라보는 우스꽝스러운 시선을 비틀어 도리어 사람들을 웃기는 스탠드업 코미디언! 영상 속 주인공은 바로 이 책의 저자인 리 리들리였습니다. 목소리가 없으면 뭐 어떤가요. 리는 '로스트 보이스 가이'라는 별명에 자신이 말을 못 한다는 사실을 노골적으로 새겨 놓고는 당돌하게 메시지를 던집니다. "나 말 못 해. 그래도 할 말은 많아."

다소 반골 기질을 지닌 저는 그 삐딱한 매력에 반할 수 밖에 없었습니다. 이후 리 리들리의 덕후가 되어 열심히 영상과 관련 기사를 찾아보았어요. 2019년, 그의 삶과 코미디를 주제로 한 책이 세상에 나왔을 때는 꼭 번역을 해서 한국에 알리겠다는 결심까지 했습니다.

이 책은 출간과 동시에 전 세계 독자들의 마음을 사로잡…을 정도의 대성공을 거두지는 않았어요. 저 같은 몇몇 매니아의 눈에 띄었을 뿐이죠. 하지만 그걸로 충분했습니다. 한국어판이 나오면 열렬히 환영해 줄 사람이 최소한 몇 명은 있을 거라고 확신했거든요. 그 중 한 명은 앞서 소개한 제 연인 헌용이었습니다.

저희는 번역, 음악, 여행, 술 등 공통의 관심사를 함께 즐기며 사랑에 눈이 멀게 되었습니다. 문제가 있다면 헌용은 사랑에만 눈이 먼 게 아니라 물리적으로도 눈이 안 보인다는 점이었죠. 리 리들리식으로 별명을 붙이자면 로스트 아이즈^{eyes} 가이라고 할 수 있죠.

스탠드업 코미디는 눈이 보이지 않더라도 귀만 잘 들리면 즐길 수 있어요. 게다가 로스트 보이스 가이의 공연은 특이한 음성과 재치있는 말장난이 일품이기 때문에 안 보이는 건 헌용에게 전혀 문제가 되지 않죠(다행히 귀는 잘 들립니다). 장애 당사자인 헌용은 살아오면서 직접 겪은 일들을 떠올리며 로스트 보이스 가이가 하는 말에 진심으로 공감했습니다. 헌용을 만나며 여러 불편한 시선을 겪어온 저 또한 사람들의 편견을 통쾌하게 비꼬는 로스트 보이스 가이의 농담이 참 좋았어요.

이 책에 공감할 수 있는 번역가들과 함께 책을 번역하면 좋겠다는 생각에 우리동작장애인자립생활센터(이하 '우리동작')의 번역가 양성 프로그램에 손을 내밀었습니다. 우리동작은 장애인 커뮤니티에선 꽤나 유명한 곳으로 그 당시 7년째 중증장애인 번역가 양성 프로그램을 운영하고 있었거든요. 2020년, 우리는 번역 팀을 꾸리고 긴 여정을 시작했습니다.

한편, 저는 번역이 끝난 후 출판까지 함께 할 동지를 찾기 시작했습니다. 번역 출판 기획서를 만들었지만 아무 출판사에나 보내고 싶지는 않았고, 스탠드업 코미디가 한국에서 널리 알려진 장르도 아니었기 때문에 더 막막했습니다. 게다가 장애에 대한 편견을 소재로 하는 코미디라는, 솔직히 '마이너한' 이야기에 진심으로 공감하고 소통하며 책을 만들어줄 사람을 찾고 싶었습니다.

여러 부침 끝에 아무래도 '우리 손으로 직접 펴낼 수밖에 없겠다'라는 생각으로 '피아바나나'라는 1인 출판사를 등록한 후, 어떻게 책을 만들지 공부하기 시작했습니다. 그러던 와중에 《이것도 출판이라고》라는 책을 발견했어요. 그리고 여성 코미디언에 빠져 직접 출판을 시작한 저자의 용기와 당당함에 빠져버렸습니다. 찾아보니 책의 저자는 출판사 책덕의 김민희 대표님이었습니다.

이렇게 이 책을 함께 만들어 갈 팀이 완성되었습니다. 피아바나나는 프로젝트를 전체적으로 기획해 사람들을 연결하는 역할을 하고, 우리동작에서는 번역가들을 지원하며 책을 알리는 역할을 맡고, 책덕은 실질적인 출판의 과정을 이끌어가는 역할을 맡기로 했습니다. 다양한 사람이 모인 만큼 저희들의 풍성한 뒷이야기들이 이 책을 뒷받침하고 있다는 생각이 듭니다.

이 책에는 장애를 바라보는 사회의 편견과 고정관념을 뒤집는 신선한 농담들이 가득합니다. 우리 사회는 아직 장애의 '장' 자만 나와도 엄숙해지곤 합니다. 그런데 장애는 정말 진지하게만 다뤄야 할까요? 제가 헌용과의 연애 경험을 통해 깨닫게 된 것은 진지하게 군다고 해서 세상 모든 사람이 진심으로 마음을 열고 장애를 바라보지 않는다는 사실입니다.

장애인과 비장애인의 연애 과정에서 많은 편견에 부딪혀야만 했습니다. 맞서 싸운 적도 있습니다. 그런데 이제는 그 편견을 한 발 떨어져서 바라볼 정도의 여유가 생겼습니다. 움베르트 에코의 말처럼 세상의 바보들에게 웃으면서 화내는 법을 터득했달까요. 어차피 비웃음을 살 거, 사람들에게 맘껏 비웃으라고 무대 위에 서 주는 리 리들리의 여유 있는 마음을 여러분과 나누고 싶어 이 책을 만들었습니다. 저도, 여러분도, 로스트 보이스 가이를 닮은 마음으로 웃으며 살아가면 좋겠습니다. 웃음은 함께 웃는 사람이 곁에 있을 때 더 커지니까요.

이 책을 출간하는 과정에서 우리나라에도 다양한 모습의 로스트 보이스 가이가 있다는 사실을 알게 되었습니다. 각자의 자리에서 고유한 모습으로 사람들에게 웃음을 주고 있는 분들에게도 이 책을 바칩니다. 마지막으로 〈브리튼스 갓 탤런트〉에서 심사위원 사이먼 코웰이 남긴 심사평을 여러분에게 전하겠습니다.

"세상에는 당신 같은 사람이 더 많이 필요해요!"

2022년 10월,
최유정

포스트

보이스

가이

훌륭하고 멋진 우리 가족
엄마 아빠(재닛과 데이비드)
여동생과 매제(니콜라와 조너선)
사랑스러운 조카 샬럿에게
이 책을 바칩니다.

가족의 응원과 사랑이 없었다면
지금껏 굉장한 모험을 할 수 없었을 테고,
이 책도 나오지 못 했을 겁니다.

그나저나 책 몇 군데에서
민망한 이야기의 주인공으로
여러분이 종종 등장할 예정인데요,
미리 사과할게요.

존재해 주어서
온 마음을 다해 고맙습니다.

차례

일러두기

· 이 책에 나오는 모든 각주는 번역, 감수, 편집을 하는 과정에서 붙였습니다.
· 드라마, 영화, TV 프로그램, 노래, 잡지 이름은 〈〉로, 책 제목은 《》로 묶었습니다.

목소리를 잃어버린 남자,
로스트 보이스 가이를 소개합니다!

당연한 소리지만 '로스트 보이스 가이'가 제 진짜 이름은 아닙니다. 우리 엄마 아빠가 출생신고서에 그런 이름을 적을 만큼 못된 분들은 절대 아니었…, 사실은 사회복지부에서 친절한 공무원이 집에 오면 꼭 이렇게 대답하라고 시켰어요. 아, 방금 한 말 다 농담인 거 알죠? 혹시라도 사회복지부에서 역사적인 아동학대 사건을 조사하겠다고 진짜 출동할지도 모르잖아요. 근데 1990년에 걸었던 신고 전화에는 왜 아직도 아무 답변이 없는 걸까요?

로스트 보이스 가이는 사람들 눈에 띄고 싶어서 지은 예명이에요. 현실적으로 열 명도 넘는 코미디언이 나오는 방송에서 다른 뜬금없는 이름보다는 '목소리를 잃은 남자, 로스트 보이스 가이'가 훨씬 기억하기 쉽지 않나요? 그렇고 말고요. 그렇긴 한데, '노 보이스 보이', '말 없는 남자', '목소리 없는 그놈'이나 아니면 '가수 오디션 〈엑스펙터〉 우승자'[1] 같은 호칭으로 불러도 대답하긴 해요.

저는 장애에 관해 아예 까놓고 드러내야겠다고 생각했기 때문에 예명을 쓰고 있어요. 무대에 섰을 때, 저의 장애가 누구나 알아차리고도 모르는 척하는 '방 안의 코끼리'가 되는 것은 싫거든요. 불편한 존재가 되거나 제가 준비한 개그에 사람들이 집중을 못하게 되는 것도 싫었고요. 관객들이 웃어야 할지 말아야 할지 헷갈려 하거나 어색해하는 모습을 보는 건 딱 질색이에요. 스스로 로스트 보이스 가이라고 소개하면서 솔직하게 모든 것을 드러내고 이렇게 말하는 거죠. "그래, 이게 바로 나야. 맞아, 나 장애인이야. 이름 보면 몰라?"

제가 장애 개그를 불편해하지 않는다는 사실을 관객들이 바로 알아차려 줬으면 좋겠어요(제 티셔츠의 문구[2]도

---

1 〈브리튼스 갓 탤런트〉 우승 후 리 리들리가 자신이 과거에 〈엑스펙터〉 오디션에 참가해 웨스트라이프의 〈I believe I can fly〉를 부르고 "제 목소리가 너무 단조로운가요?'라고 물었는데 심사위원들이 웃는 기색도 없이 떨어뜨렸다는 일화를 밝힌 적이 있다.
2 〈브리튼스 갓 탤런트〉의 첫 오디션에서 리 리들리는 이 책의 원서 제목이기도 한 "I'm only in it for the parking(주차 편하게 하려고 휠체어 그림 티셔츠 입었어요)"이라는 문구가 있는 옷을 입고 등장했다.

그런 장치인 셈이죠). 저처럼 여러분도 편해지기를 바랍니다. 제가 프릭쇼[3]를 하자고 무대에 서는 게 아니잖아요? 누구의 동정도 바라지 않아요. 그저 함께 웃으며 즐기기 위해 무대에 설 뿐이죠. 이게 제가 평소 장애에 대한 속사포 개그로 무대를 시작하는 이유이기도 해요. 이렇게 편안하게 시작해야 관객들을 웃게 만드는 제 본업에 집중할 수 있거든요.

그러니까 제 본명은 리이고, 세간에 장애라는 게 유명해지기 전부터 이미 장애인이었답니다.

태어날 때부터 이랬던 건 아니에요. 생후 6개월까지는 아주 우람한 사내아이였어요. 그러던 어느 날 입안에 염증이 생기더니 몸 상태가 나빠졌어요. 엄마 말씀에 따르면 며칠 사이 상태가 악화되어 고열이 계속되었고 구내염 때문에 제대로 먹지도 못했다고 합니다. 얼마나 위급한 상태였는지 상상할 수 있겠죠? 상태는 더욱 더 나빠져서 경련이 시작됐고 결국 병원에 입원해야 했어요. 며칠 동안 뇌 영상 촬영을 포함해서 여러 검사를 받았는데 종양이 있을지 모른다는 결과가 나왔어요. 그때 이미 저는 혼수상태였죠. 의사가 아니어도 이게 좋은 징조가 아니라는 짐작은 다들 하겠죠? 추가 검사를 하니 뇌염이 발병한 상태였어요.

---

3 기형적 외모의 사람들을 구경거리로 삼던 일종의 서커스.

결과적으로 치료는 잘 됐지만 뇌졸중 후유증[4]으로 몸의 오른쪽이 약해졌습니다. (아, 지금 상태도 크게 다르진 않아요.) 오른쪽이 왼쪽보다 약하다 보니 미국 드라마 〈워킹 데드〉에 나오는 좀비처럼 움직이게 되었죠. 다들 당연하게 하는 일도 할 수 없게 된 거예요. 일직선으로 걷는 거요? 시도는 해봤죠. 수도 없이. 그런데 똑바로 걸으려고 하면 할수록 걸음걸이가 더 기우뚱거렸어요. 클럽 문 앞에서 하나도 안 취했으니 입장시켜 달라고 사정할 때를 생각해 보세요. 누가 속아넘어가겠어요? 한번은 진탕 마시면 똑바로 걸을 수 있을까 해서 제대로 술을 퍼마셔 본 적이 있는데, 결국 방광염만 걸렸어요. 이렇게 술을 퍼마시는 날에는 알코올 중독 치료 모임 12단계 회복 프로그램에 참가하는 것도 생각해 봤어요. 그렇지만 발을 헛디디지 않고 회복의 계단 12개를 하나, 하나 밟고 올라갈 수 있을지 걱정되더군요. 말장난이 쉬질 않죠?

맞아요, 계단도 아주 큰 난관입니다(영국 드라마 〈닥터 후〉에 나오는 로봇 '달렉'과 저의 수많은 공통점 중 하나죠). 난간이 있으면 모를까(있다면 왼쪽이 더 좋겠죠?) 오르내릴 때 붙잡을 만한 물건이나 사람이 있지 않은 한, 계단은 도저히 어떻게 할 수가 없어요. 에스컬레이터가 완전히

---

4 혈관염에 의한 뇌허혈 혹은 뇌출혈로 인해 반신마비, 숨뇌마비 등의 뇌졸중 증상이 발생하기도 한다.

접근 불가인 것은 말할 필요도 없죠. 가만히 있는 계단으로도 못 다니는데, 움직이는 계단 앞에서는 완전 망하는 거죠. 겁 없던 어린 시절에는 에스컬레이터 꼭대기에 서서 가뜩이나 후들거리는 다리를 에스컬레이터가 움직이는 리듬에 맞춰 보려던 적은 있어요. 15분 후, 깨끗이 포기하고 엘리베이터를 찾아 나섰죠.

먼 거리를 걸으면 무조건 녹초가 됩니다. 항상 이렇게 안 좋았던 건 아니에요. 어렸을 때는 꽤 멀리까지도 걸을 수 있었는데, 시간이 흐르면서 점점 더 나빠졌어요. 아마 이제 나이깨나 먹은 아저씨가 됐기 때문이겠죠. 정확히 말하자면 서른여덟 살 먹은 '아재'죠. 요즘에는 50미터 이상 가야 하면 휠체어나 전동 스쿠터나 택시에 몸을 맡깁니다. 그래도 걸을 수 있을 때는 가급적 걷는 걸 좋아해요. 도움이 조금 필요하지만 고집스레 걸으려고 애를 쓰죠. 지금껏 휘청거리는 이 다리가 그럭저럭 저를 잘 지탱해 줬으니 저도 이 녀석을 쉽게 놓아주진 않으려고요.

몸의 다른 일반적인 움직임들도 상당히 제한적이에요. 몸을 굽혀 바닥에서 물건을 집는 것도 힘들고(그래서 마트에서 쇼핑을 할 수가 없어요), 손을 뻗어 높은 선반에서 물건을 꺼내는 일에도 젬병입니다(그래서 성인 잡지를 못 사요). 모든 물건이 제 눈높이에 맞게 진열된 곳에서만 제대로 쇼핑할 수 있죠.

그러니까, 이게 바로 제 몸이에요.

저는 말할 때 의사소통 보조 장치를 사용해요. 요즘엔 아이패드 앱을 쓰는데, 그동안 모양과 크기가 다양한 온갖 장치를 다 써봤어요(점점 작아지는 추세라 다행이죠). 만일 그걸 다 보관했다면 박물관을 열고도 남았을 거예요.

한 살 이전에 발병했기 때문에 저는 뇌성마비로 분류됩니다. 어렸을 때는 저에게 무슨 일이 일어난 것인지 아무런 설명도 듣지 못 했어요. 구글이 없던 시절이니 의사 선생님도 제대로 설명을 할 수 없었나 봅니다. 당연하지만, 다시는 말을 할 수 없다는 사실을 알았을 때, 전 정말 말문이 막혀버렸죠.

긍정적으로 보자면, 이렇게 로스트 보이스 가이가 탄생한 거예요!

LOST VOICE GUY

영국 상류층
성인 남성
그레이엄

1

그사이 많은 일이 있었어요. 장애인 주차 배지를 단 조디[5] 촌놈이었던 제가, 전국으로 방영되는 〈브리튼스 갓 탤런트〉에 출연해 우승 가능성에 악영향을 주지 않을 정도로만 진행자 사이먼 코웰[6]을 약 올리는 법을 깨우치기까지 꽤 오랜 시간이 흘렀습니다. 그러고 보니 정말 한 세월은 된 것 같군요. 이 책에는 제 고향 뉴캐슬의 강산이 여러 번 바뀌는 동안 언제, 어디서, 무슨 일이, 어떻게, 심지어는 왜(이쯤에서 '와!'하는 효과음 등장) 일어났는지 그 기록을 담았어요. 이야기를 본격적으로 시작하기에 앞서 제가 쓰는 음성 앱을 살짝 소개

---

5 영국 북동부 뉴캐슬어폰타인 지역에 사는 사는 사람들을 일컫는 말이자 뉴캐슬 지역에서 쓰는 방언을 뜻하기도 한다.
6 영국의 TV, 음악 프로듀서. 〈아메리칸 아이돌〉, 〈엑스팩터〉, 〈브리튼스 갓 탤런트〉 등 오디션 프로그램 심사위원으로 잘 알려져 있다.

할게요.

평생을 뉴캐슬에서 살아왔는데도, 왜 그런지 아직도 조디 사투리를 쓸 줄 몰라요. 아, 혹시 저의 독특한 억양이 어디 말투인지 생각해내려고 애쓰고 있나요? 제가 쓰는 의사소통 보조 장치, 토커talker는 바로 전자제품 매장 PC월드 출신이랍니다. 왜 하필 고급진 상류층 억양을 선택해서 쓰고 있냐고 많은 사람이 궁금해하더군요. 솔직히 이 목소리는 BBC4 라디오 해상일기예보에나 안성맞춤이잖아요. 실은 선택의 여지가 별로 없었답니다. 몇 안 되는 쓸 만한 목소리 중에서 고르고 골라 결국 선택해서 쓰고 있는 것이 영국인 성인 남성 그레이엄의 목소리예요. 그외 다른 옵션은 이렇습니다.

영국 여성 목소리: 화요일 밤, 섹시한 분위기를 연출하고 싶을 때 사용해요.

남자아이 목소리: 이건 약간 소오름!

여자아이 목소리: 더 소름이지만 스팸 전화를 물리칠 때 사용하면 딱입니다.

미국 남성 목소리: 이 목소리로 미국 영웅 행세를 하는 건 꽤 재밌는데, 트럼프 때문에 망했어요. 미국인이 되기에 좋은 시기는 아니잖아요?

아랍 남성 목소리: 이 목소리를 사용하고 싶어 근질근질하지만 그랬다간 인종차별주의자가 될지도 몰라요. 기계에 있으니까 쓰는 것도 내 맘이라고 할 수 있지만, 저 같은 영국 백인 남성이 이런 변명으로 슬쩍 넘어갈 수 있을 것 같진 않거든요. 다른 문화를 잘 알지도 못하면서 자신의 것인 양 무단으로 쓴다고 지적할 게 분명해요. 대체 왜 쓰면 안 되는 건지 아직도 제대

로 이해가 가진 않지만요.

호주 남성 목소리: 호주의 장수 드라마 〈네이버스^{Neighbours}〉에서 배역을 따는 날 쓰려고 아껴뒀어요. 아주 어릴 때부터 그 드라마에 출연하는 게 꿈이었거든요.

할아버지 목소리: 남자애, 여자애 목소리와는 전혀 다른 이유로 소름 끼치죠. 이 목소리로 "사탕 줄게, 할아버지랑 갈까?"라는 말은 절대 못 한다고만 해두죠. 듣는 순간 다들 움찔할 거예요.

행복한 남자 목소리: 뉴캐슬 축구 팀이 승리했을 때 써요.

슬픈 남자 목소리: 뉴캐슬 축구 팀이 졌을 때 써요. 이걸 쓸 때가 훨씬 많죠.

남성 힙합퍼 목소리: 백인이고 힙하게 무대를 누빌 수도 없고 '스웨그'도 없어서 감당이 안 됩니다.

요다 목소리: 맞아요, 〈스타워즈〉의 요다가 될 수도 있어요. 재미 삼아 가끔 써요.

엘리자베스 2세 국왕 목소리: 신묘하게도 저는 여왕의 목소리를 낼 수 있답니다. 정말 이상하죠?

마지막 두 목소리는 왜 있는지 모르겠습니다. 이런 목소리가 있다는 걸 알기 전까진 요다나 여왕님 목소리를 쓸 필요를 전혀 느끼지 못 했는데, 이제 선택권이 있다고 하니까 희한하게도 가끔씩 나도 모르게 쓰고 싶어지는 거 있죠? 여러분이 저라도 분명 그럴 거예요. 어쨌든 성인 남성 목소리로는 점잖은 그레이엄이 최선이었어요. BBC 어린이 방송 〈재카노리〉에서 동화를 한 편 읽어줘야 할 것 같은 목소리이긴 하지만요… 나중에 스탠드업 코미디 분야에서 한물가면 거기 가서 일이나 할까 봐요.

제가 그레이엄의 목소리로 생각하냐고요? 그건 아니에요. 놀랄 일은 아니죠. 다른 사람들도 실제로 말하는 목소리와 자기 귀에 들리는 목소리가 똑같지는 않으니까요. 이걸 꼭 말로 해야 아나요? 저는 오죽하겠어요. 제가 쓰는 그레이엄의 목소리와 제 실제 목소리, 그 둘은 한참 다르죠. 아직 제가 쓰는 토커에는 사투리가 없지만 머릿속 목소리는 〈브리튼스 갓 탤런트〉의 인기 듀오 '앤트와 덱[7]'만큼이나 조디 촌놈 사투리를 쓰고 있어요. 저는 MTV 리얼리티쇼 〈조디 쇼어 Geordie Shore〉 출연자들 못지않게 뉴캐슬 토종이거든요. 물론 그 사람들만큼 만취 상태는 아니지만요. 네네, 겉보기에는 별반 차이 없어 보이죠. 어쨌든 제가 '꺼져 get lost'라고 쓸 때, 진짜 하고 싶은 말은 '끄지랑께 haddaway'입니다. 집에 가는 길이라면 '가븐다잉 gannin' hyem'라고 하겠죠. '그래요 Yes'라고 말할 때는 분명 '아따, 그라제 Why aye, man!'라고 하고 있는 겁니다. 비록 사투리 억양은 못 쓰지만 조디 출신이라는 것이 자랑스럽습니다.

진짜 중요한 건 이 책을 읽을 때 여러분이 어떤 목소리를 떠올리느냐는 겁니다. 영국인 성인 남성 그레이엄

---

7   코미디언이자 진행자 겸 래퍼인 앤서니 맥퍼틀린과 데클런 도넬리로 이루어진 듀오. 두 사람 모두 리처럼 뉴캐슬어폰타인 출신이다.

의 목소리가 들리나요? 아니면 조디 출신 가수 '스팅'
이 영국 상류층처럼 말씨를 바꾸기 전 구사하던 찰진
조디 사투리로 들리나요? 또는 여러분 자신의 목소리
나 완전 다른 목소리로 읽히나요? 아님 엘리자베스 2
세 국왕이나 요다의 목소리?

　잠깐 이런 생각을 하다 보면 여러분도 골치가 아플 텐
데요, 토커로 조디 사투리를 쓸 수 있게 되는 게 과연
좋기만 할지 저 역시 확신은 없습니다. 많은 사람에게
스티븐 호킹의 토커 음성이 그를 떠올리게 하는 특징
이 된 것처럼 영국인 성인 남성 그레이엄의 목소리도
장애 개그 티셔츠, 얼굴 표정과 함께 제가 구사하는 유
머 코드의 일부가 되었으니까요. 지금 쓰는 고급스러
운 귀족 말투 덕분에 농담이 더 빛을 발하거든요. 특히
욕을 하거나 〈그레이의 50가지 그림자〉를 낭독할 때
요.

　그러니까 제가 토커의 기본 음성을 싫어했다는 말은
아니에요. 오히려 좋아하는 쪽이죠. 비록 다른 장애인
수천 명이 같은 목소리를 사용하긴 하겠지만요(대신 한
방에 모두 모이면 안 되겠죠. 그럼 진짜 난리법석일 겁니다). 살
면서 몇 번 토커 목소리를 바꾸기도 해 봤지만 지금의
목소리를 가장 오랫동안 써왔기 때문에 이젠 이게 제
목소리라고 생각하게 되었어요. 여덟 살 때 처음 사용

했던 목소리가 어땠는지 생각만 해도 아찔합니다. 그 당시 기술을 감안하면 1980년대 저예산 SF영화에 나옴직한 소리였을 거예요. 하지만 고맙게도 기술이 발전한 덕분에 제 목소리도 같이 발전할 수 있었습니다. 휴, 다행이죠? 이젠 그레이엄에 정착해서 다신 목소리를 바꿀 일이 없을 듯합니다.

원한다면 조디 사투리를 쓰는 것도 기술적으로는 가능합니다. 사투리로 말할 때 나오는 다양한 억양을 녹음할 조디 출신 한 명과 이걸 다 모아서 컴퓨터에 마법을 걸어줄 기술자만 있다면요. 단순하게 설명하자면 그렇다는 건데 실제로는 쉽지 않겠죠.[8] 대충 이해되시죠?

꼭 조디 사투리만 쓰라는 법 있나요. 섹시한 아일랜드 훈남이나 매력적이고 다부진 스코틀랜드 박력남 목소리도 있고… 리버풀 말투도 있겠죠. 흠, 리버풀은 좀 아닌 거 같네요. 생각해보면 저는 좋아하는 사람 누구의 목소리라도 쓸 수 있습니다. 보통 사람들은 자신의 목소리를 선택할 수 없잖아요. 만일 선택할 수만 있다면 데이비드 베컴은 아마 자기 목소리를 동굴 저음으로 바꾸고 싶겠죠. 다음 목록은 저에게 선택권이 있다면 고르고 싶은 목소리들입니다. 베컴, 우리 정보 공유

---

8 2022년 1월 리들리는 조디 사투리 구사자 여러 명과 전문가들의 도움으로 드디어 조디 사투리로 말할 수 있게 되었다.

해요.

- 배우 브라이언 블레시드
- 배우이자 감독 모건 프리먼
- 딸바보 리암 니슨(뭐 지금은 좀 별로이긴 해요.)
- 새뮤얼 L. 잭슨
- 조지 클루니
- 호머 심슨
- 윌 스미스
- 〈엑스팩터〉 내레이션 성우
- 코미디언 레지날드 D. 헌터

참고로 이 책을 쓰고 있는 지금 머릿속에서는 어떤 목소리가 들리냐면…

머릿속엔 조디 사투리

조금 이상하지만 이렇게 온전히 글로만 의사소통하는 것이 꽤 즐겁습니다. 제가 스탠드업 코미디를 좋아하는 이유는 사람들이 자기 자리에서 꼼짝 못 하고 앉아서 제 말에 끼어들지도 못 하고 귀를 기울여야 하기 때문인데요(결혼을 앞둔 신부가 한쪽 구석에서 들러리 친구들을 모아 놓고 왁자지껄 시끄럽게 떠드는 게 아니라면 말이죠). 무대에 설 때면 늘 '드디어 사람들이 내 말을 들으려 하는구나', 라는 느낌을 받습니다. 이 책도 여러분이 중간에 제 말에 끼어들 수 없고 저의 생각을 완성해서 전달한다는 점에서 스탠드업 코미디와 같습니다. 게다가 여러분이 집에서 이 책을 읽다 말고 옆에 던져 놓고 나가더라도 스탠드업 코미디 공연을 하는 작은 술집에서 재미없어 하는 관객을 직접 눈으로 보는 것보다는 낫거든요.

어찌 보면 그레이엄의 목소리를 거치지 않고 여러분과 이렇게 책을 통해 대화할 수 있다는 것은 정말 멋진 일입니다. 저야 일상에서 진짜 제 목소리를 매일 듣지만 아마 여러분은 절대 들을 일이 없을 거잖아요. 그런데 지금 이 글은 바로 그 목소리로 쓰고 있어요. 그렇게 한 페이지, 한 페이지마다 온갖 생각을 여러분에게 전달할 수 있습니다. 실제 상황에서 이런 일은 거의 불가능해요. 떠오른 생각을 토커에 입력하는 데 시간이 걸리니까요. 제가 말을 하고 싶다 해도 말할 기회를 잡을 새도 없이 그 순간이 지나가 버릴 때가 많아요. 좋게 보면 그 시차 덕분에 수많은 논쟁이나 육탄전에 휘말리는 것을 확실히 피할 수 있긴 합니다. 힘들게 입력할 필요도 없죠. 게다가 버럭 화내고 싶어도 토커의 목소리는 그렇게 들리지도 않잖아요. 그레이엄 선생의 목소리는 매우 차분하니까요.

가장 힘든 때는 저마다 할 말 많은 사람들이 모이는 때입니다. 작은 모임을 할 때는 그나마 대화의 틈을 포착하고 말할 기회를 잡을 수 있어요. 말할 준비를 하는 것도 좀 더 쉽고요. 하지만 큰 모임에서는 거의 불가능하죠.

할 말이 있는데 못 하면 진짜 답답하고 화가 나요. 물론 이럴 때 대처 방법이 있긴 합니다. 예를 들어, 화제가 바뀌기 전에 말을 하려면 많은 양을 입력할 여유가 없으니까 짧은 문장을 쓰곤 해요. 때론 손짓과 표정으로 의사소통을 하기도 하죠. 한번 상상해 보세요. 대화에 끼어들 때 할 말을 일일이 토커로 입력하는 게 빠르겠어요, 아니면 손짓이나 표정이 더 빠르겠어요? 말 대신 몸짓으로 뭔가를 표현하고 싶을 때는 손을 한 번 튕기면 모두가 입을 다무는 규칙이라도 있으면 좋겠어요. 너무 독재자 같으려나?

다른 사람 보고 저 대신 말하라고 한 적도 많아요. 그 점은 반성합니다. 길게 볼 때 도움이 되지 않는 나쁜 습관이니 비슷한 상황에 처한 분들이라면 이러지 말라고 당부하고 싶습니다. 타인과 의사소통하는 방법을 잘 배우지 못 하면 친구를 사귀거나 직장을 잘 다닐 수 없으니까요. 그래도 가끔은 다른 사람을 통해 말하는 것이 더 빠르고 쉬울 때도 있긴 해요. 지금은 대화를 잘 관찰하고 있다가 언제 대화에 낄 수 있는지 터득하게 되었답니다.

대화에 낄 기회가 있을 때 수년간 제 의사표현을 도와준 기기들은 '터치 토커 Touch Talker'나 '라이트라이터 Lightwriter'처럼 다양한 형태와 크기, 여러 가지 이름의 제품이었습니다. 이 책을 쓰기 시작할 때를 기준으로 아무런 광고 계약도 맺지 않았기 때문에, 굳이 상표명은 언급하지 않고 그냥 간단히 '토커'라고 부르겠습니다. 혹시라도 애플에서 이 글을 읽고 연락을 준다면 기꺼이 나의 '완전 쩌는 아이패드 토커'라고 부를겁니다!

토커와는 항상 각별한 사이였어요. 이젠 토커가 제 몸의 일부가 되다시피 했죠. 가지고 다닐 때도 그 존재를 의식하지 못 할 정도니까 마치 여분의 팔이 하나 더 달랑달랑 달린 것 같다고 할까요? 토커에게 '키트'라고 이름도 붙여 줬답니다. 80년대 추억의 미드 〈전격 Z 작전〉에서 주인공 못지 않게 큰 인기를 누린 '말하는' 인공지능 자동차 키트 K.I.T.T.에서 따온 건데, 이유는 알 만하죠? 사람들과 의사소통이 안 되면 옴짝달싹 못 하고 곤경에 빠지니까 토커 없이는 아무 데도 안 가요. 잘 작동할 땐 좋지만 고장 나면 쓰레기가 따로 없으니까 애증의 관계죠.

다른 기기도 그렇지만 토커도 가끔 일을 개판으로 합

니다. 마치 자기와 함께하는 게 얼마나 큰 행운인지 명심하고 더 고마워하라고 일깨워 주기라도 하려는 것처럼요. 특히나 별안간 예고도 없이 잘 고장 나곤 하는데, 그러면 더 악몽입니다. 일단 고장이 나면 무조건 토커를 껐다가 다시 켜 보는데, 얼마간은 잘 먹히는 방법이에요. 이게 최선책이죠. 이게 안 먹히면 차선책으로 넘어갑니다. '멘붕'하는 거죠.

갑자기 목소리가 안 나와서 의사소통을 할 수 없다고 상상해보세요. 특별한 이유도 없고 언제까지일지도 모른 채 말이죠. 토커가 일하기 싫다고 고장 날 때마다 이런 일을 겪어요. '나는 진짜 목소리가 없는 사람이구나.' 하는 자각이 들 때마다 울컥합니다. 그때의 기분은 몇 번을 겪어도 절대 익숙해지지 않더라고요. 게다가 토커는 금방 고칠 수도 없거든요. 사기꾼이 득실거리는 뒷골목 사설 수리점에 불쑥 들어가서 20파운드를 주고 고쳐달라고 할 수 없다는 거죠. 전문가에게 수리를 맡기면 최소 일주일 정도는 목소리 없이 살아야 해요.

몇 년 동안 이런 일을 몸소 겪으며 단단히 대비해야겠다고 마음먹었습니다. 이 망할 토커 새퀴(…)가 상당히 비싸거든요. 그래도 주로 쓰는 토커가 맛이 갈 때를 대비해서 비상용을 하나 더 준비해 둡니다. 저야 운이 좋아서 이게 가능하지만 모두가 다 그런 건 아니라는 점이 문제예요. 그래서 토커 가격이 너무 비싸지 않으면 좋겠어요. 물론, 집에 대체품을 준비해 놓아도 주로 쓰는 토커를 갖고 나와서 돌아다니다 망가뜨리거나 배터리가 소진되면 별 도움이 되지 않습니다. (어휴, 이럴 땐 두 손 두 발 다 듭니다. 이런 일이 생기지 않도록 제가 더 잘해야죠.)

이런 곤란한 상황 중에 가장 기억에 남는 건 친구들과 클럽에 가서 여자들한테 작업을 걸 때였죠. 갑자기 토커가 먹통이 된 거에요. 말문이 막혔죠. 제겐 두 가지 선택권이 있었어요. 하나는 저를 이해해주길 바라며 손짓, 몸짓을 하는 것. '몸으로 말해요' 게임으로 헌팅을 성공해본 적은 지금까지 한 번도 없거니와 최초로 시도해 볼 만한 타이밍도 아니었죠. 그래서 결국 두 번째 옵션으로 휴대폰에 문자를 입력하고 한 사람씩 차례대로 보여줬습니다. 전혀 놀랍지 않게도… 씨알도 안 먹혔습니다. 그날 밤 운이 좋았냐고요? 그럴 리가요, 한 명도 못 꼬셨어요. 차라리 잘된 일이었을지도 몰라요. 잠자리 음담패설을 손짓으로 표현하는 법은 모르니까요. 흠, 많이는 모릅니다!

스스로 기계를 좀 다루는 사람이라고 생각하는데도 토커에 익숙해지기까지 시간이 좀 걸렸어요. 지난 몇 년 동안 다섯 개의 토커를 거쳤는데, 새 휴대폰이 나올 때마다 사용법을 잘 몰라서 여자 친구 대신 할머니에게 야한 문자를 보내게 되는 상황과 비슷한 일들을 겪는다고 보면 돼요. 저 같은 경우는 할머니 귀에 대고 '너 정말 섹시해 보여'라고 속삭이기도 했죠.

토커 음량 조절은 저에게 어려운 일이에요. 그래서 가끔은 아주 사적인 대화를 다 들리게 하고(기차 여행할 때 특히 그래요) 정작 중요한 말은 소곤대게 되더라고요. 토커 설정 메뉴에 속삭임 모드가 생기면 좋겠습니다.

그래도 토커는 대체로 완벽하게 작동합니다. 음식을 먹다 부스러기를 그렇게 흘리는 데도 잘 견디죠. 저는 항상 뭘 떨구거나 음료를 쏟거든요. 토커가 아직까지 저를 위해 일해준다는 사실이 놀라울 정도입니다. 제가 토커였으면 아마 아주 오래 전에 저랑은 인연을 끊고 훨씬 더 잘해주는 사람을 찾아 나섰을 테니까요.

모든 관계의 문제는 양쪽 모두에게 잘못이 있다는 거예요. 심지어 뉴캐슬과 구단주 마이크 애슐리의 관계도 그렇죠. 매일 베갯머리에서 하는 불평을 생각해보면(저는 토커와 한 침대를 쓰거든요. 마이크 애슐리랑 자는 건 당연히 아니고요.) 발음 문제가 가장 중요합니다.

저기… 뭐라고요?

토커는 발음이 좋을 때가 있고 그렇지 않을 때가 있

는데요. 그러다 보니 가끔 짜증 나는 상황에 처하곤 합니다. 그 단적인 예는 '라자냐'를 제대로 발음하지 못하는 겁니다. 하필이면 가장 좋아하는 음식이 라자냐인데 말이죠. 네, 배부른 고민인 거 알아요. 그렇지만 이탈리아 식당에 갈 때마다 웨이터가 토커의 발음을 알아듣지 못해 쩔쩔매느라 주문하는 데만 30분이 걸린단 말이죠. 결국 토커를 사용하는 대신 메뉴를 가리켜서 이 문제를 해결하곤 합니다. 언어 장벽을 극복하는 전통적인 영국식 해법이니까요(큰소리를 내지 못 하는 저 같은 사람한테는 특히). 주문에 성공하긴 하지만, 티라미수를 디저트로 주문할 엄두는 못 낸답니다.

문자를 입력할 때 머릿속에 떠오르는 생각과 토커에서 나오는 말 사이의 온도 차 때문에 당황스러울 때가 있는데, 몇 년 전 음반판매점 HMV에서 미국 래퍼 제이지Jay-Z의 새 앨범을 사려고 했을 때가 특히 그랬습니다. 일단 거기만 가면 아무리 기를 써도 도대체가 뭘 찾을 수가 없어요. 그래서 최근 HMV가 최악의 불황을 겪게 된 것 같기도 합니다. 어쨌든 제이지의 새 앨범을 찾느라 시간을 한참 허비하고는 결국 계산대에 가서 어디에 있는지 물어보는 게 더 쉽겠다고 생각했어요. 마침 그날 매력적인 젊은 여성이 계산대에 있길래 고민할 것도 없이 그분에게 가서 물었습니다. 저도 한낱 인간이니까요. 최근에 머리를 세게 부딪혀서 그런지 왠지 모르게 우리가 제이지를 좋아하는 공통의 마음으로 연결되어 있고 결혼해서 오래오래 행복하게 살 거라는 상상까지 했습니다.

돌이켜보니 그 직원에게 말을 건 것은 큰 실수였어요. 미래의 아내에게 제이지의 새 앨범이 어디에 있는지 물어봤어야 하는데. 토커가 제이지를 영국식으로 제이제드^Jay-Zed라고 발음해버렸거든요. 그 직원이 웃음을 참으려 애쓰는 걸 보자 제 얼굴은 새빨개졌죠(도널드 트럼프 지지자가 아닌 이상, 상점이든 어디서든 장애인을 비웃는 모습은 썩 보기 좋은 장면이 아닌데요). 'Jay-zi(제이지이)'라고 친 다음 '제이지'와 최대한 비슷하게 발음해서 실수를 만회하려 했는데, 상황은 이미 끝나버린 후였어요. 어찌되었건 결국 제이지 앨범은 찾았지만, 그 여자분의 번호는 얻지 못 했고 다시는 그 가게 근처에도 못 갔습니다. 토커가 '카니예 웨스트[9]'를 어떻게 발음하는지는 묻지도 마세요.

어떤 때는 토커가 단어를 정확하게 발음하기는 하는데, 그 단어가 좀 요상하게 들릴 때가 있습니다. 여러분이 사용하는 내비게이션이 어떤 장소를 제대로 못 찾을 때 어쨌든 잘하려고 용쓰는 것처럼 말이죠. 대표적

---

9 Kanye West, 래퍼이자 제이지의 프로듀서. 이름의 실제 발음은 '칸예이'에 가까운데, 2021년 자신의 활동명을 평소 동료들에게 불리던 애칭 '예Ye'로 바꿨다.

인 예가 '위타빅스[10]' 와 '히포'입니다. 만약 여러분이 길에서 저를 만나면, 이 단어들을 말해보라고 시켜보세요. 발음이 엄청 웃기거든요. 제 친구들은 이미 이런 문제적 단어를 발음할 때 엄청 웃기다는 걸 알고 기회만 되면 말해달라고 조릅니다.

"아침 뭐 먹었어?"
"수작 부리지 마, 안 넘어가."
"그냥 뭐 먹었는지 궁금해서 그래!"
"아니잖아, 인마…."
"에이, 한 번만 말해 봐!"
"싫어!"
"아, 쫌!"
"싫다고!"
"제이지 콘서트 티케팅 안 도와준다?"
"알았어! 위이트-에이-빅스 먹었다!"

이렇게 위타빅스의 a를 너~무 정확하게 발음해버려요. 친구들은 그 순간 바닥에 쓰러져 머리를 흔들며 폭소합니다. 매번 그래요. 가끔 짓궂게 토커를 뺏어서 직접 문자를 치기도 해요. 제 친구들이지만 가끔 보면 정말 돌아이들 같다니까요….

10   호주, 뉴질랜드의 국민 시리얼.

너무 자주 묻는 질문들: TFAQ

친구들의 궁금증을 기꺼이 해소해 주는 것과 완전 처음 보는 사람의 무례한 질문에 마지못해 답하는 것은 물론 전혀 별개의 일입니다. 장애인으로 살다보면 어이없는 질문을 참 많이 받는데요. 어떤 사람들은 생전 처음 만난 사람이어도 장애인이면 궁금한 건 뭐든 물어봐도 된다고 여기나봐요. 아니면 저에 대해, 혹은 장애에 대해 알 권리가 있어서 어떤 말을 해도 무례하지 않을 거라는 확신이라도 있나 봅니다. 이런 사람들은 깜빡이도 안 켜고 훅 들어와요.

그런 질문을 받는 상황이 괜찮을 때도 있어요. 호의적으로 다가온다면 상황을 잘 몰라서 그랬다는 것을 기본적으로 금세 알 수 있어요. 하지만 사람들이 그저 순진하게 상황을 오해해서 그러는 게 아닐 때는 바로 알아챌 수밖에 없습니다. 장애인답게 네 주제를 알라는 듯이 가르치려는 상대방의 의도가 느껴질 정도로 엄청 무례한 경우가 있거든요.

여러분이 기본적으로 옳은 일을 하고 싶은데 단지 그 방법을 모르는 사람(사실 대부분이 그렇죠), 또는 다크웹에서나 쓰는 말들은 입에 담지 못 할 사람이라고 가정하고, 그런 여러분을 위해 평생 다시는 듣고 싶지 않은 질문들을 상세히 다뤄볼까 합니다. 일종의 장애인과 비장애인 모두를 위한 공공 서비스랄까요. 인류의 행복에 이바지하는 지속적이고 지대한 공헌이 될 수도 있습니다. 뭐, 감사 인사는 넣어 두세요.

좀 과하게 말하는 것일 수도 있겠지만 개인적으로는 단 한 사람이라도 이 글을 읽고 다음에 장애인을 만날 때 '너무 자주 묻는 질문들^{Too Frequently Asked Questions}'을 하지 않으면 좋겠어요. 그러면 이 책을 쓰고 있는 제 시간이 헛되지 않을 겁니다. 지금 당장 여러분이 상대의 심정을 헤아리기로 마음먹고 '이 질문은 하지 말자'하고 다짐한 대상이 바로 저였다면 저도 좀 보람을 느끼지 않겠어요?

무슨 말인지 더 이해하기 쉽게 말씀드릴게요. 사람들은 '뇌성마비와 함께 지내는 건 좀 어떠냐'고들 물어요. 뇌성마비가 꼭 제 붙박이 동거인이기라도 한 것처럼요. 어쩌면 뇌성마비가 수많은 동거인 후보 중 하나고, 그중에서 제가 직접 선택했다고 생각하는지도 모르죠. "척추 이분증? 얘는 외모가 별로야. 근이영양증? 이름이 마음에 들긴 하는데, 아냐, 아무래도 내 타입은 아닌 것 같아." 뭐, 이런 식으로요.

솔직히 제게도 그런 형편없는 룸메이트들이 있었죠. 시끄럽고 지저분하고 심지어 축구 팀마저도 선덜랜드를 응원하는 녀석들 말입니다. 룸메이트라면 걔들을 쫓아 내든 내가 나가 살든 하겠지만, 그런 자유의지와 선택권은 평생 같이 사는 장애에는 해당이 안 되거든요.

"그래서 장애인으로 사는 건 어떤 느낌인가요?"

대부분의 인생을 장애를 지닌 채로 살아온 저로서는 차이점을 모르니 황당한 질문입니다. 여러분 자신이 되는 건 어떤 느낌이냐고 물으면 대답하기 어려운 것처럼 말이죠. 제가 여러분에게 몸이 건강한 건 어떤 느낌이냐고 묻는다면(일단 여러분이 건강한 사람이라고 치고요) 뭐라고 답할 건가요?

아마 '이런 느낌인데…. 그냥 원래 이런 느낌이지. 나로 사는 거.'라고 하겠죠. 또는 여자로 사는 건 어떤 느낌이냐고 물으면 어떻게 대답할까요? '음, 이런 느낌인데….'

별 도움이 되지 않는 이런 대답을 하겠죠. 하지만 그게 여러분이 알고 있는 전부일 겁니다.

그런데도 위의 질문에 꼭 대답을 해야 한다면, 장애란 바로 골칫거리라고 말해야 할 것 같습니다. 엉덩이, 다리, 등…. 여기저기가 다 말썽이죠. 뇌성마비한테 이제 내 몸에서 방을 빼고 썩 꺼지라고 해야 할 때가 온 걸 까요?

다른 사람이 장애에 대해 말을 꺼내기 전까지 사실 장애에 대해 깊이 생각해보지 않았습니다. 저에게 장애란 그저 당연한 거니까요. 사실 아주 어렸을 땐 제가 남과 다르다는 사실도 몰랐던 걸요. 어린 아이들이란 천진무구하니까요. 사랑스러운 아이들은 뭔가를 함부로 평가하지 않고 그저 자신의 삶을 살아갈 뿐이지요. 유치원에서 저는 여느 아이들과 똑같이 지냈습니다.

제가 좀 다르다는 걸 느끼기 시작한 것은 좀 더 나이가 들어서였습니다. 다행히 그때까지 사랑하는 가족들 덕에 행복하게 잘 지냈기에 장애가 있다는 게 그리 대단한 일은 아니었어요. 어린 시절 내내 장애인 학교에 다녔는데 자아를 형성하고 나름 자신감 넘치는 태도를 갖는 데 좋은 영향을 받았다고 생각합니다. 비슷한 장애를 가진 아이들과 함께 자랐고 그래서 뇌성마비라는 장애가 특별히 문제되지 않았습니다. 그냥 행복하게 잘 지냈어요.

이렇게 말했지만 사실 장애 때문에 곤란할 때도 있어요. 여러분이 생각하는 이유 때문은 아닐 겁니다. 저는 말하지 못 하는 것에 익숙합니다. 우스꽝스럽게 걷는 것에도 익숙합니다. 제가 귀도 멀고 눈도 어둡다고 마음대로 생각하고는 모든 것을 다 적어주거나 아무 이유 없이 저한테 큰 소리로 외치는 사람들에게도 익숙합니다. 뭔가 제대로 착각하고 저를 그런 식으로 대할 땐 올바르게 지적을 해줘야 할지도 몰라요. 그래야 장애인과 대화할 때 어떻게 대처해야 할지 배울 테니까요. 하지만 보통 아무 말도 해주지 않습니다. 왠지 상황이 너무 어색하기도 하고 이미 어색한데 더 어색해지는 건 싫어서요.

장애 여부와 상관없이 모든 사람을 기계적으로 평등하게 대해야 한다고 생각하는 사람이 여전히 많다는 사실이 놀랍긴 합니다. 그런 점에서 저는 정말 불합리하고 바라는 게 많은 사람으로 치부되고 있지만, 보통 저는 사람들이 실수해도 탓하진 않습니다. 대부분 사람들은 일부러 그러는 게 아니라 그저 생각이 짧을 뿐입니다. 깊이 생각해보지 못 한 거예요. 그런 사람들은 아직 장애를 잘 이해하지 못하는 우리 사회의 일부인 거죠. 개개인의 태도가 바뀌려면 사회가 먼저 바뀌어야 합니다.

많은 것이 변하고 있긴 합니다. 우리가 원하는 만큼 빠르지 않을 뿐이죠. 20년 전만 해도 호텔 객실을 장애인이 접근하기 쉽게 만들거나 장애인 고객이 이용하기 편하게 매장을 장애 친화적으로 만드는 걸 고민한 사람은 거의 없었습니다. 10년 전만 해도 패럴림픽은 올림픽에 곁다리로 따라오는 행사일 뿐이었습니다. 어렸을 때 텔레비전에서나 신문에서 장애인 스포츠를 다룬 것을 본 기억도 별로 없어요.

이제 와 돌아보니 자라면서 긍정적 역할 모델이 부족했던 것이 저한테 생각보다 많은 영향을 미친 것 같아요. 밝은 미래를 꿈꾸지 못 했고 아마 부모님도 마찬가지였을 겁니다. 장애인은 그저 컴컴한 뒷방에 웅크린 채 살아야 하고 주류 사회로 진입하는 일은 허용되지 않아야 한다는 사회 분위기 때문에요. 장애인은 '장애'라는 꼬리표를 붙인 채 오직 사회가 허용하는 방식으로만 존재할 수 있었던 겁니다. 저는 야망이나 꿈을 가져선 안 되고, 가진 것에 감지덕지해야 하며, 그 이상을 바라면 낯 두껍고 무책임한 사람이 된다고 생각했습니다.

모든 게 분리되어 있었습니다. 저는 장애인이라 별도의 특수학교에 다녔고 별도의 전담 의사가 있었습니다. 소위 '정상'이라고 불리는 아이들과 진정한 의미에서 통합될 기회가 거의 없었습니다. 물론 지난 10년 동안 눈부신 발전이 있었습니다. 하지만 뒷걸음친 면도 있죠. 나름대로 발전은 했지만 아직도 갈 길이 멀다는 뜻입니다.

우리 가족과
고향 조디 친구들

2

저는 잉글랜드 북동부 콘세트의 쇼틀리 브리지에서 나고 자랐습니다. 지역을 엄밀히 따지자면 진정한 뉴캐슬 출신 조디는 아니지만 코딱지만 한 쇼틀리 브리지가 어디에 붙어 있는지 설명하기가 귀찮아서 그냥 뉴캐슬 출신이라고 말하곤 합니다. 우리 가족은 쇼틀리 브리지 병원 쪽에 살았는데 어린 시절 꽤 많은 시간을 병원에서 보내야 했기 때문에 굉장히 편했습니다.

그 병원 응급실 구조를 아직도 기억할 수 있는 걸 보면 얼마나 자주 그곳에 들락거렸는지 알 만하죠. 대부분 머리가 깨진 채였어요. 애들이 다 그렇죠, 뭐. 쉴 새 없이 뛰어다니며 신나게 노니까요. 잘 달리지 못하는 저도 다르지 않았습니다. 제 경우는 다른 아이들처럼 꼿꼿하게 서지 못 하는데, 거기에 더해 반사 신경까지 없다 보니 넘어지는 걸 피하기 위해 손을 뻗지도 못 했죠. 아차 하는 사이에 바로 머리 부상을 입곤 했어요.

그때 생겨서 아직까지 남아있는 오래된 상처도 있습니다. 제 머리 자체가 흉터 스크랩북인 셈이죠. 지금도 그 상처들을 어떻게 입게 되었는지 대부분 기억하고 있어요. 이런 이야기는 친목 모임에서 딱딱한 분위기를 부드럽게 바꾸고 싶을 때 써먹기 좋거든요. 어쩌면 전 어디에나 걸려 넘어지는 재주가 있는지도 몰라요. 특히 가벼운 바람에도 잘 넘어가죠. 말 그대로 아무것도 없는데 넘어진 경우는 이루 헤아릴 수 없을 정도로 많아요. 몸이 꼬장이라도 부리듯이 '잠시 수직 대신 수평으로 기대 있어야겠어'라며 막무가내로 구는 듯해요. 슈퍼히어로의 능력이 그렇듯이, 제 능력도 참 곤란하고 당혹스럽습니다. 그러니 제 머리에 난 상처에 대해 절대 묻지 마세요. 그랬다간 밤새도록 길고 긴 사연을 들어야 할 겁니다. 좋게 생각하자면, 이런 흉터에 끌리는 여자분들도 많다고 하니까 아플 만한 가치가 있었다고 치죠.

쇼틀리 브리지에 있던 우리 집 뒤로 널따란 정원이 있고 그 끝에 숲이 있었던 것도 수많은 상처에 일조했을 겁니다. 근처에 사는 친구들이 별로 없어서 숲 탐험을 좋아했거든요. 그곳은 상상력을 펼치고 맘껏 뛰놀아도 되는 장소였죠. 어린아이의 마음이란 참 놀라워요. 숲속 모든 생명체가 저와 대화할 수 있다고 상상했고, 실제로 놀라운 이야기를 나누기도 했습니다. 여러분도 고슴도치 아저씨가 절 골탕 먹이기 위해 했던 짓을 못 믿을걸요? 그런데 이상하게도 정작 나뭇가지에 걸려 넘어져 옴짝달싹 못 하는 상황에 처하면 숲속에 있던 그 모든 것들이 다 입을 꾹 다물어 버리더군요.

그때는 토커도 없던 시절이었고 수어로 '도와줘!'라고 말해봤자 필요한 도움을 받을 수 없었죠. 다행히 집에서 키우던 개 '벤'과 '몹'이 냄새를 맡고 저를 찾아내 위험을 알리곤 했습니다. 실제로 우리 집이 이사한 가장 큰 이유는 제가 숲에서 영영 길을 잃고 동물들에게 길러져서 정글의 '장애인 모글리'가 되는 걸 막기 위해서였던 것 같습니다.

그 후 뉴캐슬 남쪽에 있는 더럼 주 메덤슬리로 이사해서 지금까지 살고 있습니다. 아빠가 손수 지은 집이었죠. 당연히 혼자 힘으로만 한 건 아니고 소소한 도움은 좀 받았지만 대부분의 작업을 혼자 해냈어요. 아빠는 항상 뭔가 일 벌이는 걸 좋아하는 분이었는데 저라는 일 다음에는 집짓기가 새롭게 벌인 일이었죠. 실제로 우리 집을 다 지은 후에 아빠는 다른 집 두 채를 더 지었답니다. 뭐든 척척 만드는 아빠를 둔 덕분에 제가 그 덕을 톡톡히 봤죠.

아빠와 초콜릿 공장

기억나는 어린 시절의 또 다른 자랑거리는 아빠가 은퇴할 때까지 쭉 마스^{MARS}에서 일했던 겁니다. 화성 말고 초콜릿 회사 마스요(뭐 둘 다 끝내주게 좋지만요). 저는 언제나 소설가 로알드 달의 열렬한 팬이었고, 거의 모든 책을 아직도 가지고 있는데요. 가장 좋아하는 작품이 《찰리와 초콜릿 공장》이랍니다. 이 책은 제 성장담이나 다름없어요. 집 안을 누비고 다니는 오렌지색 얼굴의 움파룸파족은 없지만(그중 하나가 미국 대통령이 되었다는 소문이…[11]) 초콜릿은 무한 공급됐으니까요. 그야말로 집 안을 가득 채울 정도였습니다.

아빠는 우리 지역 영업 담당자라서 상점에 초콜릿을 진열하러 다녔고 남는 초콜릿을 항상 집에 가져왔어요. 아이들이라면 누구나 다 좋아할 일이죠(아빠, 배신감 느끼실까 봐 말 못 했지만, 솔직히 저는 경쟁사 '캐드버리' 초콜릿을 더 좋아했어요). 친구들은 초콜릿 동굴 같은 우리 집을 탐험하기 위해 얼씨구나 하고 몰려왔습니다. 학교

---

11 원고 집필 시기 기준 당시 미국 제45대 대통령 도널드 트럼프(2017-2021년 재임)를 암시한다.

에서 인기 있는 아이가 되기 위해 초콜릿을 이용했죠. 거의 모든 아이에게 초콜릿을 뇌물로 줬습니다. 어떤 아이는 심지어 축구 경기에서 자책골을 넣어 우리 팀이 우승할 수 있게 해줬어요. 초콜릿 한 봉지를 찔러주기로 약속했거든요. 아마 그 녀석 지금쯤은 잉글랜드 축구협회 같은 데서 한자리하고 있지 않을까요?

제가 생각하는 진짜 우리 집은 늘 메덤슬리에 있는 집이었어요. 쇼틀리 브리지에서 태어났지만 너무 어렸기 때문에 거기서 일어났던 일은 별로 기억나는 게 없거든요. 크리스마스나 생일, 넘어져서 머리가 깨진 일 같이 굵직한 사건은 기억할 수 있지만 어린 시절의 기억 대부분은 메덤슬리에서의 장면이에요.

부모님은 장애인 아들을 두었다고 해서 집을 저에게 맞춰 따로 개조하진 않았습니다. 그냥 평범한 집에서 살았어요. 그땐 그럭저럭 괜찮았는데 지금 같으면 계단 때문에 애를 좀 먹을 것 같아요. 아마도 나이를 먹은 탓이겠죠.

메덤슬리의 집에도 큰 정원이 있었습니다. 양쪽 끝에 골대를 만들어 미니 축구장을 만들 정도는 됐죠. 그 시절 가장 멋진 기억은 따뜻한 여름날 정원 잔디 위에서 할아버지와 함께 축구를 했던 겁니다. 같이 놀 사람이 없을 때도 저는 나가서 저를 상대로 혼자 축구를 했습니다. 상상의 나래를 또 맘껏 펼치면서요.

메덤슬리는 무척 조용한 마을이라 전 알아서 놀 거리를 찾아야 했습니다. 일주일에 한 번 교회 강당에서 열리는 청소년부 모임을 제외하면, 진짜로 할 일이 거의 없었어요. 게다가 막상 청소년부 모임에 가서 수많은 아이들과 사귀는 것도 숫기 없는 성격 때문에 힘들었죠. 장애로 인한 낮은 자존감이 저를 심하게 움츠러들게 했습니다. 당시에 아빠는 제가 가지고 놀 수 있게 집에 미니카 레이싱 트랙을 설치해 준다고 약속했는데… 지금까지 30년째 기다리고 있답니다.

이미 외톨이인 마당에 조용한 마을에서 살려고 하니 퍽 힘들었습니다. 대학 졸업 후 메덤슬리에 거의 머물지 않았던 것도 바로 이 때문입니다. 메덤슬리는 아름다운 곳이지만 이미 도시 생활을 맛본 저에게는 너무 무료했어요.

저는 어렸을 때 사람만큼이나 개와 가깝게 지냈고, 그래서인지 지금도 개를 좋아합니다. 우리 가족은 항상 개를 키웠죠. 첫 개가 벤과 몹이었고, 그다음은 도널드와 필립, 그 후에는 조지와 함께 살았습니다. 궁금하실 것 같아 말씀드리자면 개들의 이름은 신상 정보 노출 방지를 위해 가명으로 썼습니다(제 인터넷 비밀번호도 보호해야 해서…). 개들이 잔뜩 흥분해 달려들어 저를 쓰러뜨리곤 했지만 전 집에서 개를 키우는 게 정말 좋았습니다. 말을 못 한다는 공통점 때문인지 우린 엄청 잘 통했거든요! 게다가 우리 개들은 제가 좀 다르다는 것을 알고 저에게 더 신경을 써주었어요. 개들의 행동에서 그걸 충분히 느낄 수 있었습니다. 어떤 이유든 간에 외로울 때 개들과 함께라서 좋았습니다.

메덤슬리에서 자라면서 기억에 남은 또 다른 추억은 눈이 엄청나게 쌓이던 겨울에 관한 거예요. 메덤슬리에는 오뉴월에도 눈이 내린다는 북동부의 농담이 흔할 정도입니다. 장애인인 제가 해마다 그렇게 엄청난 눈을 감당하는 건 완전 악몽이었죠. 눈이 쏟아지면 평소보다 집에 더 콕 틀어박혀 있어야 했습니다. 13센티미터 가까이 쌓인 눈 속을 걸어 다니는 것은 무리였으니까요. 좋게 보자면, 학창 시절 내내 눈이 정말이지 자주 왔고, 그런 날씨가 딱히 거슬리지 않았다는 겁니다. 학교에 처박혀 수학 문제를 푸느니, 차라리 집구석에서 '풋볼 매니저' 게임을 하는 게 낫죠.

동생과 늘 사이가 좋았던 것도 고마운 일입니다. 자라면서 한 번도 싸운 적이 없거든요. 방학 때 위층 침대에서 자던 동생이 제 쪽으로 갑자기 왈칵 토했을 때도 안 싸웠어요. 항상 가까웠고 지금까지도 친하게 지내고 있죠. 동생과 매제 조너선이 최근에 저를 삼촌으로 만들어 주었답니다. 저는 조카를 아주 예뻐하는데 조카를 볼 때마다 동생이 새록새록 떠올라요. 동생도 훌륭한 엄마가 되겠죠, 우리에게 엄마가 그랬던 것처럼요. 말 안 해도 짐작하겠지만 여태껏 조카를 안아보지 못 했어요…. 안다가 떨어뜨릴까 봐 무섭거든요. 복지부에서 출동하면 뭐라고 설명하겠어요?

 저보다 네 살 어린 동생은 저를 그냥 평범한 오빠라고만 생각했던 것 같아요. 태어났을 때부터 오빠에게 이미 장애가 있었으니 동생에게는 익숙하고 당연한 모습이었던거죠. 물론 저 때문에 힘들었다고 해도 절대 내색하지는 않았을 거예요. 동생은 늘 소심하고 말수가 적었거든요. 여느 오빠들처럼 저도 동생을 돌봐야 할 책임을 느꼈어요. 물론 실제로는 동생이 저를 돌봐주었죠. 그 애는 제가 집에 데려올 친구가 별로 없다는 걸 알고 가능한 한 언제나 저와 함께 놀아주었습니다. 그 말은 주로 동생의 인형을 함께 갖고 놀거나 '웬디의 집' 놀이터에 가 놀아야 했다는 뜻이지만 뭐, 저는 괜찮았어요.

 엄마와 아빠도 저의 장애에 꽤 잘 대처했습니다. 적어도 제 앞에선 티를 내지 않았는데, 살면서 부모님이 겪었을 일을 생각하면 끔찍합니다. 장애가 있는 자식을 키우기가 쉽지 않은 상황에서 우리 부모님은 최선을 다했다고 믿고 있습니다. 어렸을 때, 부모님은 저를 앉혀 놓고 '넌 다른 사람들처럼 말할 수 없을 거다'라고 말했어요. 그 말을 듣고 제가 엄청 특별하다고 생각했는데, 알고 보니 뉴캐슬에서 태어난 조디 아이들은 모두 그 말을 들으며 자라더라고요.

물론 부모님은 저를 키우느라 많은 희생을 감수했습니다. 엄마는 종일 저를 돌보느라 간호사 일을 그만두었죠. 아빠는 혼자 가족을 부양해야 했지만 다행히 괜찮았던 것 같아요. 사실 아빠는 병원에 가거나 피를 보는 걸 별로 좋아하지 않았는데, 제가 어렸을 때 이 두 가지 상황을 꽤 많이 겪어야 했거든요. 그래서 차라리 일이 더 하고 싶었는지도 몰라요. 아빠가 가족의 일을 나 몰라라 한 건 아니었길 바랍니다. 실은 엄마와 아빠는 저를 돌보는 일을 늘 분담했습니다. 제가 등교 준비로 바쁘면, 한 분은 아침 식사를 치우고 다른 한 분은 제 이를 닦느라 고생했죠. '고생'이라고 한 이유는 제 이를 닦아주는 일이 힘들기로 악명이 높았기 때문입니다. 저는 (초콜릿이 들어갈 때만 빼고는) 입을 닫아버리기 일쑤였어요. 부모님은 아마 아침마다 그 힘든 일을 서로 미루려고 가위바위보라도 했을 겁니다.

이토록 저를 사랑하는 부모님이었지만 제가 독립해서 집을 나간다는 소식에는 내심 기뻤던 것 같아요. 함께

사는 동안에는 할 수 없던 모든 일을 할 수 있게 되었으니까요. 계단 많은 식당에 가거나 장애 아동을 소재로 한 영화를 보며 죄책감 없이 펑펑 우는 일 같은 거요.

리들리 가족의 크리스마스는 재밌는 날입니다. 대가족이 모두 모여 시끌벅적하게 저녁을 먹기 때문이기도 하지만 부모님이 매번 이상하고 부적절한 선물을 준비하거든요. 열 살 때 아빠의 선물은 무전기였어요. 제가 무전에 응답을 하지 않자 아빠는 골을 냈죠. 몇 년 후엔, 말하는 곰돌이 '테디 럭스핀' 인형을 사 주셨어요. 왜 그, 혼자 말도 하고 이야기도 들려주는 인형 있잖아요. 진짜 열 받았죠. 하, 그런데요…. 올해는 아빠가 노래방 기계를 선물로 준비한 것 같아요.

오스카 수상자는 바로…

부모님이 준 숱한 선물 가운데 최고의 선물은 장애 때문에 못 할 거라 여겼던 신체 활동에 도전하는 자신감이었습니다. 부모님의 응원 덕분에 자라면서 다양한 스포츠를 접했어요. 그나저나 생각해보니 부모님은 제가 장애인이니까 무조건 패럴림픽에 출전할 수 있을 거라고 생각했을 가능성이 크네요. 어떤 운동을 잘하는지 찾아보고 싶었던 거죠. 뭐든 한 종목이라도.

여섯 살 무렵엔 여름휴가 내내 주말마다 엄마가 저를 승마장에 데리고 다녔던 기억이 납니다. 지금 '할 만하겠는데?'라고 생각했죠? 말 위에 앉아만 있으면 힘든 건 말이 다 하고 당연히 저는 말 위에 편안하게 앉아 있고? 그러면 식은 죽 먹기였겠죠. 엄마는 그곳이 장애인 전용 승마 클럽이니까 알아서 잘해줄 거라고 믿은 것 같아요. 하지만 첫 수업에 가자마자 우리 생각만큼 모든 게 호락호락하게 흘러가지만은 않으리란 걸 깨달았답니다.

첫날에는 마구간에 가서 제가 타게 될 말을 소개받았습니다. '오스카'라는 이름의 말이었는데 아름답고 섬세하고 강인해 보였죠. 딱 하나 아주 작은 문제가 있었습니다. 오스카의 눈이 하나뿐이었어요! 여기가 장애인을 위한 승마 클럽이기만 한 줄 알았는데 말들도 장애마였던 겁니다. 이 얼마나 포용적인 승마 클럽인지!

마구간의 다른 말들을 둘러봤습니다. 한쪽 귀가 없는 말, 다리가 세 개뿐인 말, 아니면 정신 건강 상태가 안 좋은 말도 있을 거라 기대하면서요(눈으로 봐서 알아차릴 수 없는 장애도 장애인 건 말들 역시 마찬가지니까요). 하지만 놀랍게도 다른 아이들의 말은 모두 장애가 없었습니다. 오스카만 달랐죠. 승마 클럽에서 뇌성마비 소년이 오는 걸 보고 '저 아이만으론 장애가 좀 부족하군'

이라고 생각했나 봅니다.

 물론 엄마와 저는 아무 말도 하지 않았습니다. 나 자신도 뒤뚱뒤뚱 걸으면서 말이 그런다고 불평을 할 수는 없었으니까요. 게다가 오스카의 마음을 상하게 하고 싶진 않았습니다. 결국 오스카와 저는 곱빼기가 된 장애에 동지애를 느끼며 이후 6주 동안 좋은 짝이 되었습니다. 오히려 서로에게 더 끈끈한 애정을 갖게 된 거죠. 하지만 이 파트너십은 시작부터 불운했습니다. 우리가 절대 함께 패럴림픽에 출전할 수 없는 슬픈 운명이라는 것을 직감했으니까요. 저는 오스카한테 어디로 가자고 말을 할 수가 없었고, 오스카는 오스카대로 자기가 어디로 가고 있는지 눈앞이 깜깜하니 당최 알수가 없었죠. 여기에다 우리를 안내해 줄 청각장애인한 명만 더 있었으면 이번 판 장애 빙고 게임은 우리가이기는 건데.

 승마가 뜻대로 되지 않자 부모님은 무슨 운동이든 시켜야 한다는 절박한 심정으로 다른 아이디어를 냈습니다. 우리 부모님이 볼링이라든지, 뭔가 간단한 운동을 떠올렸을 거라고 생각했나요? 정말이지 절대 아닙니다. 여러분은 진짜 우리 부모님을 너무 몰라요. 두 분은 제가 스키를 좋아할 거라 생각하셨죠. 네, 바로 제가요! 부모님은 평평하고 잘 마른 땅도 제대로 못 걷는 장애인 아들이 스키를 탈 수 있는지 보려고 눈산을 오르게 한 겁니다. 그러고는 스키를 배우라고 어디로 데려갔게요? 아름다운 풍광이 있는 콜로라도? 숨 막히게 아름다운 경치를 자랑하는 프랑스 알프스? 아니요, 부모님은 가장 최악의 기후를 고르셨습니다. 바로 습하디 습하고 춥디 추운 겨울의 스코틀랜드!

이쯤에서 부모님 변호를 좀 해야겠네요. 사실 두 분은 가족이란 이름으로 뭔가를 함께하고 싶어서 저에게 스키를 권하신 거예요. 정말이지 사랑스러운 부모님이죠. 두 분 다 원래부터 스키를 좋아했고 저와 동생도 함께하길 바랐던 겁니다. '뭐가 어찌 되든 우리는 함께 좋은 시간을 보내야 해'라는 게 부모님의 신조였고 우리는 정말 그렇게 살아왔습니다. 가능한 한 평범하게 말이죠. 부모님의 그런 태도에 대해서는 평생 감사할 거예요. '엄마, 솔직히 스코틀랜드 애비모어 여행은 정말 즐거웠어요. 비 내리고, 춥고, 날씨가 흐렸던 것만 빼면요. 해마다 거기서 보냈던 휴가는 정말 멋진 추억이에요.'

가장 큰 이유는, 우리가 묵던 숙소 건물에 신나는 오락실 게임기가 있었기 때문이에요. 여기서 제 나이가 나오는데, 가장 좋아했던 게임은 WWF(지금은 WWE로 이름이 바뀌었죠) 레슬링 게임이었습니다. 다른 아이들처럼 저도 매일 게임에 빠졌었고 휴가 기간 내내 상위권 순위를 유지하려고 무진장 애썼습니다. 한때는 제 이름이 1년 내내 1위를 차지한 적도 있어요. 애비모어 오락실의 허름한 게임기 화면 위로, 제 어린 시절 최고 업적인 고득점자 자리에서 깜빡이는 제 이름을 보는 기분이란 참.

할머니 할아버지까지 올라오시자 애비모어의 리조트는 정말 집다운 집이 되었습니다. 우리는 다정하게 산책하고 멋진 밤을 함께하며 가족과 행복한 나날을 보냈습니다. 그 기억들은 영원히 보물처럼 간직할 거예요. 그런데 스키 타는 건 솔직히 해도 그만, 안 해도 그만이었어요. 부모님이 산꼭대기에서 제가 죽든 살든 운명에 맡기고 억지로 등을 떠민 건 아니었어요. 대신 저를 그보다 더 심하게 괴롭힐 방법을 고민했는지 제가 가입할 수 있는 장애인 스키 클럽을 찾아냈지 뭡니까. 장애인 승마 클럽에서 있었던 일이 떠올라서 시작부터 불안함이 엄습했죠.

제정신인 사람이라면 저 혼자 스키 슬로프를 내려갈 수 있다고 믿지 않기 때문에 부모님은 저한테 벨트를 채웠습니다. 이게 비인간적으로 들린다면… 맞아요, 맞습니다. 저는 엄마를 끌고 달리는 한 마리 썰매 개가 된 느낌이었어요. 최저 임금은커녕 개껌도 못 받고요.

그래도 엄마가 뒤에서 절 붙잡고 방향을 잡아주면 저도 스키를 탈 수 있다는 뜻이기도 했죠. 세상이 좋아져서 오늘날 장애인 스키어들이 사용하는 장비들은 더 발전했길 바랍니다. 어쨌든 그래도 스키를 타고 (거의) 혼자서 산을 내려올 수 있어 좋았습니다. 누군가의 멋진 아이디어가 제게 어떤 변화를 만들어 줄 수 있는지 보여준 좋은 예였죠. 물론 벨트를 하든 안 하든 제가 워낙에 균형을 못 잡아서 멀리까지 가진 못했습니다. 그 어떤 눈보다 훨씬 더 차갑고 얼어붙을 것 같은 스코틀랜드의 눈 속에⋯ 늘 얼굴부터 메다꽂았답니다.

곧 닥칠 불행한 운명을 향해 애비모어의 스키 슬로프를 맹렬하게 달려 내려오는 뇌성마비 장애인과 그걸 보고 놀라서 냅다 눈밭으로 나자빠지는 사람들이 그려진 4컷 만화 같은 장면을 실제로 눈앞에서 목격했다면 스키는 결코 저를 위한 스포츠가 아니라는 사실을 누구나 인정하겠죠. 자, 지금부터 장애인 스키 부대가 거치적거리는 것들을 모두 휩쓸면서 떼 지어 몰려 내려오는 장면을 떠올려보세요. 장애인 스키 클럽을 만든 분들이 이런 아수라장을 생각이나 한 건지, 산업 안전 기구의 승인은 어떻게 받은 건지 모르겠지만 어쨌거나 해마다 무적 장애인 스키 부대의 일원이 되는 일은 정말 즐거웠습니다.

어린 시절에 이런 트라우마를 겪었지만 그래도 모든 스포츠가 싫어진 건 아닙니다. 축구는 진짜 좋아해요. 뉴캐슬 팀을 응원하다보면 가끔 싫어지려고 하지만요. 뉴캐슬 팀에 대한 찐사랑은 초등학교 때부터 시작되었죠. 당시 제 절친 스티븐 밀러도 뉴캐슬 서포터인 '툰 아미'였는데 함께 경기장에 응원을 가자고 했어요. 같은 반이었던 스티븐도 저처럼 뇌성마비 장애인이었습니다(참, 스티븐은 나중에 패럴림픽 선수로 성공했지만 배 아파하지 않으렵니다).

어쨌든 그렇게 스티븐네 가족과 함께 난생 처음 '세인트 제임스 파크' 경기장으로 축구 경기를 직관하러 갔는데, 진짜 환상적이었습니다. 당시 뉴캐슬은 2부 리그 소속 구단이었고 오시 아르다일스 감독 하에 성적은 기껏해야 중간 가는 데다 그날 경기는 2대 1로 졌던 것 같은데도 말입니다. 그래도 또 가고 싶었어요. 경기장의 분위기에 압도당했고, 팬들의 열정은 정말 직접 보고도 믿을 수 없을 정도로 대단했습니다. 요즘은 많은 사람이 인정하는 추세지만 역시 뉴캐슬 팬들은 정말 최고입니다. 첫날부터 그 사실을 깨달았어요. 매주 그 팬들 사이에 끼고 싶었습니다. 우리가 득점할 때마다 아드레날린이 솟구치는 걸 느끼고 싶었습니다. 비록 응원가를 부르지 못 하고 박수를 제대로 치지 못하더라도… 선수들에게 응원과 지지를 보내고 싶었습니다. 그런데 심판에게 욕을 할 때마다 자동 수정 기능 때문인지 토커가 '강아지.'라고 말하더라고요. 여하튼 난생처음 사랑에 빠졌고 뉴캐슬 유나이티드가 내 심장을 훔쳐갔습니다.

까치 두 마리의 기쁨

스티븐과 저는 둘 다 유소년 까치클럽 회원이었습니다. 유소년 까치클럽은 뉴캐슬의 어린이 서포터 모임이었는데 일요일마다 벤웰에 있는 뉴캐슬 훈련장에 모여 축구를 했어요. 장애인 회원은 딸랑 우리 둘 뿐이었습니다. 다른 아이들은 모두 비장애인이었죠. 스티븐은 우리 둘 중 더 똑똑한 놈이었어요. 녀석은 골키퍼를 맡았습니다. 경기 내내 골대 안에 있으면 되고 이리저리 뛰어다닐 필요가 없었죠. 인정하건대 스티븐은 훌륭한 골키퍼였습니다. 지금쯤 짐작했겠지만 저는 그만큼 똑똑하지 않았어요. 공격수를 맡고 싶다고 했죠. 이미 그때부터 관심을 한몸에 받고 싶었던 걸 어떡하나요? 결국 이런 차이 때문에 스티븐은 훌륭한 운동 선수로 성공할 수 있었겠죠. 저는 먹고살려고 이 무대, 저 무대를 전전하고 있는데 말이죠.

저는 당연히 드리블을 아주 잘했어요. 동사 '드리블

1)공을 드리블하다
2)침을 질질 흘리다

두 가지 뜻이 있는데 저는 후자를 잘하는 게 문제였지만요. 경기에 나갔다 하면 무조건 부상을 입었어요. 다른 아이들은 저보다 덩치도 크고 힘도 세고 가장 중요한 건 저처럼 다리가 후들거리지 않았죠. 저는 공을 일직선으로 차본 적도 없습니다. 항상 부딪히고 멍들고 코피가 터졌어요. 그래도 순간순간이 너무 좋았습니다. 제가 다치는 걸 옆에서 하릴없이 지켜봐야만 했던 부모님에게는 죄송하지만요. 그저 다른 아이들처럼 뛰면서 남들과 겨루고 싶었습니다. 놀랍게도 매주 팀에서 저를 가장 먼저 선발했는데, 아마 혼자 발을 헛디뎌 페널티존에서 넘어지면 심판이 우리 팀에 페널티킥을 줄 수밖에 없어서 그랬던 게 아닐까요?

 장애인 스포츠 종목이 늘어나고 있어 정말 감동입니다. 최근 많은 분야에서 장애인을 포용하고 있고 장애 아동을 위한 기회도 놀랄 만큼 늘어나고 있거든요. 장애인의 권리를 보다 완전하게 보장하기 위해 사회 곳곳의 문을 어떻게 열어야 할지 알려주는 듯합니다. 머지않아 고전 보드 게임도 이런 추세에 적응하지 않을까요. 추리게임 '누구일까요^{Guess Who}'에서 모든 등장인물이 장애를 갖고 있는 특별판을 낼 수도 있죠. 아무도 못 이길걸요? 꼬치꼬치 물으면 불쾌해할까 봐 다들 캐릭터 설명을 꺼릴 테니까요. 질문도 웃길 것 같네요. '범인이 말을 제대로 못해?' '혹시 범인한테 요실금이 있어?' '범인이 입가에 크레파스를 묻히고 다니니?' 아니면 모든 칸이 무료 주차장이라 아무 일도 일어나지 않는 장애인 버전 '모노폴리'도 있을 수 있죠. 새로운 '버커루!' 게임에서는 애꾸눈을 한 장애인 당나귀가 변덕을 부릴 수도 있고요.

성인이 된 후, 패럴림픽에 참가한 적이 있냐는 질문을 자주 들었습니다. 패럴림픽이 자격이나 재능과 상관없이 누구나 참여해서 모두 다 메달을 받는, 패자 따위는 없는 학교 운동회 같다고 생각하나 봅니다. 세계 최고의 스포츠 경기에 참가하기 위해서는 제 친구 스티븐처럼 남들보다 뛰어나게 잘해야만 하는 게 엄연한 현실인데 말이죠. 생각 좀 해보세요! 전 정말 아니잖아요. 뛰는 건 고사하고 제대로 걷지도 못하는데, 무슨 얼어 죽을 패럴림픽입니까.

패럴림픽에 못 나갔다고 미안해해야 하는 것도 아니잖아요. 몸은 많이 불편하지만 장애인도 비장애인과 똑같이 하루 종일 집에서 놀 수 있다고요. 그래도 아주 어릴 때부터 패럴림픽 선수가 훈련하는 수준으로 매진한 종목이 있긴 합니다. 바로 컴퓨터 게임이라는 스포츠! 다른 아이들처럼 저도 질리지 않고 종일 게임을 할 수 있어요. 게임 '풋볼 매니저'에 대한 저의 집착은 두 번째 책 《나의 장엄한 게임 중독 탈출기》에서 다루기로 하고 일단 여기까지만 하죠. 그 외에도 센서블 사커, 캐논 포더, 테마파크 게임도 좋아했고, 아무도 없을 때는 할아버지를 꼬드겨서 함께 플레이하기도 했습니다.

할머니 할아버지는 토요일마다 늘 가족이 보고 싶다며 우리 집에 오셨어요(모두를 감시하고 싶었던 할머니의 핑계였다고 생각해요). 저는 두 분이 오시길 고대했습니다. 그날이 바로 제가 할아버지를 거의 납치하다시피 해서 오후 내내 (할머니가 할아버지를 구출하러 오실 때까지) 함께 컴퓨터 게임을 하는 날이었거든요. 물론 할아버지는 개의치 않으셨습니다. 할아버지는 정말 멋진 분이었고 우리가 함께 컴퓨터 게임을 했던 날들은 가장 아끼는 추억이 되었어요. 할아버지는 제가 행복하기만 하면 만사 오케이였습니다. 누구에게나 베푸는 분이었고 정말 마음이 넓은 분이었습니다. 모두들 할아버지를 '에디'라고 불렀어요. 할아버지의 이름이 '에디'가 아닌데 왜 그랬는지는 아직도 모르겠어요. 하지만 할아버지를 아는 사람은 모두 그분을 사랑했고 저 역시 그랬습니다.

어렸을 때는 조부모님 댁에 자주 가곤 했어요. 두 분은 개를 여러 마리 키우셨는데, 개들을 데리고 할아버지와 함께 숲으로 산책을 가곤 했습니다. 할아버지와 (개들을 빼면) 단둘이 시간을 보냈던 그 산책을 절대 잊지 못 할 겁니다. 할아버지는 저에게 단순히 할아버지가 아니라 정말 저와 가까운 참된 벗이었습니다. 항상 큰 힘이 되어주셨어요.

그래서 몇 년 전 할아버지가 돌아가셨을 땐 상심이 컸습니다. 제가 코미디언으로 성장하는 것을 못 보고 떠나신 것이 정말 마음 아파요. 할아버지가 저를 자랑스러워해주시면 좋겠습니다. 함께 시간을 보내주신 것만으로도 지금의 제가 있기까지 큰 힘이 되었어요.

할머니 할아버지만큼이나 사려 깊었던 부모님은, 여름휴가 때마다 가능한 한 최고의 시간을 만들어 주려고 노력하셨습니다. 어렸을 땐 사촌들과 아주 친했는데 어느 해인가 온 가족이 함께 미국 플로리다에 갔어요. 디즈니월드에서 저와 사촌 스콧이 만화 '닌자 거북이'의 사인을 받겠다고 기를 쓰고 쫓아다니던 기억은 잊을 수가 없을 겁니다. 지금 생각해보면 우스꽝스런 분장을 한 거북이들을 쫓아다니는 게 정말 이상해 보이겠지만 그때는 그저 신나기만 했습니다.

앞에서 여러분에게 뇌성마비와 달리기가 별로 어울리지 않는다는 걸 밝혔습니다. 속도를 조금 낼라치면 저는 쉽게 멈추지도 못합니다. 벽돌로 된 담벼락에 부딪히거나 바닥에 걸려 넘어져 얼굴을 땅에 처박아야 겨우 멈출 수 있죠. 술 취한 타조처럼 맹렬한 속도로 자신을 향해 돌진하는 장애인을 보고 디즈니월드의 닌자 거북이들이 무슨 생각을 했을지는 아무도 모를 겁니다. 마치 인간 볼링공처럼 냅다 굴러갔었거든요. 그 모습을 보면서 정말로 무슨 생각을 했을지 모르겠네요.

반면에 제가 몸무게를 못 이겨 앞으로 고꾸라지면서 '닌자 거북이' 캐릭터 중 하나인 '레오나르도'를 덮쳤을 때 레오나르도가 저와 함께 구르면서 무슨 생각을 했는지는 정확히 알 수 있었습니다. 마음을 읽을 필요도 없었습니다. 기분이 전혀 좋지 않다는 걸 명확하게 알 수밖에 없었죠. 예민한 나이에 난생 처음 그런 욕을, 그것도 저의 영웅 중 한 명에게서 들었으니까요. 결국 레오나르도의 사인을 받긴 했지만 다시는 닌자 거북이가 예전처럼 보이지 않았습니다.

플로리다 테마파크에 갔을 때 가족들은 저의 장애를 최대한 활용했습니다. 디즈니월드 같은 놀이공원에 가본 적이 있다면 놀이기구 입구마다 구불구불한 줄들이 얼마나 끝도 없이 길게 이어져 있는지 알 거예요. 앞쪽에 거의 다 온 줄 알았는데 모퉁이를 돌면 아직도 앞에 백 명의 사람들이 더 있는 그런 경험, 다들 있죠? 그런데 장애인은 모든 놀이기구를 대기 없이 맨 앞에 가서 곧장 탈 수 있다는 사실을 알게 됐습니다. 멋지지 않습니까. 드디어 제 뇌성마비가 쓸모 있는 날이 오다니. 우리 가족은 모든 줄의 맨 앞에 유유히 나아가 이 특전을 누렸습니다. 이 세상 그 누구도 신경 안 쓴다는 태도로요. 줄 서 있는 다른 사람들의 생각은… 별로 그렇지 않았겠죠. 이해해요, 장애인 한 명을 트로피처럼 앞세우고 사람들이 떼거리로 맨 앞으로 직행하는 모습을 보면 저라도 화가 났을 거니까요. 하지만 이럴 때가 아니면 장애를 활용할 곳이 없으니 그렇게 미안하지는 않았습니다. 돈도 좀 벌 겸 다른 가족들한테 저를 유료 대여해 주는 게 어떠냐고 아빠한테 말했습니다. 꽤 참신한 아이디어인데 아빠가 허락하지 않더라고요. 그로부터 몇 년이 지난 지금도 저는 이게 돈벌이가 될 거라고 생각해요. 〈드래곤스 덴 Dragon's Den〉[12] 방송에 나가서 아이디어를 소개하고 투자를 받을 수 있는지 한번 의견이나 들어볼까 봐요.

12 자수성가한 다섯 명의 사업가(드래곤)들이 자신의 돈을 투자할 사람 혹은 사업 아이템을 찾는 영국 방송. 일본 원작 방송의 리메이크작.

"스티븐 호킹만큼
똑똑하신가요?"

이 질문을 얼마나 자주 듣는지 말하면 놀랄걸요. 주로 택시 기사들이 웃자고 하는 말인데 사실 진짜 바보 같은 질문이죠. 저는 당연히 스티븐 호킹만큼 똑똑하지 않습니다. 그렇게 똑똑했다면 춥디 추운 2월의 금요일 밤 핼리팩스에서 코미디언으로 일하고 있지 않겠죠. 뭐, 가끔씩 호킹 행세를 하는 건 좋습니다. 누군들 안 그러겠어요? 기차에서 호킹의 책을 읽고 있는 사람이 있다면 제가 어깨 너머에서 또박또박 그 책을 소리 내어 읽기 시작해요. 그러면 사람들은 무덤 밖으로 튀어나온 호킹을 본 것처럼 다들 화들짝 놀라 기겁을 하죠. 그리고 토커 제조사인 PC월드사에 호킹인 척 전화를 걸어 불쌍한 전화 상담원에게 내가 지금 바이러스에 걸렸으니 문제를 해결하기 위해 백신 소프트웨어가 필요하다고 말하는 일도 가능합니다. 알아요, 참 유치하고 바보스러운데 친구들은 이걸 무진장 재밌어해요. 저도 그렇고요.

그중에서도 가장 재밌었던 호킹 사칭의 순간은 그의

삶에 관한 영화 〈사랑에 대한 모든 것^{The Theory of Everything}〉을 보러 극장에 갔을 때였습니다. 눈물 짜는 영화인데 아직 안 봤다면 추천할게요. 저도 여러분이 보러 갈 때 따라가서 같이 볼래요. 왜냐면 지난번엔 영화를 보러 간 게 아니었거든요. 그건 너무 뻔하잖아요. 뒷자리에 앉아서 토커로 아무 말이나 늘어놓고 다른 사람들을 대혼란에 빠지게 하고 싶어서 갔어요.

　영화 속 호킹이 대사를 말하면 저는 뒷자리에 앉아서 마치 호킹이 자기 영화를 보러 온 것처럼 "난 저런 말 한 적 없는데, 감독이 내가 하지도 않은 말을 기계에 처넣었군."하고 탄식했어요. 제 앞에 앉았던 한 남자는 서라운드 음향 효과인 줄 알고 꽤 감동한 것 같았습니다. 그러고는 또 호킹이 대사를 하기 전에 미리 호킹이 할 말을 예상해서 토커에 입력했어요. 호킹이 아내와 이야기할 때가 특히 재미있었는데 저는 계속해서 '당신을 사랑하지 않아'라고 말했습니다. 그날 왜 그 영화를 끝까지 못 봤는지 알겠죠? 영화 시작한 지 30분 만에 쫓겨났거든요. 유머 감각도 없는 사람들 같으니라고.

뇌성마비 학생을 위한 퍼시 헤들리 학교

3

호킹 박사만큼 똑똑하진 않지만 나름 학교생활을 잘 했다고 생각하는데, 그럼에도 어릴 때 친구를 사귀는 것만큼은 애를 먹었어요. 장애인 아이들이 다니는 학교였으니까요. 게다가 집에서 택시로 40분이나 걸리는 거리였으니, 교문 밖에서 우정을 쌓기란 불가능까진 아니지만 꽤 힘든 일이었죠. 그때 제가 다니던 교육 기관의 이름은 '뇌성마비 학생을 위한 퍼시 헤들리 학교^{Percy Hedley School for Spastics}'였습니다. 아이들 자존감 높이는 방법 하나만은 아주 정확히 알았나 봅니다. 고맙게도 30년 전 제가 학교를 다니던 때에 비해 많은 발전이 있어서 이젠 학생들을 뇌성마비^{Spastics}라고 부르지 않습니다.[13] 우리를 부르는 이름은 많지만 그래도 뇌성마비 대신 다른 용어를 사용해요.

　다른 학교에서는 외모가 돋보이고 매력적인 아이들이 가장 인기 있지만 제가 다녔던 학교에서는 그렇지 않았어요. 우리 학교에서는 장애가 얼마나 심한지가 인기의 척도였거든요. 장애가 별로 심하지 않으면 너무 평범한 놈이라고 괴롭힘을 당했죠. 장담하건대 전동 휠체어에 앉아서 고문을 당하는 건 절대 겪어보고 싶지 않은 일일걸요.

　누구 장애가 더 심한가 시합을 하면 저도 둘째가라면 서러운데, 열 살 넘어서 뇌전증까지 획득했습니다. '획득했다'라고 하니 장애 수집광이 여러 종류의 장애를 하나 하나 모으는 것 같이 들리긴 하네요. 그러니까 제 말은 열네 살 때 처음으로 뇌전증발작을 일으켰다는 겁니다. 가장 두려웠던 건 어디서든 갑자기 발작이 일어난다는 것이었습니다. 그때까지는 저한테 뇌전증이 있는지도 몰랐습니다. 이미 질환이 있었는데 그때까지 잠복기였던 건지 아니면 별도로 발병한 건지는 항상 아리송했어요. 몇 달 동안 제 뇌를 이리저리 찔러 보고 들쑤시며 정밀 검사를 마친 의사들조차 확진을 못 했으니까요. 이 정도 장애로는 충분치 않다고 제 몸이 무

13　원문의 spastics는 영어권에서 뇌성마비를 지칭하는 말이었으나 현재는 비하적인 의미로 퇴색되어 더 이상 사용하지 않는 말이다.

슨 결정이라도 한 듯, 뇌전증은 어느 날 갑자기 나타났습니다. 참 나, 이리 고마울 데가!

처음에는 뇌전증발작이 완전히 나타나진 않았어요. 대신 예고도 없이 몇 초 동안 발작이 일어나곤 했죠. 이건 누구라도 두려울 거예요. 사람들은 날마다 자기 몸이 고분고분 잘 움직여주기를 기대하죠. 그래서 뭔가 잘못되거나 제대로 되지 않을 땐 꽤 당황스럽습니다. 특히 사춘기라 몸 여기저기가 변하고 있는 십 대 남자아이라면 더 그럴 거예요. 몸 여러 부위에서 처음으로 털이 자라나기 시작할 무렵, 다른 일까지 터져서 문제를 더 복잡하게 만드는 것은 생각하고 싶지도 않을 겁니다. 그나마 (목소리는 이미 아기 때 변했(!)으니까) 변성기 걱정을 할 필요는 없었죠.

처음 몇 번 뇌전증발작이 일어났을 때는 정말 무서웠어요. 무슨 일이 벌어졌는지조차 제대로 몰랐으니까요. 항상 학교에서 발작이 일어나다보니 다행히 제 곁엔 저를 보살피고 도와줄 사람들이 있었습니다. 그리 큰 문제가 됐던 적은 없어요. 대개는 발작이 일어난 순간만큼 금세 사라졌거든요. 그렇다 해도 발작은 일어나서는 안 되는 일이었으니까 그냥 발작이 일어났다는 사실 자체가 가장 두려웠습니다.

학교에 꽤 많은 아이들이 같은 질환을 갖고 있어서

발작이 일어나면 어떤지 알고 있었습니다. 먼저 정신을 잃은 후에 경련이 시작됩니다. 몇 분 이러다가 멈추죠. 솔직히 말해 친구가 발작하는 걸 볼 때마다 항상 무서웠습니다. 발작을 멈추기 위해 할 수 있는 일이 아무것도 없으니 속수무책이었죠. 하지만 제 경련은 많이 달라서 뇌전증일 거라고는 상상도 못 했어요. 발작도 없었고 의식을 잃지도 않았으니까요. 사실 지금은 뇌전증발작이 사람마다 다르게 나타난다는 것을 알고 있습니다. 모두가 의식을 잃고 브레이크 댄서처럼 바닥을 뒹구는 건 아닌데, 열네 살이던 저는 그런 걸 전혀 몰랐습니다. 병원에서 진찰을 받고서야 비로소 뇌전증의 가능성을 처음으로 의심했죠.

당장 전문의가 있는 큰 병원으로 옮겨졌고 뭐가 문제인지 알아보기 위해 검사를 시작했습니다. 살면서 검사나 시험은 숱하게 치렀고, 심지어 중등 학력고사 수학 과목 시험도 쳤는데도, 이것처럼 힘든 건 없었어요. 의사들은 뇌 활동을 자세히 살펴보려고 EEG(이건 electroencephalogram의 약자예요. 왜 약자를 썼는지 알겠죠?)도 했어요. EEG, 즉 뇌파 검사는 뇌의 전기적 패턴을 기록하는 비수술적 검사인데요, 듣기엔 별거 아닌 거 같죠?

글쎄, 그건… 침대에 누운 채로 온몸을 둘러싼 거대한 스캐너 안으로 제가 옮겨진다는 점만 빼면 괜찮았습니다(이젠 기술이 발전해서 다시는 그 누구도 이런 일을 겪지 않기를). 저는 폐소 공포증이 약간 있어서 그 검사가 전혀 달갑지 않았는데 한 번도 아니고 여러 번이나 받아야 했어요. 기계에 들어가면서 영원히 갇혀버릴 거라고 잔뜩 겁먹었던 것만 기억납니다. 또 한 가지 걱정은 뇌 스캔을 했는데 의사들이 저한테 뇌가 아예 없다고 하면 어쩌지 하는 것이었어요. 당시 제 학교 성적을 떠올려보면 충분히 가능한 일이었거든요.

이 특별한 고문을 마치자 의사들은 마침내 뇌전증이라는 진단을 내렸고 병을 관리하기 위한 약을 처방해주었습니다. 왜 하필 열네 살에 뇌전증이 찾아온 건지 여전히 수수께끼입니다.

나이가 들수록 증세는 더 심해졌습니다. 가벼운 경련 정도였던 뇌전증은 이제는 몇 분 동안 정신을 잃을 정도로 완전한 발작 형태로 일어납니다. 발작이 처음 일어났을 때가 어땠는지는 기억나지 않지만 그 느낌은 늘 똑같습니다. 곧 발작이 올 거라는 느낌이 와요. 이게 축복인지 아닌지는 아직도 잘 모르겠어요. 한편으로는 곧 쓰러질 것 같다는 몸의 경고 덕분에 발작이 일어나는 동안 앉거나 누워 있을 안전한 장소를 찾을 수 있겠죠. 하지만 또 한편으로는 아무리 정신을 차리고 집중을 해도 발작을 멈출 수가 없으니 참 답답한 노릇입니다. 결국에는 발작이 온몸을 집어삼켜 경련이 일어나거든요. 곁에서 구경하고 지켜볼 때도 무섭다고 생각했지만 막상 직접 겪어보니 훨씬 더 무섭더라고요. 발작이 끝날 때까지는 무슨 일이 벌어지고 있는지도 모르니까요.

한번 발작을 일으키면 몇 분 동안 정신을 잃습니다. 그사이에 무슨 일이 벌어지는지는 뇌가 전혀 기록하지 않아요. 그러니 잠시 후 정신이 돌아와 지난 몇 분 동안 무슨 일이 일어났는지 전혀 기억을 못 한다는 걸 깨달으면 참 이상한 기분이 듭니다('틴더 앱에서 만난 데이트 상대와의 기억도 이렇게 사라질 수 있다면 얼마나 좋을까?' 하고 생각한 적은 몇 번 있지만요). 운이 좋으면 소파나 침대에 눕지만 제때 안전한 곳을 찾지 못 해 낯선 사람들에게 둘러싸인 채 바닥에 누워 있다 일어난 적도 몇 번 있었죠. 정말 끔찍해요. 더 안 좋은 건 발작이 끝난 후에도 10분 정도는 여전히 몽롱한 상태라는 거죠. 그런 상태일 때 토커를 사용하는 것은 사실상 불가능합니다. 잔뜩 취한 상태에서 문자를 보내려고 애쓸 때랑 비슷하죠.

테그레톨, 좀 먹어봤지….

다행히도 발작이 자주 일어나지는 않습니다. 제가 복

용하는 항경련제 이름은 테그레톨인데 ('카르바마제핀' 이라고도 불러요. 이거나 저거나 쉬운 이름이 없네요) 덕분에 뇌전증이 잘 조절됩니다. 3년 넘게 발작이 일어나지 않았어요. 그런데 여기 테그레톨 부작용 좀 보세요. 안 웃고는 못 배겨요.

균형/조절능력 상실
자세 불안
힘 빠짐
하지 경련

저기요, 뭐 하자는 거죠…?
아무리 잘 조절되어도 언제 발작을 일으킬지 모른다는 두려움은 끊이지 않습니다. 뇌전증을 가진 몇몇 친구들만큼은 아니지만 뇌전증은 제 삶에 지대한 영향을 미치고 있습니다. 약을 빼먹으면 몸에 화학적 불균형이 초래되어 발작을 일으킬 가능성이 커지기 때문에 약 복용은 절대 빼먹을 수 없습니다(혹시 궁금해할까 봐 밝혀 두자면 아침에 한 알, 점심에 한 알, 밤에 두 알 복용해요). 물과 함께 삼키는 게 어려워서(삼키는 건 제 특기가 아니거든요), 대신 식사 시간에 약을 복용합니다. 그러니 제때 약을 먹으려면 식사 계획을 잘 세워 둬야 합니다. 끼니를 자주 거를 수 없다는 뜻이기도 하죠. 공연을 마치고 새벽 두 시가 다 되어 집에 도착하면 곧장 침대로 가서 자고 싶어도 절대 그럴 수 없습니다. 뭐라도 먹고 테그레톨을 삼켜야 하니까요.

지치고 피곤할 때는 발작이 일어나기 쉽기 때문에 더 주의해야 합니다. 불시에 갑자기 발작이 일어날지도 모르거든요. 언제 사고를 칠지 모르기 때문에 뇌전증은 꽤 '성가신' 장애입니다. 이 마지막 문장은 할 수 있는 한 가장 절제된 표현으로 말한 겁니다.

최근 12개월 사이에 발작을 일으켰다면 운전면허증 소지는 불법입니다. 어차피 지금은 제가 직접 운전을 하지 않고 면허증은 신분증으로 가끔 사용할 뿐이라 큰 문제는 아니에요. 하필 면허증 사진이 제대로 잘 나온 유일한 사진이라는 게 아쉬울 뿐이죠. 하지만 제 십 대 후반에서 이십 대 초반 사이에는 운전이 엄청 중요한 문제였습니다. 독립적으로 생활하는 데 차가 큰 역할을 했으니까요. 어디든 가고 싶은 데로 갈 수 있었죠. 그래서 뇌전증발작을 일으켜 영국운전면허청에 의무 신고를 한 다음 1년 넘게 면허를 잃었을 때는 가슴이 찢어졌습니다. 밖에 나가 마음대로 할 수 있는 자유가 사라지니 내 몸의 일부가 떨어져나가는 고통을 겪어야 했죠.

나이가 어릴수록 평균적인 삶을 사는 사람들과 교류

할 수 있는 관계망이 더욱더 중요합니다. 그런 의미에서 중학교 때 일부 수업을 일반학교에서 들을 수 있어서 정말 다행이었어요. 그때쯤에 저는 퍼시 헤들리 학교에서 선덜랜드에 있는 바버라 프리스트먼 학교로 전학을 갔습니다. 뉴캐슬 팀 팬으로서 선덜랜드에서 학교를 다니는 건 당시에 무지 힘들었습니다. 선덜랜드가 뉴캐슬 팀과 치르는 라이벌 경기인 '더비' 전에서 이겼을 땐 특히 그렇죠.

바버라 프리스트먼 학교 바로 옆에는 손힐이라는 일반학교가 있었는데, 그곳에서 다른 학생들과 함께 과학, 역사, 프랑스어 수업 등을 공부했습니다. 그러고 보니 그때 프랑스어 말하기 시험에서 낙제를 했네요. 말을 아예 할 수가 없으니 말하기 시험을 치를 수 없었고 학교도 저에게 낙제점을 줄 수밖에 없었죠. 지금 생각해도 좀 웃겨요.

일부 수업을 일반학교에서 받은 것은 교육적인 면뿐만 아니라 사회적으로도 큰 혜택이었습니다. 엇비슷한 학업 능력을 가진 아이들 속에서 저는 그 아이들을 따라잡기 위해 도전하고 노력해야만 하는 환경이었고 그래서 많은 발전을 이룰 수 있었어요. 그래서 당연히 GCSE 성적도 더 좋아졌죠. 물론 누구나 그렇지는 않을 테고 각자 가진 장애의 특수성에 따라 달라질 겁니다. 특수교육은 많은 아이에게 필수적이에요.

바버라 프리스트먼 학교에서 제가 받은 지원은 믿을 수 없을 정도로 훌륭했고 오늘의 저를 있게 해주었습니다. 최근 특수교육 예산이 턱없이 부족한 것은 엄청나게 부끄러운 일입니다. 지자체에서 특수학교를 운영할 여력이 없어 폐교하는 상황이 매우 우려스럽습니다. 장애아동을 일반학교로 강제 편입함(또는 지자체에서 잘 대처하지 못해 결국 장애아동이 제도에서 벗어나 아예 교육을 받지 못함)으로써 아이는 제대로 피어 보기도 전에 인생에서 낙오되어버립니다.

물론 장애아동 교육에서는 모든 아이들이 다 달라서 융통성 없는 규칙 같은 건 적합하지 않습니다. 일부 장애아동이 일반학교에 다니는 것은 도움이 될 수 있고 참 멋진 일이기도 합니다. 그러나 대부분의 장애아동들은 그런 환경에서 고전을 면치 못합니다. 이들은 특수학교에 다녔다면 받았을 적절한 보살핌도 받지 못하게 됩니다. 이들이 인생에서 성장하는 데 필요했을지 모를 보살핌이죠. 장애아동을 다른 아이들 삼십 명이 있는 교실에 내던지고는 어련히 알아서 잘 따라오겠거니 하는 거예요.

일반학교는 교육 시스템이 요구하는 대로 주로 시험 성적이나 영국 교육기준청^{Ofsted} 등급에 따라 운영되기 때문에 한두 명의 아이들이 적응을 못해도 별 신경을 쓰지 않습니다. 일반학교에 배정된 장애아동은 학업성취도가 낮은 학급에 배정되고 잊힐 겁니다. 게다가 물리 치료 클리닉 같은 문제도 있습니다. 대다수 일반학교에는 장비가 갖춰져 있지 않죠. 어째서 어떤 학생들은 자신들이 다니는 학교가 관련 서비스를 제공할 수 없다는 이유만으로 필수적인 물리 치료도 받지 못 하는 건가요? 이거면 앞으로 몇 년 동안의 삶이 더 나아질지도 모르는데도요.

저는 일반적인 상황을 말한 것이고 감사하게도 장애학생들에게 훌륭하게 대응하는 일반학교들도 있을 것입니다. 그러나 동시에 그렇지 못한 학교도 많을 것이고 장애아동들이 직면하고 있는 다양한 문제는 너무 광범위해서 하나의 정책만으로 모든 필요를 충족시킬 수 없죠. 장애인도 다른 사람들처럼 좋은 교육을 받을 자격이 있습니다. 무시되고 잊혀선 안 됩니다. 일반학교와 특수학교가 모두 있어야 개별 장애아동과 학부모가 자신에게 가장 적합한 선택을 할 수 있습니다. 저는 운 좋게도 둘 다의 장점을 모두 누릴 수 있었고 그리 나쁘지 않았습니다.

비장애인 또래들과 제대로 친구가 된 것은 아마 손힐이 처음이었을 겁니다. 그 경험으로 저도 친구들도 눈을 번쩍 뜨게 되었습니다. 분명 친구들 중 몇몇에게 저는 생전 처음 만난 장애인이었을 테고, 정기적으로 장애인과 교류한 첫 경험이었을 겁니다. 처음에 친구들은 저를 어떻게 이해해야 할지 몰랐고, 저 역시 그들을 어떻게 생각해야 할지 몰랐습니다. 우리가 서로 편하게 지내는 데는 시간이 좀 걸렸습니다. 하지만 일단 제가 긴장을 풀고 재밌는 녀석이 되어 아이들을 웃기기 시작하자 모든 게 훨씬 쉬워졌습니다. 뉴캐슬 유나이티드의 팬이 그 숙적의 연고지인 선덜랜드에서 학교를 다니는 것만큼 쉬웠다고나 할까요.

손힐에서 많은 친구를 사귀고 새로운 또래들과 어울리게 된 건 정말 기분 좋았습니다. 그 경험은 제게 장애가 중심이 아닌 세상도 존재한다는 것을 보여주었습니다. 저는 제 장애를 저뿐만 아니라 친구들에게도 유리하게 사용해서 친구들에게 사랑받게 되었습니다. 선생님에게 다른 학생들이 한꺼번에 교실을 나갈 때 치이지 않도록 5분 일찍 수업에서 나가야 한다고 말했거든요. 저 혼자 다음 수업 교실까지 걸어갈 수 없으니 보호자로 동행할 친구도 필요하다고 했죠. 이건 모두 사실이 아니었습니다. 우린 그냥 과학 수업에서 일찍 빠져나가고 싶을 뿐이었습니다. 선생님은 감히 의심할 생각조차 못 하고 순순히 허락해 주셨습니다.

학기가 끝날 무렵엔 수업 끝나기 최소 10분 전에 마무리를 하고 다른 학생들보다 먼저 나왔습니다(꼼지락거리면서 가방을 챙기고 코트를 입는 데 5분, 다음 수업 장소로 이동하는 데 5분이 걸리도록 엄청 과장을 하는 겁니다). 저 혼자 충분히 이동할 수 있어서 친구 중 누구도 저를 다음 수업 장소까지 실제로 데려다준 건 아니었어요. 일단 선생님 눈에서 벗어나면 친구들은 달려가서 잽싸게 담배를 피우곤 했죠. 만약 업보라는 게 정말 존재한다면 그 녀석들은 지금쯤 흡연으로 인한 건강 문제가 생겼을 것이고 착하고 멋진 선생님들은 두둑한 연금 보따리를 안고 은퇴하셨을 겁니다.

집에서 꽤 먼 거리를 통학하느라 학교 밖에서 친구들과 어울리기는 어려웠습니다. 절친이 한 시간 넘는 거리에 떨어져 살면 주말에 약속 잡기가 곤란하잖아요(특히 그때는 소셜미디어와 이동 전화가 보급되기도 전의 시절이었고 저는 그냥 이동도 어려운 녀석이었으니). 학교에 갔을 때는 좋은 친구 몇 명과 어울렸지만 집에서는 혼자 고독을 즐기는 편이었습니다. '외톨이'라는 딱지가 참 녹록지 않잖아요? 매번 사이코패스로 밝혀지는 사람은 꼭 외톨이더라고요. 혼자 시간을 보내면서 심각한 상태까지 가진 않았어요. 대신 컴퓨터 덕후가 되었습니다. 여름방학 동안 가장 친하게 지낸 친구는 아미가

500[14] 컴퓨터였어요.

　가끔 학교 친구네 집으로 놀러 가기도 했습니다. 부모님은 우리가 함께 놀 수 있게 서로의 집까지 태워다 주곤 하셨어요. 옛날엔 이런 걸 '어울려 논다'고들 했죠. 특히 스티븐과 서로의 집에서 꽤 많은 시간을 보냈습니다. 따뜻한 여름날 스티븐과 센서블 사커 게임을 하던 기억이 나네요. 조이스틱을 정교하게 조작할 수 없는 우리는 둘 다 게임에 젬병이었어요. 한 번은 제가 지고, 한 번은 스티븐이 지고 그러다 보면 항상 10대 10 무승부로 끝이 났죠. 조작이 서툰 바람에 얻은 무지막지한 점수였습니다. 케빈 키건Kevin Keegan[15] 감독 시절 뉴캐슬 경기를 보는 것 같았죠.

　어쩌다 만났다 하면, 친구들과 저는 여느 아이들처럼 까불고 놀았습니다. 하지만 더 좋은 장난이 있었죠. 우리 학교는 교회 옆에 있었는데 어느 날인가는 친구의 휠체어를 빌려 교회 문 앞까지 밀고 가서 신도들이 나오기를 기다렸습니다. 그러면 꼭 몇 명은 제 머리를 반려견인 양 쓰다듬으며 '주님의 은총이 있기를'이라고

14　1985년 출시된 가정용 PC. 모델명인 '아미가(amiga)'는 스페인어 단어로 '(여자 사람) 친구'라는 뜻이기도 하다.
15　잉글랜드의 전설적인 축구선수 출신 감독. 80년대 초 현역시절 뉴캐슬 유나이티드에서 뛸 때 팬들에게 '킹 케브(King Kev)'로 불리며 사랑받았고, 은퇴 후 뉴캐슬 감독으로 역임하며 뉴캐슬을 95-96 시즌, 96-97 시즌 연속 2위를 하는 강팀으로 만들었다. 뉴캐슬이 프리미어리그 왕좌까지 넘보던 시절 6:0, 7:1과 같은 큰 점수차로 승리를 한 적이 많았다. 2008년 뉴캐슬 감독으로 복귀했지만 구단주 마이크 애슐리, 풋볼디렉터 데니스 와이즈와의 불화로 1년도 채 안 되어 사임하였다.

말할 테니까요. 장애인으로 살다보면 언젠가는 겪게 되는 일이죠. 어쨌든 역시 제 생각이 맞았어요(내기라도 할 걸 그랬나 봐요). 곧바로 한 할머니가 휠체어에 앉아있는 제 머리를 거리낌 없이 쓰다듬었죠. 이번에는 눈길을 피하거나 움츠리지 않았습니다. '뭐 하는 짓이지?' 하는 똥 씹은 표정도 짓지 않았습니다. 대신 할머니의 손이 제 머리에 닿자마자 벌떡 일어섰습니다. "기적이 일어났어요! 할머니가 저를 고쳤어요!" 할머니는 당연히 깜짝 놀랐죠. 잠시 후에는 화가 좀 났을지도 몰라요.

적을 만들지 맙시다

퍼시 헤들리 학교에 다니는 동안에는 교내 컵스카우트 활동을 했습니다. 다같이 에든버러 동물원으로 소풍을 갔을 때 (팔이 한쪽만 있는) 친구와 함께 다른 아이들을 놀래 주기로 했습니다. 사자 우리가 있는 곳으로 간 다음 사람들 앞에서 보란 듯이 연기를 하면서 그 친구한테, 네 팔을 물고 간 사자가 어느 놈이냐고 물었죠. 우리는 진짜 웃기다고 생각했지만 컵스카우트 리더는 전혀 그렇게 생각하지 않았던 것 같아요. 집으로 가는 길이 참 길고 어색하더라고요.

가장 좋아했던 장난은 시각장애인 친구와 서로 골탕을 먹인 거였는데요, 심술궂은 장난은 전혀 아니었어요. 보통의 십 대들이 학교생활을 조금이라도 재밌게 해 보려고 하는 평범한 수준의 장난이었죠. 그 친구가 토커의 음량을 몰래 최대로 높여 놓으면 저는 무슨 말을 하려다가 큰 소리에 깜짝 놀랐고, 점심시간엔 제가 그 친구의 식판을 바꿔치기하는 거로 앙갚음했어요. 그 녀석은 다른 사람의 음식을 먹을 수밖에 없었죠. 이렇게 주거니 받거니 장난이 점점 심해지던 어느 날, 친구가 토커를 숨기면 재밌겠다고 생각했나 봅니다. 잠깐 몇 분 동안이 아니라 하루 종일 말입니다. 선생님들은 값비싼 장비를 잃어버렸다고 제게 화를 내셨고, 저는 저대로 말을 하지 못 해 열이 받았습니다. 결국엔 선생님들이 남자 화장실 뒤에 숨겨져 있는 토커를 발견했어요. 그게 어떻게 거기까지 간 건지 아무도 알아내지 못 했지만 시각장애인 친구의 얼굴에 번진 미소가 모든 것을 말해 주고 있었습니다.

멋지게 복수해야 했죠! 출석부를 몰래 훔쳐보고 그 녀석의 주소를 알아내는 건 식은 죽 먹기였고 그때도 글발이 꽤 좋았던 저는 여자 친구인 척하며 아주 야한 편지를 써내려갔습니다. 다음 날, 친구네 집 우체통에 편지를 넣었어요. 이번엔 제가 씨익 웃을 차례였죠. 친구 어머니가 편지에 있는 온갖 추잡한 말들을 한마디 한마디 친구에게 읽어줘야 할 테니까요.

메덤슬리 본가에 살던 시절에는 친구가 몇 명밖에 없어서 가끔은 외로웠단 걸 인정해야겠어요. 동생이나 할아버지와 놀기도 했고, 부모님은 최대한 반 친구들과 많이 놀게 하려고 저를 친구네로 데려다주기도 했습니다. 심지어 제가 더 재밌는 시간을 보낼 수 있게 가족 휴가에 제 친구들을 부른 적도 있어요. 하지만 제 사회생활을 위해 부모님이 해줄 수 있는 일은 그 정도가 최선이었습니다.

그래서인지 지금도 사람들과 만나면 어색하고 불편해요. 밤마다 무대에서 공연하는 직업을 갖고도, 친해지기 전까지 낯을 많이 가립니다. 장애 때문에 사람들이 저를 어떻게 볼지 걱정되는 부분도 있고, 항상 혼자 놀아왔던 터라 낯선 사람과 대화를 시작하기가 좀 어렵더라고요. 그래도 한번 발동이 걸리면 완전 수다쟁이가 된답니다. 사람들과 이야기하는 걸 매우 좋아해요. 처음에만 어색하고 힘이 드는 거죠.

이런 사회적 불편감은 몇 년 사이에 많이 나아졌습니다. 뉴 칼리지 더럼에서 A레벨 시험[16]을 준비할 때가 막 껍질을 깨고 나오기 시작한 때였습니다. 그때도 처음 1년은 혼자서만 지냈습니다. 학교에 갔다가 수업을 마치면 다시 집으로 돌아왔죠. 학생 휴게실이 있다는 것

---

16 영국의 대학입학시험. 전문대(college)와 종합대학(university)이 비슷한 개념인 우리나라와 달리 영국에서는 칼리지가 유니버시티의 이전 단계에 가깝다.

도 알고 있었고 새로운 친구를 사귀고 싶어 죽을 지경
이었지만 도저히 끼어들 용기가 나지 않았습니다. 사람
들이 밀어낼까 봐 두려웠던 거죠. 오랜 고민 끝에 두 번
째 해에 결국 휴게실 문을 벌컥 열고 들어갔습니다. 그
리고 어떻게 됐게요? 아무 문제없었어요! 늘 그렇듯,
쓸데없는 걱정이었던 거죠.

 휴게실에 들어가서 앉은 지 한 시간도 안 돼 다섯 명
넘는 친구를 만났습니다. 함께할 친구들이 있었기 때
문에 첫 해보다 다음 해가 두말할 것도 없이 훨씬 더
즐거웠습니다. 학교가 고등학교보다 집에서 더 가까웠
기 때문에 저녁과 주말에도 이 친구들을 만날 수 있었
어요. 이 친구들은 지금도 제게 따뜻하고 각별한 기억
으로 남아 있습니다. 제가 익숙한 곳을 벗어나 낯선 세
계로 나아갈 수 있게 도와준 이들이니까요.

 제가 글쓰기를 그렇게 좋아했던 이유는 학교에 훌륭
한 국어 선생님이 있었기 때문입니다. 이런 선생님을
만나는 행운은 무척 드물잖아요? 제 국어 선생님이셨
던 포드 선생님은 감사하게도 저조차 미처 깨닫지 못
한 제 잠재력을 발견해 주셨습니다. 선생님을 처음 뵌
것은 바버라 프리스트먼 학교에 들어간 열두 살 때였어
요. 뜻밖에도 선생님은 이미 몇 년 전부터 아빠와 아는
사이였기 때문에 처음부터 선생님이 남 같지 않았습니

다. 포드 선생님은 대다수의 제자들은 물론이고, 교실에 억지로 앉아 있는 애들에게서도 최고의 기량을 이끌어내는 데 타고난 듯한 훌륭한 스승이셨죠.

　포드 선생님은 마음먹은 건 뭐든 다 해낼 수 있다고 하셨습니다. 저는 그저 마음만 먹으면 된다고요. 선생님은 제가 잘 하고 있는지를 직접 챙기셨죠. 저에 대한 선생님의 믿음은 지금까지 저에게 영향을 끼치고 있습니다. 제가 A레벨 시험에서 올 A를 받았을 땐 포드 선생님이 축하 메일을 보내 주셨어요. 그걸 프린트해서 아직도 제 방 벽에 거의 20년째 붙여놓고 있어요. 내용은 이렇습니다.

　너무 깜짝 놀라서 입을 못 다물었단다! 정말 대단한 성적인데! 프레스턴 따위 안중에서 지워버리자, 옥스퍼드 가는 거야. 신동 났구나, 신동 났어. 스스로를 정말 자랑스러워해도 된단다. 선생님도 정말 자랑스러워! 글이 두서가 없는 건 네 성적에 선생님이 할 말을 잃어서 그래. '축하'라는 말로는 한참 부족하구나.

　별도 딸 수 있다는 것을 보여줬으니 거기서 멈추지 말고 더 높은 목표에 도전하렴! 이러다 선생님 <이것이 당신의 삶이다>[17]에 게스트로 출연하는 거 아니니?

17　유명인 혹은 비범한 일을 이룬 일반인을 초대한 후, 해당 인물의 가족이나 친구 등 주변 인물이 게스트로 동반 출연해 그 사람의 삶에 관해 이야기하는 형식의 다큐멘터리 방송으로, BBC가 동명의 미국 원작 포맷(1952년작)을 가져와 1955년부터 2007년까지 제작 및 방영했으며, 영국 외에도 뉴질랜드, 호주 등에서 리메이크했다.

도전해 보렴, 넌 할 수 있단다. 선생님은 널 믿는다!
　　－포드 선생님이

　좀 찡하지 않나요?

　담임이었던 프레이저 선생님도 항상 저를 생각해주는 분이었습니다. 그 두 분은 항상 제가 최선을 다 하도록 저를 몰아붙였습니다. 제 작문에 고칠 부분이 있다면 그대로 얘기해 주셨을 겁니다. 수업 시간에 제가 딴청을 부린다고 생각되면 그대로 얘기해 주셨을 거고요. 장애 때문에 특별히 봐주는 일은 일절 없었습니다. 두 분 중 아무도 저를 오냐오냐 대접해주지 않았습니다. 물론 선생님들의 큰 뜻을 헤아리지 못 했기 때문에 당시엔 그게 정말 싫었습니다. 십 대가 뭘 알겠습니까? 하지만 그분들은 멀리까지 내다 보셨던 겁니다. 선생님들이 저에게 얼마나 큰 영향을 미쳤는지 이제야 깨닫습니다. 나를 믿어주고 꿈을 이루도록 도와주는 사람들이 있다는 건 정말 놀라운 일입니다. 특히 역경이 앞에 놓여 있다면 말입니다. 두 분께 항상 감사드립니다.

　늘 가책을 느끼던 일이 있어서 양심 고백도 좀 하겠습니다.

　프레이저 선생님은 미술 선생님이기도 했는데 저는

미술을 정말 못했습니다. 심지어 막대 인간도 제가 그리면 저처럼 장애인이 돼버렸습니다. 어쩔 수 없었어요, 정말. 그래서 숙제로 그림을 그려야 할 땐 항상 엄마에게 그려달라고 했습니다. 그걸 고대로 베껴서 수업 시간에 제 역작이라고 제출했죠. 그게 제 작품이 아니라는 걸 선생님이 알고 계셨던 것 같긴 한데 혹시라도 저의 예술적 재능인 줄 아셨다면 용서를 구합니다, 선생님.

TFAQ III

"취했어요?"

밤에 밖으로 나다니기 시작하면서 새롭게 주어진 엄청난 자유를 만끽했습니다. 하지만 친구들과 클럽에 갈 때마다 한 가지 문제가 있었습니다. 밤에 마주치는 사람들은 제가 잘 걷지 못하는 걸 보고 대부분 술에 취한 거라고 짐작했습니다. 앞에서도 말했지만 저는 일직선으로 걸으려면 무진장 애를 써야 하고 술을 입에 대지 않아도 원래 휘청거리며 걷기 때문에 충분히 그렇게 생각할 수 있습니다. 그런데 항상 이렇게 엉망으로 걷는 걸 어떡합니까? 진탕 취했다는 오해 때문에 숱한 술집과 클럽에서 입장을 거절당하곤 했죠.

프레스턴에 있는 '도쿄 조'라는 나이트클럽에서 입

장 거부를 당했던 때가 기억나네요. 줄이 길어 친구들과 클럽 안에서 만나기로 했었습니다. 그런데 제 차례가 되니까 입구에서 들여보내 주지 않았습니다. 입구를 지키던 경호원은 제가 '술이 떡이 됐다'고 했습니다. 당연히 아니라고 따지고 싶었지만 말을 못 하기 때문에 그것도 여의치 않았습니다. 말도 제대로 못 하고 경호원 어깨에 침이나 뚝뚝 흘리면서 여러분이 직접 취한 거 아니라고 한번 말해 보시든가요.

그래도 결국 오해를 풀었고 경호원은 제가 술에 떡이 된 것이 아니라 그저 장애인일 뿐이라는 것을 깨달았습니다. 몹시 당황하더니 바로 입장하라고 손을 휘저었죠. 욱해서 한마디 하지 않을 수 없었어요. 경호원을 지나쳐 클럽 안으로 들어가면서, 토커에 이렇게 썼습니다. "내가 진짜로 취하면 신발은 토 범벅이 되고 셀프계산대와 수다를 떨면서 심지어 일자로 똑바로 걷는다고!"

그날 이후, 도쿄 조 클럽에 입장할 때 문제가 생긴 적은 한 번도 없습니다.

트랜스 음악에 빠진 대학생

4

제 삶이 본격적으로 스스로 굴러가기 시작한 건 대학에 진학하면서부터였습니다. 대학에서 공부하기로 한 건 지금까지 살면서 내린 가장 큰 결정인 동시에 최고의 선택이었죠. 확실히 쉬운 선택은 아니었지만 우리 가족은 그렇게 하기로 결정했습니다. 지금 생각해보니 그때 제가 아는 사람 대부분이 대학에 갔기 때문에 저도 늘 대학에 갈 거라고 생각했던 것 같아요. 중학교와 고등학교를 다닌 후 대학에 가는 건 그냥 당연한 순서라고 생각했어요. 부모님 생각은 좀 달랐던 모양인지 처음 제가 두 분께 대학 진학 문제로 운을 뗐을 땐 상당히 신중한 태도를 보이셨어요. 그때까지 전 엄마, 아빠, 동생, 거기에다 사랑스러운 개들까지, 우리 가족과 오랜 세월을 계속 함께 살았어요. 이때껏 제 식사 한 번 직접 차려 먹은 적이 없고 제 옷 하나 직접 빨아 입은 적도 없는데, 이건 다른 십 대들도 사정이 비슷하다고 쳐도, 저는 거기다 옷도 누가 입혀 줬거든요. 상상해 보세요. 저 혼자 대학 생활을 어찌 해 나갈지 이리저리 커다란 물음표가 떠오르지 않나요?

저는 어리고 순진했고 그때까지 온실 속 화초처럼 자랐습니다. 가족들은 당연히 절 대학에 보내기를 주저했습니다. 하지만 결국 부모님은 당신의 어린 아들이 더 이상 어리지 않으며 이제 때가 되었다는 사실을 깨달았죠. 저도 말을 안 해서 그렇지 속으로는 걱정이 많았답니다. '첫 주에 굶어 죽는 거 아니야? 내 이는 누가 닦아주지?' 대학에 가는 보통의 십 대들이 걱정하는 문제는 아니죠.

칼리지에 다니면서 예전보다 독립적으로 바뀌긴 했어요. 운전면허시험도 합격했고 제 차도 갖게 되었으니까요. 그런데 집을 떠나는 건 완전히 다른 차원의 문제였어요. 어렵지만 꼭 해야 할 일이라고 생각했고, 그때 하지 않으면 평생 못할 수 있다는 것도 알았죠. 부모님도 나이가 들어갈 텐데 죽을 때까지 집에 있으면서 모든 사람의 짐이 되기는 정말 싫었습니다. 대학교 입학은 제가 자립할 수 있다고 증명할 기회였고 반드시 잡아야만 했습니다.

  그래도 전공을 선택하는 문제 하나만은 그리 어렵지 않았습니다. 고민할 필요도 없이 제 전공은 저널리즘이 될 거였으니까요. 저는 열두세 살 때부터 글쓰기를 좋아했고 여가 시간에는 단편 소설을 쓰곤 했어요. 내용은 기억이 안 나지만 아마도 쓰잘데 없는 이야기였겠죠. 그래도 전 저만의 작은 세상에 빠져있기를 좋아했고 지금도 여전히 그래요. 학창 시절, 친구가 많지 않다 보니 얻은 의외의 수확 하나는 상상력을 활용하는 능력이었고, 나중에는 상상에 아주 도가 텄죠. 어렸을 때 WWE 프로레슬링 피겨를 가지고 있었는데 모든 캐릭터에 대해 정말 아주 심층적인 스토리라인을 만들었답니다. 그 후로도 상상력이 쭉 제 삶에 도움이 되었다고 생각합니다. 덕분에 글쓰기를 좋아하게 되었고 요즘 코미디 대본을 짤 때도 아주 유용해요. 저는 스토리텔러거든요. 스포일러 주의! 제가 무조건 진짜 일어난 일만 개그 소재로 삼는 건 아니에요. 가끔은 지어내기도 한답니다.

  실제로 제가 일반인을 대상으로 글을 쓰게 된 첫 번째 계기는 농구였습니다. 십 대 시절, 처음 농구 팬이 되었을 때 여가활동을 글쓰기 경력의 디딤돌로 삼을 생각은 전혀 하지 않았습니다. 글을 쓰는 일은 저에게는 너무나도 맞지 않는 완전히 동떨어진 운동경기를 하는 일처럼 보였으니까요.

제가 푹 빠진 건 미국의 대형 NBA 구단 소속 팀이 아니었어요. 제 주변 지역으로 한정했고 뉴캐슬 이글스 팀을 응원하기 시작했죠. 분명히 처음에는 함께 갔던 여자애 중 한 명을 좋아해서 경기장에 갔지만 그 친구에 대한 제 감정이 식어가는 동안에도 이글스를 향한 마음은 식을 줄 몰랐어요. 물론 이글스와의 이런 관계가 뉴캐슬 유나이티드와의 관계보다 덜 가슴 아프기를 기대했다면 전 크게 실망했을 거예요. 많은 스포츠 팬들이 끊임없이 이런 고통을 겪으면서도 자기기만에 빠지는 것 같아요. '우리 팀이 올해에는 어쩌면 드디어 뭐라도 해낼지도 몰라….' 음, 그런데 꼭 막판에 자빠지는 거죠. 뉴캐슬 유나이티드의 홈 구장인 세인트 제임스 파크에서 많이 있었던 일이고 이글스 경기에서도 같은 일이 벌어질 참이었어요. 이제 와 생각해 보니 제가 직관하러 갔을 땐 한 번도 두 팀 중 그 어느 쪽도 트로피를 거머쥐는 모습을 본 적이 없네요. 그러다가 제 염장이라도 지르겠다는 건지, 제가 직관을 그만둔 바로 그해부터 팀들이 우승하기 시작하더군요. 뉴캐슬 이글스는 이제 영국 농구 역사상 가장 위대한 팀 중 하나가 되었고 전 그 좋은 순간을 다 놓치고 만 거죠!

사춘기를 지나는 중요한 시기에 이글스는 저의 가족과 같았습니다. 선수들, 스태프들, 팬들, 우리 모두가 함께했고 뉴캐슬 안팎에서 열리는 경기에서 그들을 만날 때는 정말 행복했습니다. 운동 선수들 대부분이 접근이 어렵고 잘 안 보이는 곳에 숨어 있던 시대에도 이글스 선수들은 경기 전후로 팬들과 더없이 반갑게 어울리곤 했어요. 저는 지금도 많은 전직 선수 그리고 스태프들과 좋은 친구로 지내고 있는데, 이런 걸 보면 그 시절 그 농구 코트에서 만들어진 유대감에 대해 많은 것을 알 수 있죠.

컴퓨터 덕후였던 저는 대학에서 저널리즘을 공부하기로 결정한 후, 취미로 뉴캐슬 이글스 농구클럽 전용 웹사이트를 만들어 운영했는데요. 결국 이 일을 계기로 이글스의 공식 웹사이트를 운영하게 되었죠. 얼마 지나지 않아 곧 저는 브릿볼[Britball]이라는 영국 농구 웹사이트에서 경기 소식을 보도하고 선수들을 인터뷰하는 일을 하게 됩니다. 사람들이 제가 쓴 농구 관련 기사를 읽었죠. 그 당시 저에게 그건 정말 큰 사건이었습니다. 제가 성취하려고 하는 모든 것의 기반이 될 저널리즘으로 가는 여정의 출발점이었으니까요.

브릿볼에 뉴캐슬 이글스의 (또 한 번의) 패배에 대해 보도를 하기까지 먼 길을 걸었죠. 그때 얻은 경험은 지금까지도 계속해서 저와 함께하고 있습니다. 좋은 글쓰기 능력은 저널리즘과 코미디 모두를 위한 성공의 열쇠인데, 전 이글스와 함께 일하면서 글쓰기의 기초를 배웠다고 생각하고 싶어요. 그래서 운동을 못해도 상관없었고 패럴림픽에 절대 못 나가는 것도 문제될게 없었어요. 마음속으로 저는 몸 대신 머리를 쓰고 글이라는 도구를 사용하는 직업을 선택하기로 결정했으니까요.

야호, 유클란 대학교

우리 가족은 대학에 가기로 한 제 결정을 전적으로 지지해주었습니다. 가족들은 항상 제 뒤에 있어주었죠. 당연히 제 삶에 막대한 영향을 미쳤고 가족들 없이는 제가 이룬 거의 모든 일을 할 수 없었을 겁니다. 필요할 때 항상 기꺼이 도움을 줄 수 있는 그런 가까운 가족이 있는 저는 행운아입니다. 아마도 그런 가족들 덕분에 대학생활을 잘 해낼 수 있을 거라는 자신감도 있었던 것 같아요. 무언가 잘못되더라도 그들이 항상 나를 지켜줄 거라는 사실을 알았으니까요.

부모님과 저는 저널리즘 과정이 있는 여러 대학을 찾아보기 시작했습니다. 런던에 그런 대학이 하나 있었지만 마마보이에게는 집과 너무 먼 곳이었어요. 가능한 한 집에서 멀리 떨어진 대학에 가기를 원하는 아이들도 있지만 전 아니었거든요. 리버풀에 있는 대학에도 방문했어요. 저널리즘 과정으로 좋은 평가를 받고 있는 곳이었지만 캠퍼스가 도시 전체에 흩어져 있었기 때문에 제가 그렇게 큰 곳에서 생활할 수 있을지 알 수가 없었죠. 그리고 거기에 간 지 단 하루 만에 비틀즈가 리버풀 출신이라는 사실을 끊임없이 상기시키는 사람들 때문에 저는 넌더리가 나고 말았어요. 비틀즈가 리버풀 출신이라는 건 여러분도 알고 있었죠? 저도 당연히 알고 있었다고요!

에든버러 대학에 방문했을 때도 상황은 별로 다르지 않았답니다. 자갈길과 언덕에 결코 적응할 수 없을 것이 분명했죠. 뭐, 그때는 몰랐어요. 결국에는 매년 8월마다 에든버러 프린지 페스티벌을 위해 그곳에 가게 될 것이고 자갈길은 여전히 그대로 버티고 있으리라는 사실을.

결국 우리는 프레스턴에 있는 유니버시티 오브 센트럴 랭커셔, 줄여서 유클란UCLan, University of Central Lancashire 대학을 선택했습니다. 유클란 대학의 저널리즘 과정은 굉장히 인정받고 있었고 집에서 그리 멀지도 않은데다 캠퍼스는 상당히 아담한 편이었죠. 제일 중요한 건 프레스턴이 에든버러보다 훨씬 평지였다는 점이에요. 학교에 방문했을 때 느낌이 아주 좋았습니다. 유클란 대학의 장애학생 지원은 최고였어요. 가족들과 저는 강의 시간에 노트 필기를 해줄 사람을 찾고 접근성 좋은 숙소를 구하는 등 제 독립생활의 현실적인 부분에 대한 세부적인 모든 일을 어디에서부터 시작해야 할지 몰랐습니다. 가족 중 제가 처음으로 대학에 입학했기 때문에 이런 것들은 우리 모두에게 완전히 새로운 세계였던 거죠.

유클란 대학 덕분에 집에서 부모님에게 의지하던 저는 거의 완벽하게 독립적으로 대학 생활을 할 수 있게 되었고 그걸 가능하게 만들어준 분들에게 엄청난 존경과 감사의 마음을 전합니다. 그들은 모든 일을 분담했습니다. 활동지원사가 매일 두 번 방문해서 한 시간씩 서비스를 제공했어요. 그리고 그 나머지 시간에는 저 혼자 크고 넓은 세상에서 살아남아야 한다는 사실이 굉장했죠. 정말 설레더군요!

아마도 여러분은 의사소통을 잘 하지 못하는 사람이 저널리즘을 직업으로 선택했다는 점이 좀 우습다고 생각할 수도 있을 겁니다. 결국 언론인은 특종을 잡기 위해 대부분의 시간에 전화를 하고 기자회견에 참여하고 사람들과 이야기하고 인맥을 만들어나가니까요. 네, 맞습니다. 보도 기자가 되고 싶다는 야망이 저에게는 좀 과분했을 수도 있어요. 하지만 현실을 직시해 봅시다. 말을 할 수 없는 사람이 스탠드업 코미디언이 되는 것도 똑같이 미친 짓이죠. 제 생각엔 전 정말 스스로를 고생시키는 일 벌이기를 좋아하는 것 같습니다. 저도 뇌성마비 때문에 저널리즘 분야에서 일하기가 더 어려울 거라는 사실은 알고 있었어요. 단지 그 사실이 도전하지 말아야 할 이유가 된다고는 생각하지 않았던 거죠. 결심은 언제나 확고했습니다. 언론인이 될 거야. 대학에 갈 거야. 그리고 독립적인 사람이 될 거야. 장애는 저를 이루는 큰 부분이지만 장애가 제 삶을 좌지우지하도록 내버려 둔 적은 없습니다. 어떤 사람들은 이런 제가 용감하다거나 용기 있다고 말할 겁니다. 하지만 전 그렇게 생각 안 해요. 그런 말을 듣는 것도 싫습니다. 용감하다는 말을 들을 만한 사람들은 차고 넘치니까요. 전 그저 제 삶을 살아가려는 사람일 뿐입니다.

처음에는 힘들었습니다. 특히 처음 며칠은요. 부모님은 저를 대학교에 데려다 주었고 주말동안 근처 숙소에 머물면서 제가 괜찮은지 확인했습니다. 전 꽤 잘 하고 있었어요. 부모님이 메덤슬리에 있는 집으로 돌아가려고 떠날 때까지는요. 부모님에게 손을 흔들며 인사하고 방문을 닫자마자 울음이 터졌습니다. 그렇게 오랫동안 가족과 멀리 떨어지는 건 처음이었거든요. 수

학여행을 몇 번 가긴 했지만 그때도 꽤 빨리 향수병에 걸리곤 했었어요. 집에서 수백 킬로미터 떨어진 곳에서 홀로 낯선 사람들과 마주하며 사는 일상이 앞으로의 삶이 되리라는 사실을 깨닫는 순간 두려움이 먹구름처럼 몰려왔어요.

많은 학생이 이 시기를 힘들어 하겠지만, 저는 그들과 상황이 완전히 달랐죠. 부모님은 그때까지 정말 모든 것을 해주셨습니다. 그리고 그때는 휴대폰이 완전히 일반화되기 전이었고 모뎀으로 접속하는 인터넷을 사용하고 있었죠. 그때까지 살아오며 집에서 그렇게 멀리 떨어져 있다고 느낀 적이 없었어요. 모든 게 다시 괜찮아질 수 있게 엄마가 내 곁에 있었다면 좋았을 텐데, 생각하며 침대에서 몸을 공처럼 웅크리고 울었습니다.

시간이 걸렸지만 결국은 스스로 추스러야 할 시간이 왔죠. 방이 알아서 자길 꾸밀 순 없으니 제가 좀 꾸며줄 필요가 있었어요. 〈사우스 파크〉와 〈엑스파일〉 포스터를 붙이고 비디오 테이프를 장르별로 정리하고(세상에, 테이프라니. 제가 언제 이렇게 나이를 먹은 걸까요?), 챔피언십 매니저 게임을 노트북에 세팅하고 나니 기숙사가 점점 집처럼 아늑하게 느껴지기 시작했어요. '이 얼마나 멋진 자취방인가!' 이젠 아무도 절 못 막을걸요!

그나저나 가장 힘든 순간은 아직 오지도 않은 거였답

니다. 리블 홀 기숙사 2호에는 방이 다섯 칸 있었는데 온종일 다른 학생들이 짐을 옮기며 드나드는 것을 보았습니다. 하지만 그때까지 그들 중 아무도 제대로 만나지 못했어요. 자의식이 강한 저에게 새로운 룸메이트를 만나는 순간을 상상하는 건 힘겨운 일이었죠. 나를 좋아하지 않으면 어떻게 하지? 내 장애를 이해하지 못 하면 어떻게 하지? 완전 멍청이들이라면 어떻게 하지? 다섯 명이 주방을 같이 써야 했기 때문에 그해 동안 함께 살 다른 네 명의 친구를 처음 만난 건 뭘 먹으러 나왔을 때였습니다. 우리가 지금도 여전히 좋은 친구라는 사실만 말씀드려도 첫 만남이 어땠는지 이미 다 짐작할 것 같은데요, 늘 그랬듯이 제 걱정은 쓸데없는 것이었고 우리는 금방 친해졌어요. 제가 주방에 있던 친구들 중에서… 제일 깔끔했다는 것만 빼고요. 뭐 그런 건 옛날 일이라 이제 다 잊었죠. 그렇게 지저분한 곳에서 더 이상 못 살겠다는 생각은 정말 거의 하지 않았어요. 정말 아무런 감정도 없답니다.

사이먼, 스튜어트, 닉, 개빈과 저는 곧 친해졌고 함께 살게 된 첫날을 기념하기 위해 술을 마시러 나가기로 결정했습니다. 무리 지어 나간 첫날 밤에 우리는 위층에 사는 미셸, 도나1, 닉, 도나2도 만났습니다. 저도 살면서 참 무례한 이름으로 많이 불렸는데 그래도 '도나

2'로 불리는 것보단 제 처지가 나아요. 프레스턴에서 지내던 시절 좋은 친구를 참 많이 사귀었어요. 하지만 기숙사에서 보낸 첫날 밤 만난 이 친구들은 누구와도 비교할 수 없죠. 이렇게 시작된 우정은 오랜 세월 동안 계속 유지되었습니다(아, 개빈만 빼고요. 통 안 보이는 것 같던데, 지금도 아마 도서관에 있지 않을까요?). 그 우정이 저에게 어떤 의미인지 말로 설명하기 어렵지만 그 친구들은 외롭고 불안해하는 뉴캐슬에서 온 수줍은 소심쟁이를 두 팔 벌려 환영해 주었습니다.

장애를 잠시 한쪽으로 밀어두면 저는 북동부의 조용한 마을에서 온 소년이었습니다. 모두가 서로 알고 인사하면서 지내기 때문에 장난을 한 번이라도 치면 결국 할머니까지 다 알게 되는 그런 마을 말이에요. 그러다가 갑자기 다양한 사람들 틈에 섞여 매일 밤 외출했고 재미와 젊음을 즐기게 되었습니다. 그것이 제가 느낀 첫 번째 독립의 맛이었고 매순간이 다 좋았어요. 학기가 끝났을 때 집으로 돌아가고 싶지 않았을 만큼이요. 친구, 삶, 독립이 모두 프레스턴에 있었고 그런 생활이 영원히 지속되기를 원했습니다.

인생 최초로 독립적으로 생활한다는 것은 저에게는 엄청난 진전이었고 꽤 오래 마음속 깊이 이에 대해 생각했습니다. 지금도 전 제가 독립해서 살 만큼 충분히 성장했는지 의문이 듭니다. 아직도 양말을 신을 때 여기 저기에 머리를 부딪히거든요. 그동안은 부모님의 보살핌에 너무 익숙해져 있어서 할 줄 아는 게 전혀 없었어요. 처음으로 혼자 일주일치 장을 보러 갔을 땐 정말 악몽이었죠. 엄마가 보통 뭘 샀었는지 기억나지 않아서 치즈볼, 초콜릿, 감자'칩' 그 외에도 이름에 'ㅊ'이 들어가지 않는 군것질거리를 잔뜩 사왔어요. 그것들을 먹어 치우며 하루이틀은 재미가 좋았는데, 생활필수품 사는 걸 까맣게 잊고 있었던 거예요. 피자가 아무리 맛있어도 그걸로 엉덩이를 닦을 순 없잖아요?

 도움이 필요할 때 곁에 부모님이 없다는 사실에는 적응하기가 어려웠습니다. 대부분의 경우에는 요리, 청소, 옷 입기 등의 일을 도와주는 활동지원사나 가사지원인력이 있었어요. 그렇다는 건 제가 계획을 더 체계적으로 세우는 법을 배워야 한다는 걸 의미했죠. 점심 준비를 요청하려면 아침부터 뭘 먹고 싶은지 알아야만 했고 남은 한 주 동안 입을 수 있는 깨끗한 옷이 얼마나 남아 있는지도 알아야 했죠. 외출 준비를 도와주는 활동 지원사는 보통 점심에서 저녁 사이 티타임 시간에 오기 때문에 한참 뒤 늦은 저녁에 나갈 예정이더라도 일찍부터 준비를 마쳐야 했어요. 쫙 빼입고 집에서 어슬렁대는 기분이란….

다른 사람들에게 의지하고 있었기 때문에 누가 없을 때에는 가능한 한 제 삶을 단순화해야 했습니다. 첫 학기에는 깨끗한 속옷이 남아있지 않은 데다 세탁해줄 사람도 없어서 노팬티로 강의를 듣기도 했어요. 그래도 제가 처음이자 마지막 노팬티 학생은 아닐 거라고 생각하는데요. 음, 그 사람들은 대체 어쩌다 그랬던 걸까요?

대학에 다니는 과정은 저를 다양한 방면에서 성장하게 해주었고 장애로 인해 제가 원하는 일을 멈추지 않을 거라고 스스로 다짐하게 해 준 결정적인 경험이었습니다. 솔직히 말해서 대학에 가기 직전까지도 내가 정말로 이걸 원하는 것인지 확신하지 못했어요. 항상 의심이 들었어요. 대학에 가고 나서야 비로소 제가 해낼 수 있다는 사실을 깨달았고, 끊임없는 의심에서 해방된 순간이었죠.

대학에서 공부도 열심히 했지만 놀기도 열심히 놀았어요. 그게 정말 사실이었기 때문에 저는 이 진부한 표현이 참 좋습니다. 새로운 친구들과 외출하는 게 참 좋았어요. 사실 거의 매일 밤 나가 놀았죠. 새로 발견한 자유는 아무리 즐겨도 질리지가 않았어요. 모든 학생이 수요일 밤이면 '도쿄 조'에 갔어요. 다들 상상할 법한 전형적인 싸구려 클럽이었어요. 이름도 성의 없고 카펫은 끈적거렸고, '스텝스' 같은 댄스 음악부터 '오아시스'까지, 트는 음악도 대중없었죠. 지금 생각해보면 별로 좋은 곳은 아니었어요. 기껏해야 평균 정도였죠. 하지만 '블러'의 〈Song2〉에 열광하는 친구들에게 둘러싸여 있는 저 같은 대학생에게 도쿄 조는 세상에서 가장 멋진 곳이었어요.

파운데이션 기초 과정

수요일 밤 느끼한 음악에 맞춰 춤을 추기 시작한 취미가 결국에는 댄스 음악, 그중에서도 특히 트랜스 음악 장르를 향한 집착으로 발전했습니다. 댄스 음악을 발견한 후, 전에는 존재하는지도 몰랐던 신세계에 눈을 떴죠.

처음 제가 관심을 가진 건 대중음악이었습니다. 비트만 있으면 충분했던 저에게는 토요일 밤 BBC1 라디오에서 저지 줄스와 피트 통의 음악을 듣는 것만으로도 일상에서 벗어나 일탈을 하는 느낌이었고, 마치 비트 외에는 아무것도 의미 없는 평행 우주에서 시간을 보내는 듯했어요. 이전에는 음악이 저에게 이런 영향을 준 적이 없었죠. 라디오로 접할 수 있는 소위 '오버씬'의 음악도 꾸준히 즐겨 들었지만, 제 마음의 고향은 언더 음악이었어요. 90년대 컴필레이션 앨범 시리즈인

〈샤인〉 트랙리스트에서 찾아볼 수 있을 법한 애시, 매닉 스트리트 프리처스, 캐스트 같은 뮤지션들의 노래를 (물론 머릿속으로만) 따라 불렀죠.

처음 라디오에서 댄스 음악을 듣는 순간, 더 많은 댄스 음악을 듣고 싶어졌어요. 그래서 댄스 음악 듣기를 저만의 프로젝트로 삼기로 했죠. 이 새로운 장르의 음악을 탐구하고 빠져들고 싶었거든요. 댄스 음악 탐험은 결국 저를 인터넷 게시판으로 이끌었어요. 댄스 음악을 좋아하는 사람들을 위한 게시판이었는데, 무엇보다 거기 있는 사람들은 모두 뉴캐슬에 있는 파운데이션 Foundation이라는 나이트 클럽에서 열리는 '프라미스'라는 이름의 트랜스 댄스의 밤 행사에 정기적으로 참가하고 있었어요. 그동안 라디오와 온라인을 통해 다른 곳에서 열리는 트랜스 댄스 행사를 생방송으로 들어봤기 때문에 트랜스의 밤을 직접 경험할 수 있다면 영혼이라도 팔 준비가 되어 있었죠.

파운데이션에서 하룻밤을 보낼 용기를 얻기까지 그 게시판에 있는 사람들과 1년 정도 이야기를 나누었습니다. 마침내 클럽에 가기로 결심했을 때는 이미 거기 있는 사람들을 다 잘 알고 있는 것처럼 느꼈죠. 그래서 프라미스 이벤트에 처음 가는 날 혼자서 갔습니다. 부모님이 옆에 없어서 기숙사 방에서 울었던 날을 생각해보면 엄청난 발전이죠.

이 느낌을 대체 어떻게 설명해야 할까요? 클럽문을 양쪽으로 활짝 여는 순간, 음량을 최대치로 높인 트랜스 음악의 베이스라인이 몸을 힘껏 때리고, 댄스 플로어 위에선 사람들이 미친 듯이 몸을 흔들어댑니다. 이건 직접 겪어 봐야만 알 수 있는 감각이에요. 트랜스 음악이 모두의 취향은 아닐지도 모르지만, 적어도 제게는 현실 세계로부터의 도피처 같이 느껴졌어요. 이전에는 필요하다고 깨닫지도 못 했는데 말이죠. 저를 행운아라고 느끼게 해준 파운데이션 클럽 사람들에게도 그곳은 도피처였고요. 모두 두 팔 벌려 저를 환영해 주었고, 평생 친구도 몇 명 만들게 되었어요.

장애가 있어서 그런지, 댄스 음악이 저에게는 특별히 더 크게 다가왔어요. 댄스 클럽은 단순히 놀며 즐기는 곳이 아니었어요. 그보다 훨씬 심오한 목적을 가지고 있었죠. 제가 볼 때 이런 클럽은 사회의 비주류에 속해 있는 사람들이 일상에서 탈출해 춤추며 자유를 느낄 수 있는 공간이었습니다. 누구든지 갈 수 있고, 튀는 걸 겁내지 않고 자제력을 잃을 수 있는 그런 곳 말입니다. 단 한 번도 스스로의 몸을 완전히 편하게 받아들인 적 없는 제가, 그런 장소를 찾은 것은 굉장한 사건이었습니다. 물론 저는 세계 최고의 댄서가 절대 아니었지만 재미있게 춤추는 한 그런 건 전혀 중요하지 않았습니다. 드디어 어딘가에 속한다는 소속감이 생겼고 그 느낌은 정말 대단했죠. 누구든, 어디에서 왔든, 그 댄스 플로어 위에서 우리에게 중요했던 건 음악뿐이었고 저는 그게 좋았습니다.

또 특정 유형의 사람들만 트랜스 음악을 좋아하기 때문에 전 정말 특별한 클럽에 속한 것 같은 느낌이 들었습니다. 물론 저는 이미 많은 '특수' 클럽에 속해 있었지만 이 클럽이 훨씬 더 좋았죠. 저는 매주 같은 얼굴을 보고 우리는 모두 서로를 위해줄 거였으니까요. 그곳에 모인 우리는 특별한 유대를 형성했고 상대적으로 고립된 상태에서 자란 저에게 그 유대감은 큰 의미가 있었습니다.

처음 몇 번 방문한 후 프라미스는 주말에 뉴캐슬에 오면 꼭 들르는 주간 성지 순례지가 되었습니다. 매주 금요일마다 트랜스 음악 충전을 손꼽아 기다렸고 새벽 4시까지 춤을 췄어요.

이 무렵에는 운전면허와 차가 있었기 때문에 집까지 데려다 줄 부모님 택시에 의존할 필요가 없었습니다. 아마도 지금 여러분은 잘 걷지 못하는 불안정한 녀석이 어떻게 운전면허를 취득했는지를 미심쩍게 생각하고 있을 겁니다. 그렇죠? 걱정 마세요. 위조한 거 아니거든요. 여러분은 설마 하겠지만 사실 전 열여덟 살 때 면허시험에 합격했답니다.

 확실히 다른 사람에 비해 운전을 배우는 과정이 훨씬 더 힘들었죠. 처음에는 오토만 운전할 수 있었습니다. 그리고 차를 특별하게 튜닝해야만 했죠. 알로이 휠과 서브 우퍼를 얘기하는 게 아닙니다. 첫 번째 차가 파란색 복스올 코르사이긴 했지만 절대 폭주족은 아니었어요. 퍼리 다이스 주사위 장식조차 없었다니까요. 차를 개조해서 운전을 더 쉽게 할 수 있었습니다. 예를 들면 운전대 아래에 손잡이(제 다리 사이에 있는 거 말고요)를 달아서 더 쉽게 돌릴 수 있게 하고, 원래 왼쪽에 있는 깜빡이를 오른손으로 사용할 수 있게 튜닝하는 거죠[18]. 소량의 플라스틱으로 누군가의 독립적인 생활을 도울 수 있다니 정말 놀라운 일 아닌가요?

 이렇게 차를 튜닝했음에도 불구하고 시험에 합격하기까지는 1년이 넘게 걸렸어요(심지어 재수까지 했죠). 그건 제가 특별히 운전을 잘 못해서가 아니에요. 이게 다 학습 '곡선' 때문입니다. 일직선으로 걷지 못하는 제가 운전할 때는 일직선으로 차를 몰아야 했으니까요. 베스트 드라이버는 아니지만 나름 점잖은 운전자였고 최대 장점은 다른 운전자들에게 소리를 지르지 못 한

18 영국 차는 한국 차와 방향지시등 방향이 반대이다.

다는 점이었습니다. 도로 위에서 일어나는 분노 상황에 끼어들 목소리가 하나 줄어드는 거죠. 손가락 욕이 언제나 훨씬 더 효과적이라는 것을 일찍이 깨달았거든요.

지금 돌이켜보면 운전은 그렇게 현명한 생각이 아니었던 것 같아요. 원래 빨리 피곤해지는 편이기도 하고 대부분 밤새도록 춤을 추고 난 후에 운전을 했다는 점을 고려하면 더 그렇죠. 하지만 당시에는 그런 생각을 하지 못했어요.

운전은 독립을 위한 진일보였기에 전 자가용이 있다는 사실이 좋았습니다. 사람들을 만나러 갈 때 항상 운전을 했고 대학에 다닐 때는 친구들의 공식 택시운전사였습니다. 다른 기사들처럼 숨 쉬듯 인종 차별하지도 않았어요. 아니, 못 했다고 해야 하나? 어떻게 보면 필연적으로 결국 제 자부심이자 기쁨이었던 차로 사고를 내고야 말았습니다. 그저 약간의 접촉사고가 아니었습니다. 어느 날 밤 프라미스에서 집으로 돌아오는 길에 가로등 기둥을 박아서 차를 폐차해야 했던 거죠(그 가로등이 마침 며칠 후 철거 예정이었다는 소식을 듣고는 그나마 최악의 사고를 저지르지는 않았다는 위안을 얻었습니다). 놀랍게도 아무런 상처 없이 그 사고 현장에서 탈출했어요. 그 후 다른 차를 샀지만 사고 나기 전에 있었던 자신감은 다시 돌아오지 않았고 결국 운전을 점점 더 하지 않게 되었습니다. 이제 저는 운전을 하지 않습니다. 대신 저한테 스티븐 호킹만큼 영리한지 묻는 성가신 택시 기사들을 참고 견뎌야만 하죠.

다행히도 사고가 난 그때쯤에는 다른 친구들도 운전을 배웠기 때문에 얼마 지나지 않아 더 먼 곳으로 움직일 수 있었습니다. 가장 기억에 남는 클럽 행사 중 하나는 리버풀 근처에서 매년 여름 열리는 크림필드 EDM 페스티벌입니다. 누구에게나 통과 의례가 있듯이 그게 저의 첫 음악 축제였어요. 여러 친구들로 가득 찬 버스를 타고 여행을 한다니, 모든 것이 정말 신났습니다. 친구들과 만 명 정도의 낯선 사람들로 둘러싸인 화창한 여름밤에 잔디밭에서 트랜스 음악에 맞추어 춤출 생각에 들떠 있었죠. 정말 최고의 현실도피였어요. 하지만 먼저 허락을 받기 위해 부모님을 설득하는 작업에 들어가야 했습니다.

그때가 벌써 스물한 살이 다 되었을 때인데도 부모님은 여전히 저를 과잉보호하고 있었고 항상 그래왔습니다. 지금도 부모님은 저를 잘 돌봐주고 있고 앞으로도 항상 그럴 거라고 생각해요. 이해할 수 있어요. 저는 두 분의 아들이고 부모라면 누구든 자식이 확실하게 안전한지 알고 싶어 할 테니까요. 제가 장애인이라는 사실 때문에 부모님은 더욱 보호가 필요하다고 생각합니다. 제가 괜찮은지만 확인하는 지점과 가능한 한 정상적인 삶을 살도록 하는 지점 사이에서 적절한 균형을 찾는 일이 정말 어려울 텐데도, 부모님은 엄청난 노력을 통해 항상 이 두 가지 사이에서 균형을 잡았어요.

부모님이 제가 하고 싶은 일을 하는 것을 막는다고 느낀 적은 한 번도 없습니다. 부모님은 단지 제가 너무 어리석은 짓만 하지 않게 제지하셨어요. 저는 그 점에 대해 부모님을 매우 존경합니다. 십 대들과 청년들이 항상 자신에게 좋은 것이 무엇인지 가장 잘 판단하지는 않으니까요. 저는 부모님의 지도 덕분에 나이가 들어감에 따라 제 자신을 더 잘 돌보는 방법을 배웠습니다. 그래서 어릴 때에는 과잉보호하는 부모님을 탐탁치 않게 여겼는지도 모르지만 이제는 부모님이 저를 위한 최선이 무엇인지를 마음속에 품고 있다는 걸 알 수 있어요. 잠깐만요, 서랍에 넣어둔 아빠 닮은 저주 인형 좀 꺼내서 버리고, 제 유언장에서 지워 놓은 엄마 이름 좀 도로 넣어야겠어요….

여러분도 제가 크림필드에 가겠다고 부모님께 처음 말씀드렸을 때 두 분 반응을 짐작하시겠죠? 그때 부모님은 제가 밤새도록 클럽에서 논다는 사실에 죽을 만큼 걱정하지 않기 위해 노력 중이었거든요. 그런데

240km 이상 떨어진 데다가 이틀 동안 진행되는 축제에 가겠다고 말을 한 거죠. 당연히 부모님은 제 말을 반기지 않았습니다.

지금도 그때 그 목소리가 귓가에 생생해요.

'리, 너는 절대로 그 분위기에 적응할 수 없을 거야.'

'리, 너 피곤해서 지쳐 쓰러질지도 몰라.'

'리, 우리가 널 다시는 못 보면 어떡하니?'

저는 제가 원하는 것이 있을 때에는 엄청난 설득력을 발휘합니다. 그때도 최대한 환하게 미소 지으며 크고 파란 눈으로 부모님을 바라보면서 저를 페스티벌에 보내 달라고 말했죠. 조심하겠다고 약속했고 친구들이 나를 돌봐줄 거라고 믿는다고 말했습니다. 사실 그건 거짓말이었어요. 제 친구들이 나빠서가 아니라 (최고의 친구들입니다) 걔네가 저를 돌봐주리라고는 전혀 생각하지 않았거든요. 자기 자신도 돌볼 수 없는 애들이란 사실을 잘 알았죠. 여러분들 중에 밤에 놀러 나갈 때 '운전자로 지정'된 경험이 있는 분은 술에 취한 친구가 얼마나 시끄럽고 성가실 수 있는지 알 겁니다. 이를테면 술에 취해 맛이 간 친구들로부터 제가 얼마나 사랑을 받고 있는지를 계속 반복해서 듣거나, 그걸 피하려면 말이 너무 많은 친구의 입을 막기 위해 케밥집에 들러 입막음용 케밥을 주문해야 한다는 거죠.

뭔가 모순이긴 하지만 제 말은, 술에 취한 친구는 쓸모가 없다는 얘기입니다. 그러니 크림필드에서 친구들에게 의지할 수 없다는 사실을 잘 알았다는 거죠. 당연하지만 부모님께는 그런 말을 하지 않았고요. '너 바보 아냐?'라고 물으신다면 제 대답은 '아니요'입니다. 부모님이 걱정하는 범위 내에서 제 친구들은 모두 저만큼이나 현명했어요. 그리고 아마도 그 작은 선의의 거짓말을 한 덕분에 부모님이 본인들 시야에서 제가 멀리 벗어나 크림필드에 가는 것을 허락하셨을 겁니다.

뉴캐슬에서 리버풀로 내려가는 버스 여행에서는 모두가 기분이 좋았습니다. 음악은 아주 흥겨웠고 페스티벌이 열리는 장소가 가까워질수록 기대감도 커졌죠. 멋진 날이 될 거라고 장담할 수 있었습니다. 친구들에게 둘러싸여 잔디밭에서 서서 음악에 맞춰 춤추는 느낌은… 제 개그에 웃고 있는 사람들로 둘러싸여 무대에 서 있는 것 바로 다음으로 제가 좋아하는 느낌입니다. 모두가 인생 최고의 시간을 보내고 있었습니다. 저는 잘 적응했습니다. 피곤하지 않았습니다. 길을 잃지도 않았고, 사실 전혀 애쓸 필요도 없었습니다. 인생 최고의 순간에 취해 있었고 매 순간을 즐겼어요.

그러다 문득 뭔가 잘못되었다는 걸 깨달은 건 페스티벌 메인 무대 텐트로 걸어가던 길에서였어요. 대형 텐트는 만 명 정도의 사람들로 꽉 차 있었기 때문에 어디로든 빨리 움직이기는 상당히 어려웠죠. 우리는 끊임없이 다른 사람들과 부딪혔고 휴식을 취하며 바닥에 앉아 있는 사람들에 걸려서 넘어졌습니다. 확실히 장애가 있으면 상황이 더 어려워지죠. 스트레스가 상당했습니다. 그런데 그것 말고도 뭔가 또 잘못된 게 있었어요. 손가락이 닿는 곳에 뭐가 없었죠. 친구들은 다 시야에 들어왔어요. 아무도 잃어버리지 않았습니다. 저는 똑바로 서 있었기 때문에 분명히 다치지도 않았죠. 무슨 일이 일어난 건지 정확히 이해한 건 친구가 저에게 말을 걸기 시작했을 때였습니다. 대답을 입력하려는데 뭔가 싸했습니다. 토커가 온데간데없어진 거예요.

여러분들은 지금 인생의 대부분을 매일 오른손에 토커를 가지고 다녔으니까 토커가 없어지면 제가 곧바로 알 거라고 생각하실 겁니다. 저도 여러분의 의견에 동의할 수밖에 없어요. 토커가 사라졌다는 사실을 바로 알아차렸어야 했어요. 하지만 그러지 못했고 토커는 사라져버린 거죠. 전 아득한 공포에 사로잡혔습니다. '제기랄, 내 토커가 대체 어디로 간 거야?'

제가 마주한 첫 번째 문제는 현재 무슨 일이 일어난 건지 다른 사람에게 설명하는 일이었습니다. 아무튼 저에게는 의사소통 방법이 없었으니까요. 다행히 두려움으로 가득한 제 눈빛이 많은 말을 전달했나봐요. 친구 나스가 무슨 일이 일어났는지 알아차렸어요. 페스티벌에서 하루 종일 놀고 매우 지쳐 있었는데도 그 사실을 알아차린 거예요. 감동이었습니다. 저의 엄청 비싼 의사소통 장비가 수천 명의 클러버들이 춤추는 텐트에서 사라졌고 그걸 되찾을 가능성은 정말 매우 희박했어요. 무슨 수를 써서든 나스가 그 자리에서 당장 술이 깬다면 또 모를까.

우리 앞에 펼쳐진 모든 혼란 속에서 작은 기계를 찾을 방법은 없었습니다. 당시 제가 말 그대로 목소리를 잃었다는 사실과, 제가 무사하기만을 바라는 부모님 손에 이제 죽을 일만 남았다는 사실 중 제가 어느 쪽을 더 걱정했는지 잘 모르겠어요. 이후로 다신 페스티벌 같은 건 꿈도 못 꿀 게 분명했죠. 제가 망연자실했다고 말하는 건 엄청나게 절제해서 표현한 겁니다. 그리고 감정이 섬세한 남자로서 이 자리에서 여러분에게 솔직히 고백하겠습니다. 저는 텐트 가장자리에 있는 잔디에서 무릎을 꿇고 울었습니다. 통곡을 했죠. 압박감을 느낄 때 자신이 어떻게 반응하는지를 알게 되는 건 언제나 흥미롭죠. 제가 완전히 무너질 거라고는 예상하지 못했거든요.

　나스가 저를 잔디밭에 앉히더니 움직이지 말라고 했어요. 그런 다음 걔가 잃어버린 제 목소리를 찾기 시작했어요. 거기에 몇 시간은 앉아 있었던 것 같은데 실제로는 10분 정도밖에 안 되는 시간이었죠. 매초 저는 토커를 되찾을 거라는 희망을 잃어가고 있었습니다. 아마도 제 토커는 열광적인 클러버들의 발에 짓밟혔을 겁니다. 잃어버렸다는 걸 깨닫기 전에 어쩌면 제가 밟았을지도 모르죠. 마지막 희망이 사라지기 시작했을 때 저 멀리 나스가 보였습니다. 제 쪽으로 걸어오고 있었는데… 손에 뭔가를 가지고 있었어요. 물론 아니겠죠! 그건 불가능하잖아요! 그렇죠?

　나스의 모습이 가까워지고 있었지만 앞이 잘 보이지 않아서 눈물을 닦아내고 보니, 나스가 적장의 머리를 들고 전쟁에서 돌아오는 영웅처럼! 트로피를 높게 든 승자처럼! 제 토커를 머리 위로 든 채 걸어오고 있었어요. 나스는 우리가 지나온 곳을 되짚어 가면서 살펴보다가 많은 사람이 모여 있는 바닥 한 가운데에 토커가 놓여 있는 것을 발견했다고 해요. 핸드백처럼 고이 놓여 있는 토커 주위로 사람들이 춤을 추고 있었다네요. 정말 불가능한 일을 해낸 거죠! 그 순간 제가 느낀 안도의 감정은 그 이후로 한 번도 경험한 적이 없어요. 앞으로도 그런 느낌은 모르고 살고 싶답니다. 지금까지도 나스가 어떻게 토커를 찾았는지 모르겠어요. 그때 일을 생각할 때마다 아직도 얼떨떨해요. 어쨌든 나스는 영원한 저의 영웅으로 남을 겁니다.

또 다른 비밀이 드러나 버렸네요. 엄마 아빠! 죄송해요. 하지만 이 이야기가 준 교훈은 '술에 취한 친구도 다시 보고 믿어보자'입니다.

TFAQ IV

"섹스할 수 있나요?"

많은 사람이 장애인에게 성관계를 가질 수 있는지 당연히 물어봐도 된다고 생각해요. 흔한 통념과는 달리, 답은 '예스'입니다. 네, 장애인도 진짜 성관계를 할 수 있어요. 그리고 제가 누군가와 하룻밤을 보내는 데 성공했다면 나머지 장애인들에게도 희망이 있는 겁니다. 왜 그렇게 많은 사람이 제가 섹스를 할 수 없다고 생각하는지 모르겠어요. 물론 멀티플레이를 하긴 해야겠죠. 한 손으로는 토커로 음담패설을 하고 다른 한 손으로는…. 흠, 어쨌든 나머지 장기는 다 정상적으로 잘 작동한단 말입니다. 저는 그렇게 생각하는데 솔직히 말하면 한동안 사용을 못 해서 좀 녹슬었을지도 몰라요. 안타까운 진실이지만 연애운이 그다지 좋지는 않았거든요.

노르만
정복

5

연애는 누구에게나 어려운 일입니다. 여러분은 어떤 말로 작업을 거나요? 데이트 첫날엔 어떤 옷을 입으세요? 다음 날 아침에 일어나 상대방의 집 와이파이 암호를 물어보기까지 얼마나 걸리나요? 장애가 있고 목소리는 없는 남자로서, 연애 게임은 저 같은 사람들에게 훨씬 더 어렵다고 자신있게 말할 수 있습니다. 이 글을 쓰는 시점에서, 지금까지 저는 진지한 연애를 딱 세 번 해봤습니다. 그리고 분명히 말씀드리죠. 노력이 부족해서는 아니라는 사실!

그 누구도 인생의 거대한 데이트 시장에서 안 팔리는 상품이 되기를 원하진 않을 거예요. 제일 인기 있는 녀석들은 이미 다 팔렸고 제일 싼 녀석들은 팔렸다가 돌아와서 환불을 기다리고 있죠. 그리고… 안 팔리는 녀석들은 진열된 그대로 남아 있습니다. 그래요. 테스코의 자체 브랜드 레드 소스처럼 말이죠. 맛도 없고 거의 손대는 사람도 없는 소스 말이에요.

연애를 하려고 할 때 저의 가장 큰 문제는 전통적인 방식으로 상대방에게 접근하기가 어렵다는 점입니다. 보통 말로 작업을 걸잖아요. 마음을 표현하고 환심을 사는 그런 대화 말이에요. 제가 할 수 있는 최선은 타이핑을 하면서 작업을 거는 방법인데 그건 뭔가 좀 이상하죠. 논문을 타이핑하거나, 유서를 타이핑하거나, 아날로그 감성을 그리워하는 할머니에게 드릴 편지를 타이핑하는 건 가능하겠죠. 하지만 작업을 걸면서 타이핑을 한다? 전혀 섹시하지가 않잖아요. 설령 타이핑을 할 수 있다 해도 대부분의 사람들은 외모만으로 판단하는 경향이 있습니다. 눈앞에 장애인이 나타나는 순간 이미 마음을 굳히다 보니 힘들게 첫 마디를 건네는 타이밍은 항상 너무 늦기 마련이죠.

그래도 토커를 사용하니까 예전보다는 말로 작업을 걸기가 훨씬 쉬워졌습니다. 기술이 그다지 발전하지 않았던 어두운 시절에는 메시지를 전달하고 싶을 때 수어에 의존할 수밖에 없었어요. 상상이 되나요? 수어로 누군가와 얘기를 나누는 건 매우 제한적입니다. 특별한 사람과의 대화는 말할 것도 없고요. 우선 대화를 나누는 사람도 수어를 아는 사람이어야 하는데 여기서부터 확률이 확 줄어들죠. 그게 아니면 제가 말하는 것을 통역해줄 사람이 옆에 있어야 하는데 그 경우엔 대화가 뒤죽박죽이 돼 버려요. 수어를 아는 사람이 별로 없어서 저는 주로 통역을 이용하는 쪽이었죠.

그런데 지금도 그때와 사정이 달라지지 않았다는 게 믿기지 않아요. 수어를 사용했었고 주위에 수어에 의존하는 사람도 많은 제가 보기엔 수어를 더 널리 사용하도록 권장하지 않는 게 정말 이상해 보일 뿐이에요. 저는 학교에서 수어를 가르쳐야 한다고 굳게 믿고 있습니다. 모르긴 몰라도 프랑스어만큼은 유용할걸요? 교육부는 참고하길 바랍니다. 요즘 프랑스어 쓰는 사람이 어디 있다고.

하나 더 덧붙이고 싶은 이야기가 있어요. 수어는 2003년에 공식 언어로 지정되었는데 아직도 대부분의 학교에서 가르치지 않고 있어요. 수어를 더 널리 사용하고 더 잘 이해하면 우리 사회가 얻는 장점이 많을 거라고 장담합니다. 일상생활에 융화되는 사람도 더 늘어날 거예요. 의사소통을 통해 장애인과 비장애인 집단 간에 유대감이 형성되면 수어를 사용하는 사람들의 정신 건강도 좋아지고 고립을 느끼는 사람도 줄어들 거예요. 이제는 제가 하고 싶은 말을 전달할 다른 방법들이 생기긴 했지만 친구한테 말을 걸 수단이 하나도 없을 때의 외로움이 얼마나 큰지 뼈저리게 알고 있어요. 대부분의 사람이 이 상황을 당연하게 여기지만 수어를 아는 것은 모든 사람에게 도움이 되는 일입니다. 돈을 많이 들이지 않고도 배울 기회가 충분히 주어지기만 한다면요.

언어 치료사 선생님께 보내는 사과문

잠시 샛길로 빠지겠습니다. 수어 통역은 보통 엄마의 몫이었어요. 그런데 한번 생각해 보세요. 세상에 막 발을 딛기 시작한 남자아이 중 그 누가 여자아이들에게 말을 걸 때 엄마가 같이 있기를 바라겠어요? 정말 쪽팔리죠.

다행히도 그때는 제가 여덟 살 정도밖에 안 됐을 때여서 여자아이들한테 같이 자자는 얘기까지 엄마에게 전해달라고 하진 않았어요. 하지만 필요 이상으로 손발이 오그라드는 경우가 많긴 했어요. 요즘에는 관심있는 여자가 있으면 페이스북에서 '콕 찔러보기'를 하면 되죠. 그런데 80년대에 그런 소셜미디어가 어디 있어요? 그때는 놀이터에서 여자아이의 머리카락을 잡아당기고 도망가는 것이 전부였습니다. 물론 제가 그걸 잘했다는 건 아니에요.

처음 제게 토커가 생겼을 때도 제대로 쓰지 못했어요. 딱 봐도 너무 부담스러운 게 크기가 무지막지해서 그걸 가지고 다니는 모습을 남들한테 보이기가 꺼려졌거든요. 말을 해야 하는 일이 있을 때마다 그 거대한 장비를 캐리어에 넣어서 여기저기 끌고 다녔던 기억이 나네요. 어릴 땐 주목 받는 것이 싫었어요. 당시 저의 언어치료사는 억지로라도 제가 토커를 사용하게 했는데 저는 그분께 참 못되게 굴었지요. 절대로 안 쓰려고 고집을 부렸거든요. 나중에 사람들과 어울리며 토커를 사용하기 시작하면서 비로소 이 새로운 기기에 장점이 있다는 걸 알았어요. 성인이 되어서 다른 언어치료사와 대화를 나누다 보니(제가 요즘 언어치료계에서 인기가 좀 있습니다) 대부분의 아이들이 이런저런 이유로 기기를 사용하는 것을 꺼린다고 하더군요. 지금 이 글을 읽는 치료사 선생님들이 있다면 희망을 버리지 마세요. 언젠가 아이들을 설득할 수 있을 것이고 여러분이 쏟는 노력에 아이들도 결국 고마워할 거예요.

그러니까 이성에게 말을 거는 건 어릴 때부터 어려웠어요. 처음에는 수어에 주로 의존했으니 여자아이들에게 제대로 말을 걸지 못했죠. 나이가 더 들어서 사회에 통합되어 보니 놀이터에서 자연스럽게 배우는 삶의 지

혜들 있잖아요, 머리카락 잡아당기기 같은 거 말고요. 사람들과 시간을 보내면서 자연스럽게 배울 수 있는 미묘한 대인관계라든가 그런 것들을 많이 놓쳤었더라고요. 게다가 제가 워낙에 남의 시선을 많이 의식하거든요. 다른 사람과 살짝 다르다 보니 사람들이 나에 대해 어떻게 생각하는지 항상 신경이 쓰입니다. 내 몸을 온전히 편하게 느낀 적도 없고, 단점을 항상 제일 먼저 찾아내서 다른 사람한테 보여주곤 하지요. 로맨틱한 상황은 물론이고 대부분의 사람들을 만나는 상황에 자신이 없어요.

이런 이유들 때문에 제가 온라인 데이트에 주로 매달리는 게 아닌가 싶어요. 화면 뒤에 숨어서 타인이 우리의 일부만 볼 수 있게 하는 게 인터넷이 발명된 이유 아니던가요? 하긴 어떤 온라인 데이트 사이트는 오히려 사람들의 외모만 가지고 운영된다는 문제점도 있지요. 그러니 드라마 〈이스트엔더스〉의 필과 그랜트 형제를 합친 것처럼 못생긴 저는 처음부터 불리한 위치에 있다고 볼 수밖에요. 가장 큰 문제는 이거예요. 프로필에 장애가 있다는 걸 밝히고 사람들이 개의치 않길 바라는 게 맞을까요? 아니면 말을 못 한다는 사실을 감추고 있다가 인생의 상대를 만나면 어느 타이밍에 이 사실을 고백할지 그때 가서 고민하는 게 더 나을까요?

저는 두 가지 방법을 다 시도해 봤는데 결과는 제각각이었습니다. 사람들을 속이려는 의도는 없습니다. 오로지 장애만으로 나를 판단하지 않기를 바랄 뿐이죠. 어려운 선택입니다. 틴더에서 왼쪽, 오른쪽도 구별 못 하는 바보 같은 사람이랑 매칭될 수밖에 없다는 뜻[19]이니까요. 현실적으로 제가 스피드 데이트[20]에 잘 맞는 타입도 아니잖아요. 한 문장을 다 입력할 때쯤이면 이미 다음 사람으로 넘어가 있을 거니까요.

저에게 관계의 끝은 대부분 재앙이었습니다. 혼자서 인생의 대부분을 보낸 탓에 관계를 다음 단계로 진척시키는 일이 두려웠어요. 누군가가 가까이 다가오도록 내버려 두지 못하고 밀어냈습니다. 그렇게 하는 편이 더 쉬웠던 거죠.

물론 항상 좋지 않은 기억만 있던 것은 아닙니다. 저는 한동안 싱글맘과 사귀었어요. 솔직히 고백하자면 사랑은 아니었던 것 같아요. 다리가 너무 후들거리는데 아기가 탄 유아차를 잡고 걷는 게 보행 보조기를 사는 것보다는 훨씬 저렴하더라고요.

여자들과 처음 이야기를 나누기 시작한 건 대학에 다

---

19 데이팅 앱 '틴더'에서는 상대의 프로필이 마음에 들지 않으면 왼쪽으로 마음에 들면 오른쪽으로 스와이프를 하는데, 이때 양쪽 다 서로의 프로필을 오른쪽으로 스와이프하면 매칭되어 대화를 나눌 수 있다. 왼쪽과 오른쪽 기능을 제대로 구분하지 못 하는 사람이 아니라면 자신의 프로필을 마음에 들어할 리 없다는 뜻으로 저자가 자조하는 말.
20 여럿이 모여 제한 시간을 두고 돌아가며 일대일로 인사를 나누는 방식으로 빠르게 상대를 고르는 데이트 방식. 요즘은 업무용 인맥을 쌓는 자리에서도 잘 활용된다.

니면서부터였는데 그땐 따라잡아야 할 게 아주 많더군요. 처음으로 제대로 된 여자 친구를 사귄 건 스물두 살 때였어요. 그전에는 숫기가 없어서 데이트하자고 말도 못 걸었고 말을 거는 데 성공해도 여자들이 관심이 없더라고요. 결국 평생 누구와도 사귀지 못할 거라고 생각하는 지경까지 갔습니다(스물두 살짜리의 생각치곤 극단적인 편이었던 건 인정). 누가 나 같이 온전하지 못 한 사람을 사랑할지 그저 막막하기만 했거든요. 이젠 내 팔자를 받아들이고 가진 것에 만족해야 하는 건 아닐까? 그렇다고 마냥 힘들기만 한 것도 아니었어요. 어느 모로 보나 그랬죠. 곁에는 최고의 가족과 친구들이 있었고 사회생활도 즐거웠고 주어진 삶이 대체적으로 행복했으니까요. 이 정도면 충분하다고 볼 수도 있었지요.

머리로는 뇌성마비 때문에 자꾸만 모든 게 조금씩 더 힘들어진다는 생각이 들면서도 오히려 그럴수록 도리어 남들이 내가 힘든 게 장애 탓이라고 생각한다는 것을 알아차리지 않았으면 했고 그래서 힘든 내색도 더욱 하기 싫었습니다. 넋두리 같이 들릴 수도 있겠지만 아니에요. 제 마음은 가끔 보면 참 이상해요. 한편으론 저 자신에게 일어나는 일들에 대해 재미있는 면을 보는 것을 좋아하면서도 다른 한편으론 내가 다른 사람들과 다르다는 점을 자꾸만 되새기니까요. 그런 생각에 잠길 땐 울적해지죠. 만약 장애가 없었다면 삶이 어땠을까? 누구나 다른 사람의 삶을 살면 어떨지 궁금해하지만, 글쎄요, 저의 삶을 선뜻 살아보겠다고 하는 사람도 있을까요?

가끔은 머릿속의 이런 복잡한 생각들에 '그냥 내 삶을 살게 내버려 둬'하고 말하고 싶을 때가 있습니다. 왜 내 마음은 내가 모든 일을 걱정해야 한다고 고집을 부릴까요? 저는 프로 걱정꾼이면고 생각을 너무 많이 합니다. 거의 매일, 밥 먹듯이 그러는 것 같아요. 지난 38년 내내 그랬어요. 그러다 보니 이 마음가짐을 깨는 게 매우 어렵습니다. 이런 마음은 당연히 인생의 다른 부분에도 영향을 미칠 수밖에 없어요. 예를 들어 작업을 걸려고 할 때마다 마음이 마구 어지러워지는 식이죠. 그리고 대부분의 경우 내가 아직 충분히 잘하고 있지 않다고 생각해버려요. 이런 믿음이 강하면 집을 나서기 전부터 이미 지는 싸움을 하는 셈인데도 말이에요.

장애는 제가 가진 콤플렉스 중 하나이긴 하지만 동시에 저의 매력적인 특성이길 바랍니다(적어도 기분 좋은 날에는 이렇게 봅니다). 제가 연애를 어떻게 풀어나갈 것인지는 남들의 태도만큼이나 제 상황을 받아들이는 저 자신의 태도에 달려 있어요. 그런데 스스로에 대한 자신감이라든가 삶을 긍정적으로 보는 건 노력으로 되는 부분이라 해도 정부가 장애인을 별로 중요하지 않은 사람으로 보고 우리 사회가 우리를 동등한 사람으로 대우하지 않는 한, 저는 솔직히 저 같은 사람들의 상황이 크게 변하리라 생각하진 않습니다. 다행히도 앞서 말씀드렸듯이 저는 저를 든든하게 지지해주는 가족과 친구가 있고 저의 정신 건강에 대해서도 쉽게 오픈하는 편이에요. 무엇 때문에 괴로운지 최대한 많이 이야기하는 것이 굉장히 중요합니다. 저와 비슷한 생각을 하는 사람이 있다면 누구에게라도 고민에 대해 털어놓기를 추천합니다. 정말 도움이 돼요.

스물두 살에 처음으로 제대로 된 여자 친구를 만났을 땐 연애에 관해서라면 아예 포기하기 일보 직전이었습니다. 이 행운의 여성의 익명성을 보장해주기 위해 '노르만'이라고 부르기로 하죠. 제 인생에서 처음으로 제가 장애인이라는 사실이 전혀 괴롭지가 않았습니다. 노르만에게도 그것이 중요하지 않다는 것이 분명했거든요. 우리는 서로를 있는 그대로 좋아해 주었습니다. 아마도 누구든지 이런 사람에게 끌릴 거예요.

노르만을 처음 본 순간은 제가 클럽에서 한창 춤을 출 때였어요. 우리는 이야기를 나누기 시작했고 곧바로 대화가 착착 통했지요. 노르만은 저에게 자기 얘기를 다 해주었고, 저도 노르만에게 저로 산다는 것에 관해 이야기해주었습니다. 몇 시간 동안이나 거기 그렇게 앉아서 얘기만 했죠. 아주 고전적인 로맨스 영화 속 첫 만남같은 전개였어요. 제게 그런 일이 일어나고 있다는 사실을 믿을 수가 없었습니다. 그때를 여전히 제 인생 최고의 날 중 하나로 기억합니다. 변화가 일어나기에 모든 것이 정말 완벽해 보였거든요. 관계는 거기서부터 발전해가기 시작했습니다. 우리는 매일 수다를 떨었고, 헤어지는 순간부터 노르만이 다시 보고 싶었습니다. '많이 좋아했다'는 말은 그 감정의 반도 표현하지 못 하는 말이죠. 하지만 그때 우리는 아직 친구 사이였습니다.

 제대로 고백하고 싶었지만 함께 있을 때는 늘 감정을 억눌렀어요. 사회부적응자 같은 저의 성격을 고려했을 때 결국 제가 MSN 메신저를 통해 고백했다는 사실이 놀랍지 않을 겁니다(저보다 어린 독자들은 MSN이 뭔지 검색해봐야 알 수도 있겠네요. 옛날 옛적에 쓰던 영상 통화라고 생각하면 됩니다. 다만 영상 기능이 지원되지 않는…. 완전 구닥다리였다는 소리죠!). 그런데 정말 놀랍게도 노르만이 고백을 받아준 것입니다. 이후 몇 주 동안 구름 위를 걷는 기분이더군요. 저도 드디어 여자 친구가 생긴 것입니다. 바로 나, 리 리들리에게 말이에요. 마침내 시장에서 제가 팔린 거예요!

접근성 떨어지는 호텔

노르만과 연애를 하면서 인생에서 또 하나의 이정표를 세웠습니다. 부모님 없이 첫 휴가를 떠난 것이죠. 이것은 저에게 엄청난 사건이었습니다. 한때는 저 자신도 불가능하다고 생각했던 일을 독립적으로 해낼 수 있음을 스스로와 다른 모든 사람에게 증명한 순간이었으니까요.

그렇게 부모님이 안 계신 첫 휴가는 노르만과 함께였고 자립이라는 측면에서 엄청난 사건이었습니다. 늘 가던 그런 휴가도 아니었습니다. 스페인의 이비사 섬에 가기로 했거든요. 클러버들의 천국 말이에요. 우리가 클러빙을 하다가 만났고 취향이 똑같이 댄스 음악이라는 점을 감안하면 '하얀 섬'이라 불리는 이곳을 우리의 첫 휴가지로 고른 것은 탁월한 선택이었습니다.

한 번 더 얘기하지만 부모님은 틀림없이 제가 가족 없이 그곳까지 간다는 사실이 많이 망설여졌을 거예요. 그때까지 다른 사람과 가장 멀리 가본 곳은 런던 정도였고 그나마도 며칠밖에 되지 않았으니 이번 여행이 우리 가족에겐 익숙한 곳을 떠나 미지를 탐험하는 또 하나의 경험이었던 것이죠. 하지만 두 분은 걱정이 되었다고 해도 그걸 결코 내색하지 않았어요. 그냥 알아서 조심하라고 하고 제가 하는 대로 내버려 두었죠. 이런 종류의 믿음이 늘 제가 세상에 나와서 하고 싶은 일을 할 수 있는 자신감이 되었던 것 같아요. 이비사까지 가는 길이 조금 걱정되긴 했지만 노르만이 저를 돌봐줄 것이고 드디어 저의 날개를 활짝 펼 수 있게 됐다고 생각하니 엄청나게 설레더라고요.

그 후로도 꽤 많은 곳을 방문했지만 정말 이비사 같은 곳은 없었습니다. 네, 클러빙하기에 너무 좋은 곳이죠. 그런데 이비사는 클러빙 그 이상의 섬이더군요. 거기에 오는 사람이라면 누구나 환영받습니다. 나이가 적건 많건, 가족이든 닭살 커플이든, 파티를 좋아하는 사람이든, 태양을 숭배하는 사람이든, 장애가 있든 없든 누구라도요. 숨 막히는 풍광이며 끝내주는 저녁 노을이며…. 지구 상의 그 어느 곳보다 눈부시게 아름다워요. 이비사의 첫 경험이(그리고 저의 첫 독립적인 휴가가) 노르만과 함께여서 정말 기뻤습니다. 그냥 완벽했어요. 세상을 더 구석구석 보고 싶어서 몸이 근질근질해질 정도로요.

노르만과 저는 새로운 도시를 탐험하고 새로운 곳을 발견하는 경험을 아주 좋아했습니다. 호텔에 다니는 취미가 생길 때 즈음 제가 가장 좋아한 일 중 하나는 포스트잇에 메모를 적어서 다른 투숙객이 찾을 수 있도록 숨겨놓는 것이었습니다. 그냥 순수한 장난이지요. '무료 와이파이 신호가 그분을 소환할 것이다', '저는 체크아웃한 적이 없습니다', '잠을 깊게 잘 자는군. 자는 모습 잘 봤어' 이런 말들이요. 룸서비스를 시켜 놓고 배달이 올 때까지 어떻게든 시간을 보내야 하는데 이 장난이야말로 제 흔들리는 손글씨가 빛을 발하는 순간입니다. 메모에 적힌 메시지가 저세상에서 온 것처럼 보이게 하거든요. 언젠가 여러분이 호텔에 체크인했을 때 제 메모를 발견했으면 좋겠네요. 그러면 엄청 뿌듯할 것 같아요. 아니면 여러분이 다음 사람을 위해 하나 남겨두어도 좋고요. 우리 모두 가끔은 예상치 못한 곳에서 웃을 필요가 있어요.

물론, 우리가 호텔을 예약할 때마다 항상 호텔에선 '접근성 좋은' 객실을 원하는지 묻더군요[21]. 그런데 이 질문을 들을 때마다 혼란스러워요. 도대체가 세상에 접근할 수 없는 방에 묵고 싶어 하는 그런 인간도 있나요? 본래 호텔 객실이라 함은 모두 접근 가능해야 하는 거 아닌가요? 아니면 제가 모르는 뭔가가 있는 거예요? 좀 더 도전적인 것을 좋아하는 손님들을 위해 모

---

21 영어권에서 '접근성 좋은 객실(the accessible room)'은 장애인용 객실을 의미한다.

든 호텔에 '접근성이 나쁜' 층이 따로 있기라도 한 겁니까? 예를 들어 청소하는 분들이 복도에 서서 진공청소기를 휘두르며 길을 막으려고 한다든가, 〈크리스탈 메이즈〉[22]처럼 가구들을 여기저기 널브러뜨려 놓고 유격 훈련 구간을 통과하게 한다든가…. 아마도 호텔 방으로 가는 길에 침대 매트리스가 몇 개씩 쌓여 있고, 끓는 물이 가득 찬 주전자가 발에 걸려 넘어지기 좋은 위치에 놓여 있고, 바지 다리미판이 벽에서 저절로 펼쳐지기라도 하나 보죠? 복도 끝에는 코미디언 레니 헨리가 슈퍼마리오의 쿠파 대마왕처럼 기다리고 있다가 아수라장이 된 현장을 살펴보고요. 그리고 이 모든 장애물을 통과해서 문 앞에 다다르면? 장담컨대 여러분이 아무리 노력을 해도 멍청한 카드키로는 문을 열지 못 할 거랍니다. 결국 마지막 관문에서 미션에 실패하는 거죠.

장애인 코미디언으로 여기저기 순회공연을 다니다 보니 접근성 게임에서 레벨업해야 할 호텔이 많더군요. 접근성 좋은 객실이 있다고 자랑하는 호텔도 실제로 그 방들이 접근 가능한지 여부는 대부분 복불복이에

---

22 도전자들이 다양한 미션을 수행하면서 미로를 탈출하는 서바이벌 프로그램으로, 1990년 영국의 채널 4에서 프랑스 방송 포맷을 차용해 방영을 시작했다. 코로나19 팬데믹 상황으로 인한 시청률 하락으로 2021년 종영이 결정되었다.

요. 특히 저는 욕조에 들어갈 수 없기 때문에 샤워 부스가 있는 호텔 방이 필요합니다. 그런데 접근성 좋은 방이랍시고 들어갔는데 높이만 살짝 낮은 욕조가 있으면 가슴이 철렁 내려앉아요. 그건 다음에 집에 가서 제대로 샤워를 할 때까지 내 몸에서 냄새가 날 거라는 얘기일 뿐 아니라 문제의 호텔이 접근성에 관해 제대로 생각하지 않고 그냥 말만 번지르르했다는 얘기거든요. 호텔 입장에서 접근성 좋은 방이란 결국 서류상에만 표시하는 보여주기식 대응인 것입니다.

엎친 데 덮친 격으로 어떤 장애인은 샤워 부스보다 낮은 욕조를 더 선호합니다. 트위터에서 욕조 문제를 언급했을 때 이 부분을 답글로 지적한 장애인들이 있었기 때문에 알게 되었어요. 세상의 다른 일들처럼 하나의 대안이 만병통치약일 순 없죠. 장애에도 다양한 종류가 있으니까요.

그래서 모든 호텔이 선택권을 주면 좋겠습니다. 마음이 너그러울 때는 '이 정도라도 하는 게 어디야?' 하고 감사해할 수도 있겠지만 동시에 우리의 기본적인 요구를 충족시키는 건 아주 중요한 일이니까요. 낮은 욕조가 있는 접근성 객실과 샤워 부스가 있는 접근성 객실 중 어느 한쪽만이 아니라 둘 다 섞어서 몇 개씩 마련해두세요. 그러면 각 고객의 특성과 요구사항을 만족하는 맞춤형 객실을 제공할 수 있습니다. 그리고 저는 냄새를 감추기 위해 데오도란트로 샤워를 하지 않아도 되고요.

"혹시⋯
도우미는 어디에 계세요?"

매일같이 벌어지는 크고 작은 난관을 해결하기 위해 여러 전략을 오랫동안 갈고닦았어요. 그럼에도 여전히 할 수 없는 일이 있다는 걸 인정하지 않을 수 없습니다. 이를테면, 앞으로도 혼자서는 양말을 신을 수 없을 거예요. 정말이에요, 수도 없이 시도해봤다니까요. 하루는 이 모든 고생에 진저리가 나서 속으로 아무도 눈치 채지 못 하길 바라면서 맨발에 신발을 신고 출근한 적이 있어요. 힙스터 패션이라 여러분은 이해하기 어려울지도 몰라요.

그리고 혼자서 이를 닦을 수 있는 날도 오지 않을 거예요. 면도를 혼자 할 날도 가까운 시일 내에는 없을 거고요. 반창고 하나 붙이는 거로 끝나는 상처는 우습죠. 저는 아예 제 목을 벨까 봐 무섭다니까요.

저는 이 모든 것을 다른 사람이 대신해줍니다. 도우미

(조금 더 현대적으로 표현하자면 '지원인')가 있어서 하루에 두 번, 아침 저녁으로 특정 활동을 도와줘요. 제 성격이 매우 독립적이라는 점을 감안할 때(고집도 약간 셉니다!) 흥미로운 지점이죠. 다른 사람에게 의존해서 자신을 돌보는 일이 신경 쓰이지 않느냐고요? 진실을 말씀드리자면, 전혀 신경 쓰이지 않습니다. 얼핏 들으면 아이러니해 보일 수도 있지만 실제로는 그렇지 않은 이유가 있습니다. 나를 도와줄 누군가가 있다는 것은 제가 훨씬 더 자립적으로 살아왔다는 의미거든요.

대학에 갔을 때 처음으로 지원인 제도를 활용하기 시작했습니다. 그때까지는 우리 가족이 저를 돌봐주었지요. 집을 떠나고 보니 이 드넓은 세상에서 살아남기 위해서는 지원 시스템이 필요하겠다는 것을 바로 깨달았어요. 한마디로, 열여덟 살 이후로 도우미가 없었더라면 지금 같이 평범(하다면 평범)한 삶을 살 수 없었을 것입니다. 첫 번째 도우미를 만나기 전까지는 도우미를 쓴다는 게 썩 내키지 않았습니다. 어렸을 때는 속 좁고 순진해서 '도우미'를 쓰는 것이 스스로 일을 할 수 없다는 걸 의미한다고 생각했거든요. 다른 사람들이 나에 대해 어떻게 생각할지 신경 쓰이더군요. 자립생활을 하기 위해서 처음으로 도우미를 써 본 후에야 비로소 그 장점이 이해되었습니다. 그동안 큰 착각을 하고 있었더라고요.

그렇다고 저와 함께한 지원인들이 모두 훌륭했다는 것은 아닙니다. 사실 훌륭과는 거리가 멀었어요. 지겹도록 지각하는 사람, 잘하려는 생각이 '1도 없는' 사람, 게다가 술에 취해 나타나는 사람도 있었습니다. 저도 이게 농담으로 지어낸 얘기였으면 좋겠네요.

술주정뱅이 지원인의 특징은 항상 목요일 밤을 불태운다는 점이었습니다. 금요일 아침에 술 냄새를 풀풀 풍기며 숙취에 절어서 나타났지요. 그냥 그 사람에게 저를 맞추었습니다. 그것도 나름 그만의 스타일이었으니까요. 하지만 문제의 바로 그 금요일에 지원인은 매우 늦게 나타났어요. 평소보다 몰골이 더 말이 아니었습니다. 그럼에도 들어오라고 하고 샤워를 하러 갔죠. 그분은 늘 하던 대로 부엌에 가서 설거지를 시작했고요.

모든 것이 괜찮다고 생각했습니다. 샤워를 마치고 나왔는데 설거지 소리가 들리지 않는다는 사실을 깨닫기 전까지는요. 실은 아예 인기척이 없었습니다. 혼자 침실로 들어가서 스스로 몸을 말렸습니다. 금방 와서 옷 입는 걸 도와주겠거니 기다리면서요. 기다리고…, 기다리고…, 또 기다렸습니다. 그런데 들어올 낌새가 안 보였습니다. 무슨 일이 생겼는지 살짝 걱정하면서 거실로 휘적휘적 걸어갔습니다. 그리고 바닥에 몸을 웅크리고 큰 소리로 코를 고는 그분의 모습을 맞이했습니다.

겨우겨우 그분을 깨웠습니다(물론 그 장면을 사진으로 먼저 찍어두었지요. 그냥 넘어가기엔 너무 웃긴 장면이었거니와 유용한 증거가 될 테니 말이에요). 자신이 무슨 짓을 저질렀는지 깨닫고 아주 미안해했지만, 이미 늦어버렸습니다. 그 사람은 수많은 기회를 놓쳤고, 제 인내심도 한계에 다다랐어요. 미안하지만 떠날 시간이었죠.

영국의 돌봄 시스템은 이것이 큰 문제입니다. 지원인으로 어떤 사람이 배정될지 아무도 몰라요. 아마 지원인들도 똑같이 느낄 것입니다. 방문을 하면 거기에 제가 있는 것이죠. 그래도 자기변호를 하자면 저는 적어도 술에 취해 있지는 않아요. 그동안 저를 도와준 분 중에는 진짜 훌륭한 사람도 몇 명 있었지만 완전히 꼴통도 있었습니다. 이는 지원인 중개 기관에서 충분한 급여를 주지 않아 양질의 인력은 이 일에 지원하지 않기 때문입니다. 겨우 몇 푼 벌면서 고된 일에 대해 충분히 인정도 받지 못한다면 이들이 자기 일을 즐겁게 하지 않는다고 누가 탓할 수 있을까요? 제가 아는 지원인 중에는 다른 사람을 돌보는 일을 정말 소중히 여기는 좋은 분들도 많이 있었습니다. 그런 그들도 고용주가 쓰레기처럼 대우하니까 이 업계를 떠나고 말았습니다. 그나마 저는 다행이었습니다. 어느 정도 수준에 미달하는 상황이 발생했을 때 이의를 제기할 수 있었으니까요. 하지만 안타깝게도 모든 사람이 그렇게 할 수 있는 것이 아니기 때문에 그런 열악한 위치에 있는 분들이 저로서는 가장 걱정됩니다.

　모든 사람은 돌봄을 받으면서 존엄성을 지키고 존중 받을 권리가 있지만 우리 모두 알다시피 항상 그럴 수 있는 것은 아닙니다. 목소리를 낼 수 없는 사람은 아무도 그들을 대변해주지 않기 때문에 필요한 돌봄을 받지 못 하게 되고 그 악순환의 굴레에 갇히게 됩니다. 많은 지방자치단체에서 외부 기관에 위탁하고 있는 15분 돌봄 방문 서비스도 상황을 더 어렵게 만듭니다. 겨우 15분 만에 끝낼 수 있는 일이 뭐가 있겠어요? 저는 아침에 샤워하는 데 적어도 10분이 걸립니다. 장애 때문이 아니라 순수하게 샤워를 사랑해서죠. 그렇다면 겨우 남은 5분 안에 다른 모든 일을 욱여넣어 처리해야 한다는 뜻이죠. 이 시스템이 지속된다면 이용자는 모든 일을 제시간 안에 완료하기 위해 시간의 압박감을 느껴야 하고, 지원인은 할 일을 충분히 도와주지 못했다는 죄책감을 느껴야 합니다. 하루 중에 다른 사람과 어울리는 유일한 시간이 지원인과 보내는 시간인 사람들은 말할 필요도 없죠. 예산이 빡빡하고 지원

인들이 빈틈없이 활동하고 있어야 한다는 핑계로 모든
필수 요건 중 가장 기본적인 요건을 충족시켜주지 않
는 것은 매우 불공평합니다.

웃으세요, 안 그러면 후회하게 될걸!

6

여기까지 읽은 여러분이 무슨 생각을 하는지 압니다. 음…. 까먹었네요. 마트에서 산 냉동 피자 박스를 버스에 두고 내린다든지, 아마존 프라임 멤버십 한 달 무료 체험을 신청해 놓고 자동 과금 전에 해지하는 걸 깜빡 잊는다든지(이게 바로 그들의 수법이죠), 다들 그런 적 있잖아요. 다 알아요! 어쨌든 만일 제가 여러분이라면 이렇게 생각할 것 같습니다. "이 사람 왜 지금까지 코미디에 관한 얘기는 한마디도 없는 거야?"

그래요, 이제부터 그 얘기를 해드릴게요. 준비는 되셨겠죠?

제가 가장 소중하게 생각하는 어릴 적 추억 중 하나는 잭 디와 리 에반스의 텔레비전 쇼를 보면서 턱이 빠질 듯이 웃었던 기억입니다. 그 두 사람은 공연을 풀어 내는 방식부터 무척 달라요. 리 에반스는 요란한 목소 리에 생기가 넘치고 잭 디는 무표정한 얼굴에 냉소적 인 유머가 주특기이죠. 둘 다 무대에서 각자 자신만의 특색을 잘 재현하고 있다고 생각해요.

리 에반스는 온갖 몸동작을 섞어 가며 공연에 재미를 더하는 데 최고의 능력자라고 할 수 있죠. 제가 그의 공연을 보면서 바닥을 뒹굴며 웃을 수 있었던 까닭은 익살스러운 농담 때문이라기보다는 바로 그 표정 덕분 이었어요. 또 엄청난 속도로 무대를 휘젓고 다니며 공 연하는 능력도 한몫했죠. 그야말로 코미디 무대를 뒤 집어 놓았어요. 몇 년 후 제가 본격적으로 스탠드업 코 미디를 시작했을 때 그의 스타일에 영향을 많이 받았 어요. 코미디가 단지 말을 잘하는 것만이 전부가 아니 라는 것을 알게 해주었지요(저에게는 얼마나 다행인지). 청중을 들었다 놨다 하는, 무대 장악력을 갖추는 것 또한 중요하다는 사실도 배웠어요. 차츰 저도 청중을 사로잡는 저만의 기술들을 터득했고, 공연을 할 때 최 대한 생기발랄한 모습을 보이려면 가능한 한 무대에서 몸을 많이 움직여야 한다는 것도 알게 되었죠. 이러한 노력은 저에게 없는 (예를 들면 말하기 같은) 능력을 다소 보완해주었어요. 비록 리 에반스처럼 역동적인 몸놀림이나 초고속으로 무대 위를 누비는 쇼를 하는 것은 불가능할지 몰라도 공연을 할 때면 무의식적으로 그의 모습을 저에게 조금씩 투영시키곤 한답니다.

반면에 잭 디는 재치 있는 대사로 저를 매료시켰습니다. 어린 시절, TV에 나오는 잭 디를 볼 때마다 재치 넘치는 대사를 들으면서 놀라 자빠질 지경이었죠. 작가를 꿈꾸는 어린아이의 눈에 잭 디는 그저 감탄할 수밖에 없는 언어의 연금술사였어요. 더 인상적인 것은 그가 단 한 번도 웃지 않고 유머를 전달할 수 있다는 사실이 아닐까 싶어요. 그야말로 정색하고 웃길 수 있는 코미디로는 최고의 경지였어요. 예전이나 지금이나 저는 그 근처에도 가지 못 하는 것 같아요. 리 에반스 특유의 몸놀림은 그럭저럭 흉내 낼 수 있겠는데 잭 디처럼 끝내주는 개그를 하면서 진지한 표정을 짓는 건 유감스럽게도 불가능하더라고요. 저는 제가 직접 쓴 대사에도 종종 빵 터지는지라, 달리 방법이 있나요.

어릴 때 보았던 리 에반스와 잭 디, 두 코미디언의 스타일은 극과 극이라 해도 될 정도로 달랐지만 오히려 대조적인 두 코미디를 보면서 진짜 코미디가 무엇인지 이해하는 데 도움이 되었어요. 상자에 깔끔하게 정리하듯 한마디로 간결하게 정의 내릴 수 없다는 사실이 매력적으로 보였죠. 코미디에는 누구나 웃을 수 있는 무언가가 반드시 있는데 그것을 하나하나 발견하는 재미가 쏠쏠했어요. 어떤 건 웃겼고 어떤 건 쓰레기였죠. 어쨌거나 저의 코미디 세계로의 모험은 그렇게 시작되었고, 열네 살 소년인 저에게 그 세계는 파도 파도 끝이 없었습니다.

스탠드업 코미디언이야말로 이 세상에서 가장 근사한 직업이 틀림없다고 생각하곤 했습니다. 그저 서서(때로는 앉아서) 농담을 던지는 것만으로 엄청나게 많은 사람에게 크나큰 기쁨을 줄 수 있으니까요. 학교에서도 친구들을 웃겨주는 역할을 맡았고 그러다 보니 스스로 바보처럼 망가지는 농담도 거리낌 없이 하게 되었어요. 부모님은(특히 학부모 상담이 있을 경우엔) 그런 저의 모습을 썩 내켜 하진 않았지만요. 솔직히 터놓고 말해서 우리 모두 한바탕 웃을 수 있는 순간이 꼭 필요하잖아요? 사람들에게 그렇게 빵 터지는 행복의 순간을 선물할 능력이 있다는 건 정말 굉장한 일이지요. 사람들이 재미있어 하기도 했지만 그 일을 하는 제가 오히려 더 즐거웠어요. 롤러코스터를 타고 정상까지 올라가면 아드레날린이 치솟고 흥분이 밀려오면서 자꾸 한 번만 더 타고 싶어지는 그런 기분과 비슷한 것 같아요.

게다가 스탠드업 코미디는 단순히 사람들을 웃기는 것과는 차원이 달랐어요. 수천 명의 사람들이 그 당시 저의 우상이나 다름없었던 코미디언의 말 한마디, 한마디에 집중하고 다음에는 어떤 절묘한 표현이 등장할까 기대하는 풍경은 제 마음을 완전히 사로잡아버렸지요. 그러면서 점차 온갖 종류의 코미디에 탐닉하게 되었어요.

처음에는 정석적인 스탠드업 코미디로 시작했지만 곧 퀴즈 프로그램나 시트콤, 라이브 코미디도 즐겨보게 되었습니다. 이 세계를 알게 된 것은 삶의 고비에서 매우 중요한 전환점이 되어주었어요. 특히 그 시절 시청했던 코미디 중에서 〈리그 오브 젠틀맨 The League Of Gentleman〉은 찰떡같이 제 취향이었기 때문에 지금까지도 무척 좋아한답니다. 저의 독설적인 유머 감각이 이미 유전자 깊이 장착되어 있었는지(엄마 아빠, 고마워요!) 아니면 이 코미디 시리즈물을 보면서 자연스럽게 습득한 것인지는 잘 모르겠어요. 어느 쪽이든 이 드라마가 코미디언이라면 당연히 갖추어야 할 풍자적인 사고방식을 길러주고 저의 내면에 숨어 있던 유머 감각을 일깨워준 것만은 분명해요. 물론 제 공연을 보러 온 관객을 빵 터지게 웃길 수 있도록 감각을 단련하는 데 도움이 된 프로그램이 이것 하나만은 아니었답니다. 이쯤에서 제가 열정적으로 시청했던 코미디 프로그램을 소개하는 즐거운 시간을 가져볼까요? 이런 기회를 놓쳐버린다면 십 대 시절의 저에 대한 예의가 아닐 것 같네요.

내가 가장 사랑하는 시트콤 10편

코미디가 뭔지도 모를 때부터 저는 TV에서 다양한 프로를 시청하곤 했어요. 밤늦게까지 침대에 엎드려서 저를 즐겁게 해줄 또 다른 프로그램을 찾으며 채널을 이리저리 돌리던 시절을 기억하고 있답니다(비록 고를 수 있는 채널이 4개밖에 없긴 했지만요). 그 당시 가장 재미 있었던 프로그램들은 BBC2나 채널4에서 방송했던 것 같아요. 매일 밥을 먹듯 다양한 시트콤을 보며 자랐죠. 그런 경험은 자연스럽게 저의 코미디에 큰 영향을 주었고 나름의 훈련을 시켜주기도 했지요. 누구나 처음 시작하는 순간이 있기 마련이잖아요. 이제 소개할 유쾌한 TV 프로그램들이 없었다면 저는 세상을 삐딱하게 바라보는 시선을 기를 수 없었을 거예요.

1. 〈리그 오브 젠틀맨〉. 두말할 필요 없이 제가 가장 열광하는 코미디 프로입니다. 이 방송을 어찌나 좋아했던지, 뉴캐슬에서 열리는 DVD 사인회까지 찾아가서 목이 빠지게 기다린 끝에 출연 배우들과 사진을 찍기도 했답니다. 그때 먼저 사인부터 받았어야 했는데, 깜빡 잊는 바람에 다시 긴 줄을 서야 했어요. 줄 뒤쪽에

있다가 맨 앞으로 느닷없이 튀어 나가는 짓은, 미키마우스가 이런 걸 공개적으로 장려한다면 또 모를까 영국인이라면 절대 저지를 수 없는 일이니까요. 참, 그러고 보니 동네 HMV 레코드점 벽에 붙어 있던 대형 포스터를 어찌어찌 잘 구슬려서 허락받고 떼어 온 적도 있었네요. 그 포스터는 지금까지도 잘 간직하고 있답니다. 그만큼 열혈 팬이었어요.

　이 프로를 아직 못 본 독자들이 있을 테니 좀 더 이야기해보자면, 로이스턴 베이지라는 가상의 마을을 배경으로 이야기가 전개되는 일종의 스케치 코미디[23]입니다. 그냥 단순히 오래된 마을이 아니라 옛날 옛적에 할머니 할아버지가 휴가를 보냈음 직한 그런 시골구석 마을이죠. 이곳 주민들은 편이 거듭될수록 점점 더 극악무도한 면모를 드러내요. 유쾌하긴 하나 등줄기에 소름이 쫙 돋게 만드는 장면도 심심찮게 등장하기 때문에 마냥 웃을 수만은 없답니다. 보다 보면 블랙코미디 요소가 매우 풍부해서 저만을 위한 맞춤 제작 코미디 같다는 느낌이 들어요. 몇 번을 다시 봐도 절대 질리는 법이 없답니다. 저도 이 작품을 사랑하지만, 정말 많은 팬들이 방송이 끝난 지 오래된 이 시리즈를 꾸준

23　보통 10분 안쪽인 '스케치'라고 불리는 짧은 장면으로 구성된 코미디로, 즉흥극을 기반으로 하는 경우가 많다.

히 찾고 있어요. 이런 걸작을 탄생시킨 4명의 젠틀맨[24]은 좀 격하게 띄워줄 필요가 있다고 생각해요.

이 코미디 시리즈의 매력이 무엇이었는지 되돌아보면 다소 기괴하거나 색다른 소재에서 농담거리를 찾아낸다는 점이 제 마음에 들었던 것 같아요. 십 대일 때 이 시리즈를 봤는데, 코미디에 어두운 면도 있다는 걸 처음으로 알게 되었지요. 그 전까지는 이런 종류의 코미디가 존재한다는 사실도 전혀 몰랐거든요.

완전히 새로운 세계에 눈을 뜨게 되면서 맨 먼저 떠오른 생각은 무엇이든 방향만 잘 잡는다면 유머의 소재로 써먹을 수 있겠다는 점이었어요. 그리고 그건… 끝내주는 발상이었죠. 아마 이 생각 덕분에 스탠드업 코미디언이 되기 전 친구들과 농담이나 주고받던 시절부터 부딪힌 여러 한계에 끊임없이 도전할 용기를 낼 수 있었는지도 몰라요. 이 시리즈 덕분에 누군가를 웃겨야 할 때 남들과 다르다는 것이 오히려 큰 강점이라는 사실을 알게 되었고, 제 인생을 바라보는 시각도 달라졌거든요. 제가 가진 여러 희한한 특징 때문에 움츠러들기보다는 그걸 재미있게 이야기를 풀어나갈 소재로 여기게 되었어요. 관객들이 좀 불편할 수도 있다는 건 알지만 그것도 내심 즐기게 되었고요. 제가 아주 유

24 〈리그 오브 젠틀맨〉의 주인공, 스티브 펨버튼, 마크 게이티스, 리스 시어스미스, 제러미 다이슨.

리한 위치에 있는 거라고 생각해요.

2. 〈보텀^{Bottom}〉이 프로그램이 아마도 제가 보게 된 첫 번째 코미디 쇼였던 것 같은데, 정말로 재미있었어요. 열네 살짜리가 소화하기에는 상당히 수위 높은 대사가 자주 튀어나오긴 했지만요. 릭 메이올과 아데 에드먼슨, 이 두 배우의 연기가 정말 뛰어나서 나중에 집을 떠나 룸메이트를 구해 같이 살게 되면 어떤 일상이 펼쳐질지 생생하게 그려볼 수 있었어요. 이들이 선보이는 몸 개그와 과장된 유머(정말이지 야단법석 그 자체죠)는 따분한 십 대 시절을 보내고 있던 저에게 없어서는 안 되는 쇼가 되어버렸죠. 취침 시간을 한참 넘겨 방송되었지만 단 하나의 에피소드도 절대 놓칠 수 없었답니다.

3. 〈해리 엔필드와 친구들^{Harry Enfield and Chums}〉 역시 코미디에 입문하던 시절 제 눈에 바로 들어와 가장 즐겨 봤던 스케치 쇼입니다. 특히 해리 엔필드와 캐시 버크는 주어진 여러 배역들을 모두 생동감 넘치게 연기했지요. 그중에서도 케빈과 페리는 대단한 애들이었어요. 저와는 180도 다르게 무뚝뚝하고 무례하고 자기밖에 모르는 친구들이었죠. 이 애들처럼 세상 거리낄 것 없다는

듯 살아가고 싶었는데, 무슨 수를 써도 그런 배짱은 생기지 않더라고요. 케빈이나 페리가 그러듯이 부모님께 버릇없이 굴지도 않았고 말썽을 부린 건 거의 손에 꼽을 정도였어요. (가족들이 모여 모노폴리 게임을 할 때 제가 질 것 같아서 게임판을 뒤집은 적이야 있지만 뭐 다들 그 정도쯤은 해봤잖아요?) 그 때문인지 가끔은 십 대들이 군림하면서 자기 하고 싶은 대로 행동하는 세계로 떠나고 싶었어요. 집에서도 그렇게 똑같이 해보는 걸 상상한 적도 많았지만 부모님과 괜한 분란을 일으키기보다는 그냥 용돈이나 타서 쓰는 게 더 편했던 것 같아요. 양말을 신고 벗을 때 그분들의 도움이 필요하기도 했고 말이죠….

4. 〈핍쇼 Peep Show〉 이 드라마는 여타 코미디와 다른 독특한 방식을 거리낌 없이 시도했다는 점에서 마음에 들었습니다. 두 주인공, 마크와 제러미의 생각을 주관적 시점으로 보면서 동시에 음성 내레이션을 들을 수 있는 방식이 사뭇 인상적이었지요. 두 주인공의 성격은 무척 다르답니다. 마크는 저처럼 똑똑한 남자이긴 한데 자주 충동적이고 엉뚱한 일을 저지르곤 하죠. 저랑 너무나 비슷한 친구라 더 공감이 잘 되었어요. 반면, 제러미는 세상 물정 모르고 어리숙하며 가끔 이기

적인 행동을 하면서 정작 스스로는 자신이 매력적이고 재능도 있는 뮤지션이라는 착각 속에 사는 캐릭터예요. 우리 모두 마크 아니면 제러미 같은 부류의 사람을 한 명씩은 알고 있을 것 같아요.

5. 〈테드 신부님 Father Ted〉 저는 이 시리즈를 아주 경건하고 거룩한 마음으로 감상하곤 했습니다(농담 아님). 주인공들이 어찌나 바보 같은지 정말 사랑하지 않을 수 없었지요. 이 코미디는 어린 시절 축구, 시험, 여자애들(정확히 이 순서대로) 때문에 스트레스를 받고 있던 저에게 완벽한 웃음 유발 특효약이었어요. 더불어 마음을 가볍게 해주는 안도감도 얻었답니다. 천진난만하고 단순한 두걸 신부님 캐릭터도 정말 웃겼지만 나이가 지긋한 데다 입도 건 술꾼인 잭 신부님이 개인적으로 가장 마음에 들었어요. 이 시리즈를 보면서 개성이 강한 인물들을 적재적소에 잘 등장시키면 극의 재미를 끌어올릴 수 있다는 사실을 알게 되었어요. 이 전략은 나중에 제가 시트콤을 쓸 때에 알차게 활용했죠.

6. 〈IT 크라우드 The IT Crowd〉 음, 이 시리즈를 진짜로 좋아하는 건지 확신이 들지는 않아요. 저의 컴퓨터 덕후 같은 면을 자꾸만 생각나게 만들어서일까요? 아니면

그냥 끝내주게 재미있어서? 코딩 천재인 모스와 일하기 싫어하는 로이에게서 영락없는 제 모습이 보여서인지 이 코미디는 100% 공감하면서 봤던 것 같네요. 저역시도 컴퓨터를 쓰다 기술적인 문제에 직면하면 늘 로이의 주특기인 전원 껐다 켜기를 시전하고, 로이처럼 비디오 게임과 만화책에 환장하거든요.

이 시트콤은 회사원이라면 누구나 겪게 되는 현실적인 직장의 모습을 적나라하게 보여준답니다. 물론 위원회에서 직원으로 일했던 제 개인적인 경험과도 아주 잘 들어맞더라고요. 가령 회사 일이 하도 평범하고 지루하기 짝이 없어서 뭔가 재미를 붙일 수 있는 다른 일을 찾아야만 오래 버틸 수 있다든지, 아니면 모두 겉으로는 (회의, 메모, 전화 통화, 그밖에 사무실에서 하는 시시껄렁한 일들을 하면서) 자기가 무엇을 해야 하는지 다 안다는 듯 행동하지만 실제로는 지금 상황이 어떻게 돌아가고 있는지 전혀 감조차 못 잡고 있다는 사실 같은 거요.

7. 〈적색 왜성Red Dwarf〉 지금보다 훨씬 더 어렸을 때는 이 시리즈를 무척 즐겨봤어요. 그 당시에는 SF 장르에 한참 맛 들이던 때라 우주선이 배경으로 나오는 시트콤들은 줄줄 읊어댈 수 있었거든요. 이 시트콤은 BBC에서 금요일 밤마다 방영하는 코미디 프로그램 중에서

도 최고의 인기를 구가하던 작품이었지요. 얼마 전에 다시 봤는데, 뜻밖에도 예전 제 기억 속에 남아 있는 것만큼 재미있진 않더라고요. 뭐 그렇다고 해서 이 프로를 탓하지는 않아요. 어차피 내용은 변하지 않았을 테니, 그동안 제 취향이 많이 바뀌었거나 이젠 정말 어른이 되어서 그런가 봐요.

8. 〈데즈먼드네 이발소^{Desmond's}〉 가족들과 함께 봤던 몇 안 되는 시트콤 중 하나예요. 런던 남부 지역에서 이발소를 운영하는 가이아나계 영국인 가족의 이야기랍니다. 어릴 때, 그러니까 코미디에 대한 지식이 쥐뿔도 없던 시절에 봤던 프로여서 왜 하필 이 가족과 이들의 일터가 재미있다고 느껴졌는지 몰랐어요. 그냥 별 생각없이 실컷 웃었거든요. 그게 제일 중요했죠. 이후 틈날 때마다 재미있는 프로그램이 레이더망에 잡히길 바라며 채널들을 여기 저기 탐색하는 습관이 생겼어요.

9. 〈인사이드 넘버 나인^{Inside No 9}〉 맞아요. (《리그 오브 젠틀맨》에서도 열연을 펼친) 리스 시어스미스와 스티브 펨버튼의 엄청난 팬이라는 사실은 충분히 광고하고 다녔으니까 이제 좀 그만해야겠죠. 그래도 제가 가장 사랑하는 시트콤의 목록이니 이 둘이 출연했던 또 다른 시

리즈의 이름은 꼭 언급하고 넘어가야겠네요.

이 시리즈는 코미디와 공포 분위기가 둘 다 있는 작품인데요, 이 유형의 작품을 별도의 장르로 꼭 구분해야 한다고 생각해요. 리스 시어스미스와 스티브 펨버튼이 직접 각본을 썼는데 에피소드 하나하나가 훌륭하고 스토리 전개 방식도 정말 기발해요. 이 두 사람이 관여한 작품이라면 뭔들 안 그렇겠어요. 시즌 4 첫 에피소드인 '잔지바르'가 유달리 기억에 남네요. 런던의 호텔 잔지바르에 우연히 투숙하게 된 한 무리의 손님들에게 괴상하고 어이없는 일이 계속해서 닥치는 이야기랍니다. 무엇보다 에피소드 전체가 셰익스피어가 즐겨 사용했던 기교인 약강오보격[25]으로 쓰였다는 점이 인상적이었어요.

나중에 이 사람들을 만나게 되면 '이렇게 기가 막힌 아이디어는 대체 어디서 얻나요?'라고 꼭 물어보고 싶어요. 진부하고 바보 같은 질문이 되겠지만 저는 정말 모르겠거든요. (사진이나 사인은 이제 정말 중요하지 않아요)

10. 〈심슨 가족 The Simpsons〉 엄밀히 말하면 시트콤은 아니지만 어쨌든 커가면서 이 시리즈를 보고 웃을 수 있었으니 그거면 충분하다고 생각해요. 저에게 코미디가

---

25 약한 강세, 강한 강세의 음절이 한 행에 다섯 번 이어지는 운율.

어떤 느낌인지 알게 해준 여러 TV 프로 중 하나였지요. 이 작품은 용의주도하게도 어린이와 어른 모두 즐길 수 있는 유머를 선보이는데, 당시 저는 어른들을 대상으로 한 농담도 알아들을 수 있다는 생각에 우쭐하곤 했어요. 세월의 흐름을 이기고 오랫동안 사랑받는 또 하나의 프로그램이지요. 그렇지만 좀 지나친 측면도 있어요. 채널4에서 이 프로그램을 시도 때도 없이 내보내는 건 좀 멈춰줬으면 하거든요[26].

11. 〈사우스 파크 South Park〉. 알아요, 가장 좋아하는 코미디 10편인데 왜 11번째가 있는 걸까요? 그래도 〈심슨 가족〉이 순위권에 들었는데 〈사우스 파크〉를 빼먹을 수는 없죠.

처음 방영되었을 때는 만화라는 이유로 그저 귀엽고, 악의라고는 전혀 없는 작품처럼 보였을지도 몰라요. 〈심슨 가족〉이 애니메이션의 저변을 넓혀주긴 했지만 우리는 여전히 '자고로 애니메이션이라면 선한 내용을 담아야 하잖아?'라고 생각하는 경향이 있으니까요. 그런데 이 프로그램은 부적절한 장면이 하도 많아서 특별히 마음에 들었답니다. '미스터 행키-크리스마스 똥', '성희롱 방지 팬더곰' 등의 에피소드부터 다리

26 미국 방송 역사상 가장 오래 방영되고 있는 작품이어서 과거 시즌을 다양한 버전으로 편집하여 재방송하는 경우가 많다.

를 절고 말을 더듬는 조연 캐릭터인 지미까지 말이죠 (사람들이 왜 이 캐릭터가 불쾌하다고 느끼는지 모르겠어요. 정작 저 자신은 그렇게 느끼지 않거든요). 심하게 선을 넘는 에피소드가 많지만 오히려 그게 멋있다고 생각했어요[27].

저의 코미디 입문기에서 로스 노블도 절대 빼놓을 수 없답니다. 십 대 때 로스의 라이브 공연을 처음 봤는데, 정신이 안드로메다로 날아갈 만큼 환상적인 공연이었어요. 그의 말투가 제가 상상했던 저 자신의 목소리와 무척 비슷하게 들려서만은 아니었겠죠. 어디로 튈지 모르는 재치와 완전히 예상치 못한 신나는 여행으로 관객들을 끌어들이는 센스에 반했던 것 같아요. 청중들은 그의 공연을 사랑했고 저도 경외심을 느낄 정도였어요. 당시에는 내가 코미디언이 된다는 생각은 꿈도 꾸지 않았는데도 꼭 로스와 같은 코미디언이 되고 싶었죠.

아주 어릴 때부터 저는 제가 TV에서 보고 동경해 마지않았던 코미디언을 포함한 대부분의 사람과는 처지가 다르다는 걸 알았어요. 정말이지 달라도 너무 달랐지요. 모두 자유롭게 걷고 무대 위를 누비며 자신의 행

---

27   다른 코미디 프로그램에서 잘 다뤄지지 않는 사회적 터부도 강도 높게 비판하는 성향 때문에 지금까지 미국 내에서 총 5개 에피소드가 편집 혹은 삭제된 바 있다. 영국을 포함해 호주, 인도, 이라크, 이스라엘, 이탈리아, 일본, 쿠웨이트, 중국, 러시아, 스리랑카, 대만, 남미 지역 등에서 여러 문제로 일부 혹은 전체 회차 방영을 금지했다. 국내에서도 2000년대 초반 방영이 조기 중단된 적이 있다.

동을 통제할 수 있었으니까요. 결정타는 (뭐 코미디의 성격상 당연하겠지만) 그들 모두 말을 할 수 있었다는 거죠. 그것도 매우 유창하게. 로스 노블의 조디 사투리에서 알 머레이의 펍 주인 역할까지, 한순간도 목소리가 중요하지 않은 역할을 연기한 적이 없었어요. 반면 저는 단어 하나 제대로 발음할 수 없었죠. 그렇기 때문에 사람들을 웃기는 일로 밥벌이를 삼고 싶었지만, 펍에서 친구들을 즐겁게 해주는 걸로 대신해야겠다고 이성적으로 생각했었습니다.

그렇게 꿈을 단념하고 있던 사람이 지금은 어떻게 포기했던 바로 그 일을 하고 있는지 궁금하시겠죠? 제 인생에서 할 수 있는 일과 할 수 없는 일에 대한 태도를 바꿔준 두 가지 사건이 일어났기 때문이랍니다. 그 두 가지 중 첫 번째 일은 2011년 네이선 우드라는 녀석과 친구가 되면서 시작되었어요.

저는 당시 선덜랜드 시의회에 취직해 있었는데 한 행사에서 네이선과 함께 일하게 되었어요. 금방 친해져서 서로 농담을 주고받았고, 일터에서도 일을 전혀 일 같지 않게 느끼게 해주는 그런 동료가 되었어요. 우리를 하나로 묶어준 운명에 얼마나 감사한지… 당시에는 알지 못 했지만 네이선을 만나면서 제 인생이 영원히 바뀌었거든요.

장점으로 승화된 단점

둘이 함께 음악 공연을 보며 평소처럼 시시덕거리다가 네이선이 문득 저더러 이렇게 웃기는데 스탠드업 코미디를 한번 해보는 게 어떻겠냐고 하는 거예요. 중요한 건 그 친구는 제가 '토커를 사용하는 데도'가 아니라 '토커를 사용하기 때문에' 이 계획이 먹힐 거라고 생각했다는 거죠. 제 토커를 마이너스가 아닌 플러스 요인으로 보고 있었으니까요.

솔직히 그 말을 듣기 전까지 저는 그런 도전은 생각해 본 적도 없었어요. 그동안은 말을 할 수 없기 때문에 그냥 불가능할 거라고 지레 포기했던 거죠(올림픽 단거리 육상 선수로서의 제 경력이 정체되어 있는 것과 거의 같은 식으로 말이에요). 이 문제를 해결할 방법을 고민해 보려고 노력조차 하지 않았다는 건 어찌 보면 정말 저답지 않은 일이었어요. 항상 다른 사람들이 눈 깜짝할 사이에 아무렇지 않게 해치우는 일들을 해내기 위해 고민을 하는 게 원래 일상이었으니까요. 네이선의 제안이 너무 뜻밖이라 그 말을 듣고 깜짝 놀랄 수밖에 없었죠. 한편으로는 네이선의 말이 절 각성시킨 셈이에요. '나라고 못 할 거 있어?'

물론 그 당시에는 이 친구가 좀 제정신이 아닌 것 같다고 생각했지만요. 제가 도전한다고 해도 대체 어떤 방식으로 해야할지 전혀 상상이 안 되었으니까요. 말 못 하는 스탠드업 코미디언이라니! 들어본 적 있으세요? 제가 본 것 중 가장 비슷한 예는 옛날 무성 영화에 나오는 코미디언들이었어요. 찰리 채플린, 로렐, 하디 같은 배우들 말이에요. 하지만 그 배우들은 주로 과장된 몸짓으로 관객들을 웃기는 방법에 의존했는데, 그 역시도 제 특기는 아니지요. 물론 제가 우스꽝스러운 자세로 넘어질 수는 있겠지만(그건 전혀 어렵지 않은데) 문제는 일부러 그렇게는 못 한다는 거죠. 그래서 아무 말 하지 않고 사람들을 웃게 만들 수 있다는 건 알아도 절대 시도해 볼 수 없는 방식이었어요.

그럼에도 불구하고 네이선의 제안은 우연히 스탠드업 코미디를 해보겠다는 제 꿈에 다시 불을 붙인 셈이 되었습니다. 당연히 저는 그 일이 있은 후에도 별다른 노력을 하지 않았죠. 여전히 바보 같은 아이디어라고 생각했으니까요. 그래도 어찌된 일인지 그 제안이 계속 마음 한구석에 남아 있었어요. 아마 언젠가는 제가 한 번쯤 도전해볼 거라는 사실을 이미 알고 있었던 것 같아요. 그때가 언제가 될지 몰랐을 뿐이죠. 무엇이든 타이밍이 중요하니까요.

두 번째 퍼즐 조각은 몇 달 후 제가 뉴캐슬 시청에서 열리는 로스 노블의 공연을 보러 갔을 때 맞춰졌습니다. 그는 스티븐 호킹이 말하는 방식을 그대로 따라 하면서 아주 우스꽝스러운 농담을 던졌죠. 어떤 사람들은 불쾌하다고 생각했을지 모르지만 저는 완전 그 반대였어요. 누군가 장애를 소재로 아무렇지 않게 농담을 하는 것을 보니 기분이 후련했거든요. 사람들은 항상 스코틀랜드인과 아일랜드인의 특징을 (여러 후보 중에서도 굳이 이 두 소재를 골라서) 농담의 대상으로 삼잖아요. 왜 장애에 대해 농담을 해서는 안 되나요? 호킹이 얼마나 똑똑한 학자인지는 신경 쓰지 않아요. 그의 지적 수준과는 상관없이 (개인적인 경험을 통해서 잘 알고 있지만) 호킹의 목소리는 정말 바보 같이 들리니까요.

그 공연의 모든 것이 너무 재미있었기 때문에 로스에게 제가 얼마나 즐거웠는지 꼭 이야기해주고 싶었습니다. 공연이 끝난 후, 저는 무대 출입문 앞에서 뭐라고 타이핑할까 고민하면서 그날의 주인공이 나타나길 기다리고 있었어요. (맞아요, 전 누군가에게 꽂히면 무턱대고 귀찮게 졸졸 쫓아다니는 그런 부류의 인간이거든요. 그러니 만약 여러분이 무대 출입문에서라도 저와 인사를 나누고 싶다면 얼마든지 그렇게 해도 된다는 걸 미리 밝힐게요.)

아직 준비가 안 됐는데 갑자기 로스가 무대 출입구로 걸어 나오는 게 보였어요. 제 타이핑 속도가 세계에서 가장 빠르다고는 말 못하지만 그래도 제가 하는 모든 말에는 기다릴 만한 가치가 있다는 걸 다시 한 번 강조해두는 게 좋겠네요. 로스의 쇼가 멋졌다고 말을 해야 하는데 뭐라고 해야 할지 떠오르지 않아서 (급속도로) 패닉 상태에 빠졌어요. 뭔가 깊은 인상을 남기고 싶다면 어서 생각을 정리하고 빛의 속도로 토커에 입력까지 해야 하는데 말이에요. 로스가 바로 제 곁으로 다가와 인사를 했어요. 그 순간 저는 "누가 스티븐 호킹 흉내를 가장 그럴싸하게 낼 수 있는지 알고 싶지 않나요?"라고 입력하고 말하기 버튼을 눌렀죠. 로스가 폭소를 터뜨렸고 저는 기분이 좋았어요. 아니 이 경우엔 완전히 의기양양했다는 편이 더 어울리겠네요. 제 우상이었던 코미디언 중 한 명에게 통쾌한 웃음을 선물했으니까요. 아주 짧은 순간이었지만 이보다 더 짜릿한 기분은 없을 거라는 생각이 들었어요.

그날 밤 로스는 그의 다음 공연 투어 도중 우리 만남에 대해 자세히 이야기했다고 하더군요. 마침 그 장소에 있던 친구 하나가 제 이야기라는 걸 모르고 그 내용을 저에게 전해준 덕분에 알게 되었어요. 친구는 로스가 토커를 사용하여 대화하는 한 남자를 만났는데 매우 신선한 경험이었다고 이야기했다는 문자를 저에게 보냈지요. 처음에는 그저 그 녀석의 장난이라고 생각했어요. 그러고는 로스가 토커 쓰는 남자를 저 말고 또 만난 건가, 슬슬 궁금해지더라고요. 당연히 그런 사람이 둘일 리가 없었죠. 그의 이야기가 다름 아닌 저와의 만남을 뜻한 거였다는 사실을 알았을 때 저는 흥분을 감추지 못했어요. 비록 그 사실을 직접 듣는 데 1년이라는 시간이 걸리긴 했지만요. 당시 내용을 담은 DVD가 발매되었을 땐 제 궁금증을 풀 수 있는 절호의 기회다 싶었지요. 실제로 그 DVD를 보고 나서는 그야말로 입이 귀에 걸려버렸어요.

얼마 전 그날 밤 사건에 대한 저와 로스의 입장이 꽤 달랐다는 것을 알게 되었습니다. 2018년 팟캐스트 인터뷰를 계기로 함께 만나게 되었고, 처음으로 그 사건에 대해 자세하게 이야기하게 되었어요. 제가 무대 출입구 앞에 서 있는 걸 보고 로스는 거의 공황 상태에 빠져들었다고 하더군요. 스티븐 호킹 농담이 제 기분을 상하게 했다고 확신하면서 말이죠. 제 쪽으로 걸어오는 내내 '저 사람이 내 불알을 뽑아버리지 않을까' 하며 마음 졸였다고 해요. 그러다가 제가 말하기 버튼을 눌러 농담을 건네자, 이 사람 갑자기 난폭한 짓은 안 하겠구나 싶어 안도감에 더 크게 웃을 수 있었다고 하더라고요.

이날의 경험은 지금까지도 진심으로 자랑스러워요. 그해 초, 네이선이 저에게 해줬던 말이 떠올랐죠. 제가 스탠드업 코미디를 잘할지도 모르겠다는 말, 어쩌면 토커를 이용해서 도전할 수 있지 않겠냐는 말. 로스처럼 훌륭한 코미디언을 웃길 수 있다면, 다른 사람들도 충분히 웃길 수 있을 거잖아요. 음… 안 그래요?

TFAQ VI

"당신을 위해 기도해도 될까요?"

장애인으로 살아 보면 사람들이 장애인을 얼마나 많이 동정하는지 알 수 있어요. 제 장애에 대해 알면 알수록 얼마나 안쓰러운지 이야기하기 시작합니다. 하나같이 시종일관 안타깝다는 말을 계속해요. 말을 못 한다니 안타깝다, 걸을 수 없다니 안타깝다, 못생긴 데다가 장애까지 있다니 정말 안타깝다고 말이에요. 그런 사람들은 '안타깝다'는 말이 하기가 가장 어려운 말이라고들 하는데, 그건 사실이 아니죠. 저는 다른 단어들도 말로 못 하는데요? 솔직히 그렇게 말하는 사람들, 진짜로 하기 어려운 말을 사전에서 찾아본 적도 없을 거예요. '수퍼칼리프래질리스틱익스피알리도셔스[28] 같은 긴 단어를 철자 하나 틀리지 않고 아이패드에 정확

---

28 supercalifragilisticexpialidocious, 1964년 개봉한 뮤지컬 영화 〈메리 포핀스〉의 주제곡 중 하나. 이 단어를 빠르게 말하거나 거꾸로 말하기 놀이를 하는 등 장난의 소재로 쓰인다.

히 입력하는 것만큼 어려운 게 있을 것 같지도 않고요.
 제가 아이패드와 씨름하는 모습이 동정심을 불러일
으키는지, 사람들이 다가와서 저를 위해 기도를 해주
겠다는 말을 종종 던지곤 한답니다. 여러분께 제 솔직
한 심정을 들려드리자면, 왜 굳이 그런 일까지 하려는
지 전혀 이해가 안 돼요. 아마 장애를 버거운 짐처럼
여기거나 치료받아야만 하는 대상으로 보기 때문이겠
지요. 아니면 제가 이번 생이나, 어느 외딴 정글 왕국을
통치하는 포악한 군주였던 언젠가의 전생에 저지른 원
죄의 대가를 지금 치르고 있다 여기는 거죠. 그것도 아
니라면 제가 〈댄싱 위드 더 스타〉에 출연하지 못하리
라는 걸 깨닫고 그냥 마음이 쓰여 그러는 걸지도 몰라
요.
 이유가 무엇이든 이런 일이 저에게 얼마나 자주 일어
나는지 알게 되면 깜짝 놀랄 거예요. 한번은 제가 뉴캐
슬의 공연장에 택시를 타고 가고 있었는데 날씨와 축
구에 대한 잡다한 이야기가 끝나기 무섭게 운전기사가
갑자기 저를 위해 기도해 주겠다고 말했습니다. 더 기
가 막힌 건 그가 차를 타고 가면서 읽으라며 아주 자
연스럽게 저에게 성경책을 건넸다는 건데…. 과연 다른
승객들도 이런 대접을 받았는지 궁금해지더군요.
 어떻게 대답해야 할지 난감하면서도 머릿속에는 너

무나 많은 의문이 맴돌았어요. 젠장, 도대체 왜 이 사람은 차에 성경책을 잔뜩 싣고 다니지? 근처 모텔에 쳐들어가서 온 방을 다 뒤져 싹쓸이해 오기라도 했나? 여호와의 증인들이 사업을 확장하려는 꿍꿍이일까?

어릴 적 여호와의 증인 신도들이 우리 집에 전도를 하러 올 때면 부모님은 항상 저를 내보내곤 하셨어요. "전능하신 하느님의 치유력을 믿으십니까?"라고 묻는 대신, 그 사람들은 저를 한 번 힐끗 보더니 다시는 돌아오지 않더라고요. 뭐, 제 영향력이 이렇게 굉장하답니다.

사람들이 저를 위해 기도하겠다고 말할 때 늘 궁금했어요. 내가 고마워할 거라고 생각해서 저러는 건가? 제가 고마워해야 하는 건가요? 그 사람들에게 기도를 부탁한 적도 없고, 저한테는 딱히 그 기도가 필요하지도 않은데 말이에요. 저는 목적지까지 제 시간에 가려고 택시를 부른 것이지, 어떤 악에서 구원받고 싶어서 그 기사를 부른 건 아니었거든요. 기도 내용이 무엇일지 짐작도 안 가네요. 제 목소리를 돌려달라는 것? 아니면 제 장애를 없애달라고? 그런 거라면 저도 그 기도가 이뤄지길 빌게요. 아님 스타나에서 나온 계단 전용 리프트 없이도 제가 천국의 계단을 끝까지 오를 수 있게 해 달라고 빌었을까요?

뭐든 상관없지만, 그런 식의 기도는 사양할게요. 저는 괜찮으니까요. 정말로요. 아니 사실 괜찮은 것 이상이에요. 이미 현실을 있는 그대로 받아들였기 때문이지요. 장애는 저 자신을 이루는 한 부분이고, 제 삶에도 대체로 만족하고 있어요. 확실히 대부분의 사람만큼은 행복하답니다. 가끔 저 자신을 이해하는 데 어려움을 겪긴 하지만요. 저는 제 술버릇이 고약하다는 걸 알아요. 축구에 더럽게 소질이 없다는 것도 알고요. 확실히 시간이 좀 걸리긴 했지만, 조디라는 제 정체성도 결국 받아들였어요. 선덜랜드에서 태어나 '매컴'이 안 된 게 어디예요?

이왕 조언을 늘어놓는 김에 조금만 더 이야기해볼게요. 항상 저를 위한 공간은 남겨주세요. 정서적인 의미의 공간이 아니고요. 말 그대로 물리적인 공간을 말하는 거랍니다. 잡동사니를 장애인 화장실에 보관하는 걸 멈춰준다면 훌륭한 출발점이 되겠네요. 한편으로는 제가 저만의 속도를 유지하면서 살 수 있도록 마음의 여유를 가져달라는 의미이기도 해요. 정말로 도움을 받아야 한다면 그때는 반드시 여러분께 부탁을 드릴 거라는 사실을 믿으셔도 좋아요. 모든 유형의 장애인들이 다 그렇듯 말이죠. 그럴 때는 제가 무엇이 필요한지 말씀드릴게요. 음료를 테이블로 옮겨주거나 계단에 난간이 없을 때 제게 팔을 내밀어주거나 그리고 제가 중요한 치료나 처치를 받을 때도 한 번쯤 제 손을 잡아 주세요. 병원 얘기만 나와도 저는 살짝 '쫄보'가 되어버리니까요. 영웅이 되고 싶다면 그렇게 하면 됩니다. 그런 경우가 아니라면 한 발짝 물러서서 귀를 기울여주세요. 제 몸이 필요로 하는 만큼의 공간과 시간을 주세요. 평생 장애와 함께 살아왔기 때문에 제가 뭘 할 수 있는지 잘 알고 있답니다. 또 저는 매우 독립적인 인간이라서 가능하면 모든 것을 혼자 힘으로 하고 싶어요. 맞아요, 제가 옷 하나 벗는 데에도 시간을 엄청나게 잡아먹는다고 해도 말이에요. 여러분과 제가 같은 자리에서 각자 옷을 벗어야 하는 상황에 처하게 된다면 (그럴 가능성이야 아주 낮다는 건 알아요. 다들 각자의 취향이 있으실 테니까요.) 그냥 영화나 한 편 보면서 기다려주는 게 좋을 거예요. 〈반지의 제왕〉같이 이왕이면 긴 영화로요. 단지 여러분이 가장 잘 알고 있다고 지레짐작하거나 저를 위하는 마음에 과도하게 간섭하는 것은 사양할게요. 그것만 지켜준다면, 제 마음이 아주 홀가분할 거예요.

에든버러 로열마일의 저승사자들

7

로스 노블과 무대 뒤에서 만난 후로 몇 달 지나지 않은 2012년 2월, 코미디언으로 데뷔할 수 있는 생애 첫 공연이 잡혔어요. 운 좋게도 제가 선덜랜드에서 성공적으로 코미디 밤무대를 운영하는 사람을 알게 되었고 10분짜리 공연을 제안받은 것이죠. 무명 코미디언들은 가끔 이런 정식 무대에서 짧게 공연할 기회를 얻어 기량을 갈고닦아요. 프로 코미디언 사이에 끼어서 그날의 무대가 매끄럽게 진행되는 데 도움을 주는 역할을 하는 겁니다. 그야말로 운 좋게 얻어걸린 거죠.

10분이라는 시간이 지금이야 아무것도 아니지만, 그때는 한없이 길게 느껴졌어요. 10분 동안 도대체 뭐라고 떠들어야 할지 전혀 감이 안 왔거든요. 직장 다니면서 파워포인트 발표도 안 해본 저에게 그렇게 큰 밤무대 공연이라니. 그때까지 제 인생에서 비슷하게라도 많은 사람의 주목을 받았던 경험은 학창 시절 연극에 캐스팅되었을 때뿐이었어요. 한번 생각해 보세요. 사랑하는 부모님 앞에서 친구들과 연극 공연을 하는 것과 코미디 클럽에서 생면부지의 관객들을 앞에 두고 무대에 오르는 것은 완전히 차원이 다르죠.

  출근길에 코미디 대본을 써보다가 충분히 괜찮다는 생각이 들었을 때 네이선에게 읽어보라고 했어요. 네이선이 보기에도 괜찮은지 알고 싶었거든요. 다행히도 그렇다고 대답하더라고요. 네이선은 마음에 안 들면 솔직히 말했을 친구인데 말이에요. 그때 쓴 것 중 몇몇 소재는 지금까지 제가 썼던 대본 중에서도 가장 마음에 들어요. 그래서 기회가 있을 때마다 우려먹죠. 아마 여러분이 눈치챘을 수도 있겠네요. 그때도 전 놀라울 만큼 많은 응원을 받았지만 어떻게 공연할지 너무 초조했어요. 내 개그가 영 별로면 어떡하지? 사람들이 토커가 하는 말을 못 알아들으면 어떡하지? 저 혼자 농담을 떠들고 사람들은 멍하니 쳐다보고만 있는 상황이 연출될까 봐 걱정됐어요. 사람들이 뇌성마비라는 점을 고려해서 1~2분은 자비롭게 참아주겠지만 곧 뭔가 던지기 시작하지 않을까요? 아무튼 거긴 선덜랜드

였으니까요.

저의 인생 첫 번째 공연은 어제도 아니고 불과 30분 전 일처럼 생생하게 기억나요. 일요일 저녁이었고[29] 온종일 눈이 내리고 있었어요. 일단 공연장에 가는 일부터가 무척 힘들었다는 얘기죠. 관객들이 굳이 보러 오지 않을 가능성도 얼마든지 있었죠. 그게 잘된 일인지 아닌지는 잘 모르겠더라고요. 빙판길에서 몇 번이나 미끄러지고 넘어질 뻔했지만(잊지 마세요, 운수대통한 날에도 걷는 건 제 주특기가 아니랍니다) 목적지까지 다치지 않고 무사히 도착하는 데 성공했습니다. 다행히도 청중 가운데 친구들 얼굴이 꽤 많이 보였고 덕분에 신경이 많이 안정됐습니다. 적어도 친구들은 제 개그에 웃어줄 거라는 걸 알았으니까요. 그때까지 친구들이 본 공연 중에서 최악이더라도 말이에요. 하지만 무대 위로 걸어 올라가면서도 공연이 어떻게 흘러갈지는 전혀 예측할 수가 없었습니다.

악천후에도 불구하고 공연을 보러 온 소수의 사람들은 저를 따뜻하게 환영해주었어요. 드디어 심판의 순간이 왔죠. 무대 위에서 죽느냐, 사느냐. 그것이 문제로

---

29   재미있게도 리들리가 불과 30분 전 일처럼 생생하게 기억하는 그의 인생 첫 공연이 있던 날, 2012년 2월 4일은 사실 토요일이다(그로부터 며칠 후 유튜브에 업로드된 공연 하이라이트 영상 자막의 날짜 표기가 실수가 아니라면). 이 영상의 더보기란에는 "본 영상에는 청력에 문제가 있는 분들을 위해 자막이 제공되긴 하는데... 그냥 독순(입술의 움직임으로 상대의 말을 알아들음) 하셔도 돼요."라고 리들리가 설명을 덧붙여 놓았다. 말장난이 쉬질 않죠?

다. 첫 농담을 던졌고 반응이 아주 좋았어요. 그리고 두 번째 농담을 던졌는데 반응이 더 좋더라고요. 초조함은 금세 사라졌습니다. 제가 준비한 농담에 사람들이 깔깔거리며 웃는 소리를 들으니 어마어마한 아드레날린이 솟구쳤습니다. 그 공연의 일분일초가 너무 즐거웠고, 갑자기 10분이 그리 길지 않게 느껴졌어요. 실제로 시간이 충분하지 않았고 더 길게 하고 싶었습니다. 그날 밤 공연은 눈 깜짝할 사이에 끝이 났고 거의 모든 소재들에 반응이 좋았죠. 저는 마치 거인이 된 것 같은 기분으로 무대를 내려왔습니다.

신나게 사람들을 웃기는 기분은 언제나 최고예요. 여러분도 언제가 꼭 한번 해 보시기 바랍니다. 저는 눈 내리는 일요일 선덜랜드에서 처음으로 그런 느낌을 경험했어요. 그날 밤에는 너무 황홀해서 잠이 오질 않았어요. 가능한 빨리 그런 공연을 다시 하고 싶었습니다. 저는 그때 코미디라는 벌레에 물렸던 거예요. 물려도 아주 제대로 물린 거죠.

동료이자 친구인 줄리가 선덜랜드에서의 제 첫 번째 공연을 촬영해 주었어요. 줄리에게 고마운 마음을 전합니다(친구야, 고생 많이 했는데 아직도 수고비를 못 줘서 미안). 저의 첫 공연을 보고 싶다면 제 유튜브 채널에 영상이 있답니다. 본인의 첫 번째 스탠드업 공연을 촬영

할 정도로 거만한 코미디언이 대체 누가 있냐고요? 여러분 말이 맞아요. 나중에 생각해보니 그때 좀 자의식 과잉이었던 것 같아요. 공연이 형편없이 끝날 수도 있었고 바보 같이 보였을 수도 있었는데 말이죠. 만약 그랬다면 공연이 담긴 카메라를 망가뜨려서 절대 유튜브에는 올리지 않았겠죠.

그때는 무슨 생각이었는지 모르겠어요. 아마 미쳤었나 봅니다. 저는 그 공연이 저에게 평생 소중하게 남을 일회성 이벤트라고만 생각했고, 그래서 영상으로 남겨두고 싶었던 것 같아요. 그렇게 하길 잘했죠. 지금 그 영상을 보면서 그 당시 제가 어떤 모습이었는지, 그 이후 코미디언으로서 얼마나 변화했는지 관찰하는 건 참 재밌거든요.

우리는 자신의 예전 모습을 돌아보면서 배우게 됩니다. 가끔은 그 과정이 괴로울 때도 있죠. 확실히, 저는 영상에서 아주 초조해 보입니다. 정말 초조했으니까요. 앞서 말씀드린 학교에서의 학기 말 연극 공연(전 그 공연에서 로봇으로 캐스팅되었어요. 음, 제 장애를 반영한 캐스팅이 아니고 뭐였겠어요)을 제외하고 저는 단 한 번도 무대에 선 적이 없었습니다. 그래서 첫 코미디 공연은 저에게 정말 특별했어요. 요즘 저는 무대에서 그때보다 더 자신감 있고 더 큰 존재감을 발휘한다고 생각합니다.

관객을 공연에 더 집중하게 만드는 방법이나 그들이 원하는 걸 해줄 방법도 알게 되었죠. 그렇게 진행되는 쇼에서는 단순히 제 이야기를 일방적으로 전하기보다는 소통하는 데 신경을 더 쓰게 됩니다. 하지만 그런 무대는 경험이 있어야만 가능하지요. 선덜랜드에서의 그 밤에는 그런 경험이 없었습니다.

그 이후로 저의 코미디 소재가 얼마나 바뀌었는지 살펴보는 것 또한 재미있어요. 2012년에는 짧고 효과적인 농담으로, 가능한 한 빨리 다음 웃음을 유도하려고 했죠. 이제는 무대가 좀 더 편해져서 더 긴 이야기를 들려주고 관객들이 재미난 순간을 기다리도록 하는 일도 마다하지 않습니다. 정치 상황에 대한 말을 하는 일도 더 많아졌어요. 제 내면에 기본적으로 그런 성향이 있었던 건지, 아니면 그저 최근에 나라 꼴이 엉망이어서 누군가 무슨 말이라도 해야 하기 때문인지는 잘 모르겠어요. 지금 정부는 제대로 하는 일이 없는 것 같습니다만 제가 공연 대본을 쓰는 데는 아주 큰 역할을 하고 있죠.

첫 번째 공연이 끝나자마자 가능한 한 빨리 다음 공연을 하고 싶은 마음이 간절했어요. 다만 어디서부터 시작해야 할지를 몰랐어요. 고맙게도 친구 네이선이 또 저를 구해 주더니 뉴캐슬의 공연 에이전트 몇 사람과 다리를 놔 주었어요. 나쁜 소식은 제가 다음 코미디 공연까지 한 달을 더 기다려야 한다는 거였죠. 그 시간 동안 새로운 소재로 이야기를 쓰고 이미 써놓은 이야기를 다듬었습니다. 다른 코미디언과는 달리 저는 해야 할 일이 또 있었어요. 재미있는 이야기를 잘 전달하기 위해 토커를 최대한 활용하는 방법을 찾아야 했거든요.

스탠드업 코미디에 처음 출연했을 때는 '스피크 잇 speak it'이라는 앱을 사용했어요. '말해줘!'라는 이름의 의미 그대로 정확히 잘 작동했답니다. 제가 타이핑하는 대로만 말했어요. 첫 공연용으로 쓰기에 완벽했죠. 제가 무슨 말을 할지, 어떤 순서로 말할지를 정확히 알고 있었기 때문이죠. 하나의 길게 이어지는 이야기에서 각 농담 사이에 잠시 쉬는 틈을 주는 방식으로 앱을 설정했어요. 하지만 이 방법이 장기적으로는 효과가 없을 거라는 걸 곧 깨달았죠. 가만히 서서 재생 버튼을 누르고 최선의 결과가 나오기를 바라고 있을 수만은 없으니까요. 준비한 이야깃거리에 더해서 무엇을 언제 말할지를 조절할 필요가 있었던 거죠. 결국, 좋은 코미디의 비결은… 타이밍입니다. 타이밍을 조절하지 못한다면, 완전히 망하는 거였죠.

어이, 거기 자네, 프롤로쿼투고

 공연의 세부 계획을 세밀하게 다듬어야 할 거라고는 상상해본 적이 없었어요. 선덜랜드에서의 첫 공연은 일회성이라 생각했으니까요. 데뷔이자 은퇴 공연이었던 거죠. 미션 성공! 버킷 리스트 달성! 그전까지 긴 공연을 하리라고는 생각도 하지 않았는데, 아주 행복한 고민을 해야 하는 때가 온 거예요. 일상적인 의사소통에 토커를 이용해 온 만큼 저는 자신이 토커 전문가라고 생각해 왔는데요, 코미디 공연을 하려고 보니 지금 쓰고 있는 토커가 충분하지 않다는 사실을 깨달았어요. 흠, 적어도 몇 시간쯤 여유가 있고 인내심을 갖춘 관객이 있지 않은 한 무용지물이었죠. 필요한 게 뭔지 깨닫고 나니 스피크 잇 앱은 쓸모가 없어졌어요.

 훨씬 더 유연하게 활용할 수 있는 토커가 필요했어요. 다양한 곳에서 새로운 관객과 함께할 예정인데 매번 같은 패턴의 공연에만 의존할 수는 없으니까요. 저의 모든 이야기 소재를 각기 다른 버튼으로 저장해두고 상황에 맞는 특별한 이야기를 하고 싶을 때는 각 버튼만 누르면 되는 그런 앱을 찾아야 했습니다. 다양한 농담을 단번에 쉽게 찾을 수 있는 기능도 필요했죠. 무대 위에서 이야기 소재를 찾아 헤매는 데 시간을 낭비할 수는 없잖아요. 잠깐만 기다려주세요, 1분 후쯤 웃겨 드릴게요…. 이러면 바보 같아 보일 테고요. 공연장에서 조금이라도 침묵의 순간이 생긴다면 공연은 이미 망한 거고 제 코미디 인생도 망한 거나 다름없죠. 다행히도 '프롤로쿼투고Proloquo2Go'라는[30] 스마트 앱에 제가 필요한 기능들이 다 있었어요. 그 앱으로 말하는 건 그렇게 쉬울 수가 없었죠.

처음 프롤로쿼투고를 사용하기 시작했을 때부터 앱을 개발한 사람들과 친하게 지냈기 때문에 다소 편향된 의견일 수도 있지만 그래도 저는 이 앱이 의사소통 장애가 있는 사람을 위한 최고의 앱이라고 생각해요. 광고비를 받았나 의심받을 위험을 감수하고 말씀드리자면, 이 앱의 기능은 매우 다양하고 사용자 중심으로 개발되었어요. (어린아이와 같은) 초급 수준의 어휘력을 가진 사용자는 기본적인 문장이나 심지어 그림으로도 앱을 사용할 수 있고, 고급 사용자는 완전한 문장이나 복잡한 문법까지도 모두 사용할 수 있어요. 기본적으로 모든 사람의 필요에 어느 정도 맞췄다고 보면 됩니다. 이 앱을 스탠드업 코미디를 하는 데 사용하는 사람은 아마 저밖에 없는 것 같지만 그 정도 수준에서도 문

---

30 프롤로쿼투고는 아이패드의 목소리 어플리케이션이다. 행동 아이콘을 톡톡 눌러서 하나의 문장을 만들면 TTS(Text To Speech, 접근성 향상을 위해 개발된 텍스트 음성 변환 기술)를 통해 각 아이콘 문자열에 해당하는 문자를 읽어 소리로 출력해 준다. 장애인만 쓰는 앱이라고 생각할 수도 있지만 도입 후 모두 이용하게 된 지하철 엘리베이터와 마찬가지로, 자폐 스펙트럼, 알츠하이머 외에도 언어를 활용한 기억력 증진, 언어 소통 보조 등 사용자층과 활용 범위가 다양하다.

제가 없다니까요.

기술적인 문제가 해결되면서 이후의 공연은 데뷔 공연만큼이나 성공적이었습니다. 그때까지만 해도 맨 처음 공연할 때 느꼈던 신나는 기분에 비교할 것은 아무것도 없다고 생각했어요. '나도 할 수 있다'고 진정으로 깨달은 순간이었으니까요. 그런데 무대 위에 올라 다시 사람들을 웃게 해보니 처음이 아닌데도 여전히 특별한 기분이 들었습니다.

BBC TV 아침 뉴스 프로그램 〈BBC 브렉퍼스트〉에서 처음 저를 소개했을 때는 코미디언으로 활동하기 시작한 지 얼마 되지 않았을 때였어요. 다섯 번의 공연이 경력의 전부였죠. 다른 코미디언들은 신인 시절에 저처럼 방송에 나올 기회를 얻지 못 했을 거예요. 하지만 생각해보면 그 사람들은 대부분 완벽하게 말을 잘하잖아요. 말을 할 수 없는 게 오히려 저만의 차별화된 강점이 된 거죠. 덕분에 저는 유일무이한 존재가 되었고, 많은 사람 사이에서 눈에 띄는 존재가 되었어요. 사람들이 제가 하는 일에 주목하게 되었고요. 말 못하는 스탠드업 코미디언이라고? 에이, 그럴 리가!

〈BBC 브렉퍼스트〉에 소개되는 건 당연히 대단한 일이었지만 뭐 때문에 다들 그렇게 야단법석이었는진 잘 몰랐어요. 그저 제 일을 꽤 평범하게 하고 있었을 뿐이고, 스탠드업 코미디언으로 활동하는 것이 좋았을 뿐이거든요. 그런데 그날 아침, 스튜디오 소파에 앉은 맷 루카스[31]가 저를 소개하는 영상이 끝나자 저를 '멋진 코미디언'이라고 불렀어요. 저는 집에서 방송을 보고 있었는데 그 말을 듣자마자 가슴이 두근거렸죠.

방송에 나온 후부터 멀리서도 공연 의뢰가 들어오기 시작했어요. 뉴캐슬을 벗어나서 했던 첫 공연은 요크셔의 빙리였는데, 빙리 공연 직후에 애버딘 공연도 잡혀서 바로 이동해야 했어요. 이 모든 일이 정말 신났죠. 그전에는 빙리가 어디 있는지도 몰랐거든요. 반면에 한 번도 고민해본 적 없는 문제에 직면할 수밖에 없었어요. 이런 곳들까지 대체 무슨 수로 갈 것이며 또, 거기 있는 동안 제가 과연 무사히 살아남을 수나 있을까요?

내 짐을 대신 지시는

혼자서는 어디로도 운전해서 갈 수 없고 열차를 탈 수도 없다는 것은 확실하게 알고 있었어요. 잘못하면 기차와 승강장 사이 틈새로 떨어질 수도 있잖아요. 설령 혼자서 이동을 해냈다 하더라도 여행하는 동안 스스로 돌보기가 힘들었을 거예요. 옷을 입고, 이를 닦고, 밥을 챙겨 먹는 등 여러 상황에서 도움이 필요했죠.

---

31 영국의 유명 코미디언이자 극작가 겸 방송인.

이미 예상했을 수도 있겠지만 이번에도 친구들이 저를 도와주었습니다. '공연 도우미 친구' 리스트는 호크와 네이선으로 시작해요. 공연장까지 가는 걸 도와주고, 공연 지역에 머무는 동안 저를 도와준 사람들이 다 들어가는 꽤 긴 리스트가 되었죠. 언제까지나 이 친구들 모두에게 고마워할 거예요. 친구들이 없었다면 코미디언으로 활동하지 못 했을 것이고, 〈엄마 아빠의 택시〉[32]에서처럼 부모님이 운전하는 차에 타서 얘기를 나누는 정도로 끝났겠죠. 공연을 돕느라 고생한 친구들 한 명 한 명에게 언제나 감사하고 있어요. 우선, 제가 짐이 가벼운 편은 아니라는 걸 인정할게요. 함께 기차를 탈 때면 저 때문에 친구들이 짐꾼처럼 보였습니다만, 어느 누구도 불평을 하지 않았어요. 적어도 제 면전에서는 안 했죠. 사실 몇 명은 짐을 조금이라도 덜기 위해 정작 자기의 짐을 빼기도 했답니다.

이런 걸 생각하면 칭찬받아 마땅한 친구들이죠? 제가 입었던 속옷까지 들고 전국을 돌아다녔는데 백 번 칭찬해도 모자라죠. 네이선, 호크, 커트, 찰린, 두 명의 로렌, 리시아, 스테이시, 에미 그리고 온 여정을 함께 하며 도움을 주었던 모든 분에게 감사드려요. 부모님도 몇 번의 여행을 함께 해주셨어요. 불평 없이 저를

32 　부모가 차를 운전하며 실제 자녀와 같이 현대 가족의 문제에 관해 이야기를 하는 영국의 TV 프로그램.

견뎌주는 여러분 모두 정말 대단해요. 무엇보다 제 귀찮은 짐 더미를 옮겨줘서 정말 고맙습니다. 그럼 제 짐 더미를 한 번 살펴볼까요?

- 공연 전용 티셔츠: 무대에서 잘 보이려고요.

- 스웨터: 따뜻해야죠.

- 청바지 멋있어 보이려고요.

- 속옷: 공연 음란죄로 기소되면 안 되겠죠.

- 양말: 하루에 한 켤레씩 날짜 수에 딱 맞춰서 챙겨야죠, 물론.

- 잠옷: 하룻밤이라도 대충 자기엔 제가 좀 예민하거든요.

- 방한용 외투: 북부 사람이지만 그래도 추위를 탈 때가 있다고요.

- 아이패드 두 대: 두 번째 아이패드가 언제 필요할지는 아무도 몰라요.

- 휴대폰 한 대: 이미지 관리를 위해 꼭 아이폰을 씁니다.

- 케이블 한 뭉텅이: 어디에 쓰는지 알고 챙긴 게 그중 절반이나 될지 모르겠어요.

- 일부 용도를 아는 충전기를 포함한 충전기 한 뭉텅이: 위 설명 참고

- 키친타월: 뭐 먹다가 칠칠맞게 묻힌 거 닦는 용.

- 화장지: 턱에 질질 흐른 침 닦는 용.

- 컴플랜 분말: 활력을 얻기 위해 마시는 영양 밀크셰이크(당연히 초코맛). 코미디언으로 길바닥을 떠돌며 일하는 건 힘든 일이거든요.

- 텀블러: 앞서 말한 밀크셰이크를 만들려면 필요하답니다.

- 숟가락: 먹고살아야죠.

- 빨대 달린 컵: 마시기도 해야죠.

- 점도 증진제: 액체를 잘 삼키지 못해서 이런 게 필요해요. 음료수에 넣으면 끈적해집니다. 맛 별로고요, 시식은 권하지 않기로 하죠. 젤리를 마신다고 상상해 보세요.

- 손수건: 먹을 때 흘린 거는 닦아야겠죠.

- 바디워시: 호텔 어메니티는 못 믿겠어요. 샴푸랑 바디워시 기능을 어떻게 하나로 합칠 수가 있죠?

- 칫솔과 치약: 매력적인 미소를 잃을 순 없죠.

- 면도기와 애프터셰이브 로션: 이게 있어야 여자분들에게 멀끔하게 좋은 향을 풍기죠.

- 보디스프레이: 후끈한 무대 위에 일정 시간 이상 서 있으면 불쾌한 냄새가 제법 나기 마련이거든요.

- 주방용 세제: 호텔 욕실을 임시 주방으로 바꾸기 위해서는 이게 필요해요.

- 수세미: 임시 주방도 갖출 건 갖춰야죠.

- 마른행주: 방금 호텔 세면대에서 설거지한 그릇의 물기를 없애야 하니까요.

- 음식: 먹는 덴 제가 많이 까다롭거든요.

- '리베나' 과일맛 음료: 제가 직접 마실 수 있는 몇 안 되는 음료 중 하나.

- 거울: 식사할 때 입이 어디에 있는지 보려면 필요해요. 그 김에 허영심 넘치는 얼굴도 한 번 더 보고요.

- 약: 사람들 틈에서 갑자기 쓰러지지 않기 위해서 필요하죠.

- 돈: 돈이면 안 되는 게 없잖아요.

- 명함: 부지런히 영업하고 벌어야죠.

- 판매용 굿즈: 위 설명 참고.

이 모든 걸 챙기는 동시에 제가 똑바로 서 있을 수 있게 도와줘서 고맙습니다.

오, (스프레드) 쉿트!

건강하게 똑바로 잘 서 있는 건 항상 어려운 일이죠. 에든버러 프린지 페스티벌에서 처음으로 공연하게 되었을 때 폐렴에 걸려 거의 반죽음 상태가 되었습니다. 그리고 3주 동안 스코틀랜드 병원에 갇혀 있어야 했죠. 그냥 '아쉬웠다'라고 말하고 끝날 일이 아니었어요. 십 대 때부터 꾸준히 보러 다니던 페스티벌의 무대에 드디어 처음으로 공연자 자격으로 참가하는 기회였거든요. 그런 기회를 몸이 아파 날려버리다니 정말 여러 의미로 아프고 서러운 일이었어요.

스탠드업 코미디언이 되기 전에 프린지 페스티벌에 가서 볼 수 있는 모든 공연을 최대한 다 보는 것을 좋아했어요. 코미디 무대에 설 기회를 단 하나라도 놓치고 싶지 않아서 여러 곳에 흩어져 있는 공연장을 이리저리 쫓아다니는 사람 중에 저도 있었죠. 하루에 대여섯 개의 쇼를 보기 위해 뛰었(다기보다 그러려고 노력했)어요. 젠장, 그런데 돌길이 어찌나 많은지! 엑셀 스프레드시트에 치밀하게 동선을 짜기도 했답니다. 잘 만든 엑셀 시트보다 더 좋은 게 있다면 나와보라고 해요.

 몇 년 동안, 에든버러 페스티벌 프린지 페스티벌에 함께 가고 싶어 하는 모든 사람을 다 데리고 다녔어요. 얼 머레이와 리 에반스 등 훌륭한 코미디언을 조그마한 공연장에서 볼 수 있다는 사실 하나만으로도 저한테는 최고의 휴가라 할 수 있었죠. 사실 지금까지도 제가 좋아하는 톰 빈스, 토니 로, 존 비숍 같은 코미디언을 처음 본 곳도 프린지였어요.

 그러면 2013년에 제가 에든버러에서 처음 공연했을 때 마음속 깊이 느꼈던 감정을 여러분도 이제 상상할 수 있을 거예요. 지금은 그때보다는 경험이 더 쌓여서 누구든 정말로 원하면 할 수 있다는 것을 알고 있어요(충분히 미쳐있는 사람이라면, 또 장기를 팔아서 공연할 돈을 마련해둔 사람이라면요). 그런데 그때는 저라서 그걸 해낸 거라고 뿌듯해했어요. 저의 첫 페스티벌 무대는 스탠드 코미디 클럽에서였어요. 몇 달 동안 원고를 써서 할 수 있는 한 최대한 잘 다듬었죠. 공연 첫날 밤이 다가오자, 저는 뿌듯함과 설렘으로 벅차올랐어요. 공연장은 40명 정도밖에 수용할 수 없었는데 한 명 한 명이 저의 첫 프린지 데뷔를 매우 특별하게 만들었죠. 세계 최대 예술 축제에서 제가 공연을 하고 있었어요. 코미디 업계에서 가장 유명한 사람들과 같은 공간에서 공연하고 있다는 사실에 매우 신났죠.

최소한 첫 일주일은 신났어요. 공연도 잘 되고 있었고 감상평도 좋았어요. 인생 최고의 시간을 보내고 있었으니 더 이상 바랄 것이 없었죠. 꼭 그럴 때면 무슨 일이 벌어지리라는 걸 깨달아야 했습니다. 일이 터진 건 제가 정말 열정적인 공연을 하고 있을 때였어요.

페스티벌에 가서 '죽다 살았다'라고 비유적으로 말하는 코미디언이 참 많겠죠. 하지만 그중 진짜로 죽을 뻔해서 무대에서 내려올 수밖에 없었던 사람은 저 말고는 몇 명 없을걸요. 흠, 다시 생각해보니 사람들이 페스티벌에서 술을 엄청나게 마셔대는 걸 생각해보면 몇 명 더 있을 수도 있겠네요. 어쨌든 간에 저는 크게 한 방 맞았어요. 그런 일이 벌어질 거라는 걸 예상했어야만 했어요. 제 몸뚱아리는 가장 기분이 좋을 때 저를 쓰러뜨리기 좋아하니까요. 상황이 잘 돌아갈 때 꼭 몸이 작정하고 제가 장애인이라는 사실을 상기시키는 것 같다고 느껴질 때도 있어요. 긴장과 스트레스가 뒤섞인 에든버러 축제의 첫날밤 몸에서 안 좋은 신호가 왔고, 뜨겁게 끓어오르던 공연장에서 제 생애 가장 기억에 남는 뇌전증 사건이 시작되었죠.

공연이 시작된 지 약 50분쯤 되었을 때 뇌전증 증상이 느껴졌어요. 당황할 수밖에 없었죠. 다치고 싶지 않앉지만 공연을 멈추고 싶지도 않았어요. 놀랍게도 이번에는 어찌어찌 공연을 마무리했어요(공연 마지막 10분은 기억도 안 나기 하지만요). 그때 관객석에 있던 엄마 말로는, 제 표정이 멍해지고 어쩐지 자동 조종 모드에 들어간 것 같았대요. 완전한 발작이 오는 걸 어떻게 멈췄는지 아직도 잘 모르겠어요. 그나저나 제가 좋은 상태로 공연하고 있는지 맛이 간 상태로 공연하고 있는지 엄마가 잘 구분하지 못했다는 점은 좀 걱정스럽긴 하네요.

몇 주 후 정말로 병이 났어요. 나중에 알았지만 '에든버러'라는 거대한 벽에 부딪혔다는 걸 알았죠. 프린지 페스티벌에서 3주 정도 있으면 대부분의 코미디언이 이렇게 한계에 다다르게 돼요. 이해합니다. 세계 최대 코미디 축제에서 공연을 하는 것만큼 멋진 경험은 정신적으로나 육체적으로나 지치는 일이죠. 긍정적인 측면을 보자면 거기서 일어난 일 덕분에 이제 폐렴이 어떤 병인지 똑똑히 배웠습니다.

토요일 밤 쇼가 끝나고 모든 게 시작됐어요. 온종일 배가 아팠는데 공연하는 동안은 더 아팠어요. 사실 무대 바닥에 쓰러져 데굴데굴 뒹굴지 않은 것이 놀랍기만 합니다. 많이 아파서가 아니라 제가 틈만 나면 관심을 갈구하는 사람이라서 그렇죠. 결국 몇 시간 후 통증이 너무 심해서 구급차를 불러야만 했어요. 이게 말은 쉬운데 정말 어려운 일이었어요. 전화를 걸었을 때 처음 두 번은 상담원이 저를 일종의 보험 판매 자동 스팸 전화라고 생각하고 끊어버렸거든요.

그래도 구급차가 제가 있는 곳을 겨우 찾아왔고(멀고 외진 공연장이었고 심지어 저도 거기가 어딘지 잘 몰랐거든요) 마침내 제대로 된 진통제를 얻을 수 있겠다고 생각했죠. 하지만 잘못된 생각이었어요. 마침 구급차 대원들이 격렬하게 토론을 시작한 겁니다. '아, 저 사람 어디서 본 적 있어!'라며 한 10분 동안 제가 누구인지 생각해 내려고 애썼습니다. 옆에서 한 사람이 서 있는, 아니 고통으로 데굴데굴 구르고 있는 그 순간에도 그게 더 급한 문제였던 거죠. 뭐, 그래도 마음 한편에서는 절 알아봤다는 사실이 기분 좋았어요. 아마 대부분의 코미디언이 틀림없이 같은 생각을 할 거예요. 자의식이 강하지 않고서야 무대에 올라가 사람들을 웃기는 일을 하지 않을 테니까요.

구급대원들은 결국 '어딘가에서 봤던 코미디 하는 녀석'이라는 데까지 다다랐고, 자기들을 즐겁게 해준 것에 대한 보상이라도 되는 것처럼 모르핀을 주었죠. 안도감은 엄청났어요. 모르핀은 그저 약효를 체험해 보고 싶어서 일부러 병에 걸릴 가치가 충분한 그런 약이죠. 물론 약물 복용을 옹호하는 건 아니지만 솔직히 모르핀은 죽기 전에 한번 시도해볼 만해요. 단, 제대로 즐길 수 없을 정도로 맛이 갈 때까지 과하게 취하지는 마세요.

만약 여러분이 프린지 페스티벌에 가본 적이 있다면, 축제의 절정에 에든버러 로열마일^{Royal Mile} 거리가 괴상하다고밖에 표현할 수 없는 곳이 된다는 사실을 알 거예요. 언제나 미친놈처럼 옷을 입고 미친 짓을 하는 사람들이 있는데, 다른 상황에서 한다면 정신 병원에 강제 입원 당할지도 모르는 행동을 하면서 뻔뻔하게도 그걸 '공연'이라고 불러요. 상상해보세요, 모르핀 때문에 완전히 넋나간 얼굴을 한 제가 그런 일들이 일어나고 있는 에든버러 시내 한 가운데를 지나가는 모습을요. 그렇게 무서울 수가 없었다니까요.

그러던 중 그림 리퍼[33] 옷을 입은 한 무리의 남자들이 로열 마일을 어슬렁거리며 걸어가는 것을 보았어요. 모르핀 때문에 일시적으로 기분이 나아졌지만 병원으로 실려가는 중이었고, 여전히 몸 상태가 뭔가 심각한 것 같은 바로 그때…. 여러분 솔직히 그 상황에 저승사자가 쫓아오는 걸 보고 싶지는 않을걸요. 너무 뻔한 전개지만 눈 앞에 과거가 주마등처럼 스쳐가고, 문득 최근

---

33 Grim Reaper, 유럽권에서 유래한 것으로 추정되는 저승사자. 미디어에서는 보통 검은 로브를 온몸에 두르고 거대한 낫을 들고 있는 모습으로 묘사한다.

에 빨래를 못 한 게 떠오르고 더러운 속옷을 입고 죽겠구나 생각하게 되죠.

다행히 아직 심장이 뛰는 상태에서 병원에 도착할 수 있었어요. 속옷은 집에서 나올 때보다 더 엉망이 되었지만요. 주말이었기 때문에 당직 의사의 진찰을 받았습니다. 저는 영국의 국민보건서비스^{NHS}를 존중하고 개인적으로 감사할 이유도 있지만 그래도 말해야겠어요. 사실 당직의는 평일에 근무할 만큼 실력이 좋지 않거나 환자를 예의 없게 대하는 사람인 경우가 종종 있거든요. 그런 사람이 딱 걸린 거죠. 이런 의사들은 부상자를 보면서 희열을 느끼고, 수술 보드게임 '오퍼레이션'을 하고 놀면서 자기가 모든 것을 안다고 생각해요. 담당의 선생님은 영화 〈꼬마 돼지 베이브〉에 나오는 농부같이 생겼었는데, 얼굴만 닮은 것이 아니었죠. 확실히 동물을 돌보는 것이 더 적성에 맞는 그런 사람이었거든요.

여러분 혹시나 지금 과로에 시달리는 의료진에게 제가 너무 심하다는 생각이 든다면 제 얘기를 좀 들어보세요. 무슨 일이 있었는지 말씀드릴게요.

그때 그 의사는 저한테 무슨 문제가 있는지 몰랐어요. 그래서 제가 아픈 이유가 저의 걷는 방식 때문일지도 모른다고 퍽이나 도움이 되는 얘기를 했어요. 네, 맞아요. 평생 제가 걸었던 그 방식이요. 배가 아프지 않고도 평생 잘 걸었던 그 방식 말이죠. 잘 하셨어요, 의사 선생님. 그게 바로 제가 고통스러운 이유입니다. 저한테 문제가 있다는 사실을 깨닫는 데 32년이나 걸렸네요.

그걸로 충분치 않았는지 그 의사가 제 걷는 모습을 흉내 냈어요. 네, 장애인처럼 걷는 것을 보여준다고 절뚝거리며 제 앞에서 장애인처럼 걸었습니다. 그때까지는 솔직히 제가 장애인처럼 걷는다는 걸 전혀 몰랐다는 것처럼 말이죠. 전.혀. 몰.랐.네.요. 그의 열연 덕분에 새로운 사실에 눈을 떴습니다.

결국 반쯤 죽을 때까지 이리 저리 열심히 찔리고 괴롭힘 당한 후에 진찰을 받았고, 그 조커 같은 악랄한 의사가 아닌 제대로 된 의사에게 제대로 된 치료를 받기 위해 병실에 입원했어요. 주변에 있던 대부분의 환자는 말 그대로 천국의 문을 두드리고 있었죠. 보아하니 몇몇은 노크도 안 하고 벌컥 문을 열고 들어가고 있었어요. 병원에서 제법 오래 있을 수밖에 없었는데 얼마 안 지나 금방 축제가 그리워지기 시작했어요. 그런데 알고 있나요? 병원에 있는 것과 축제에 가는 건 꽤 비슷해요. 주차하려면 돈이 많이 들고, 사람이 너무 많아서 잠을 잘 수가 없고, 모두가 약에 취해 있고, 도착할 당시보다 상태가 더 악화된 채로 자리를 뜨게 되죠.

"마이크 드릴까요?"

코미디 순회공연에서 제가 가장 좋아하는 것은 동료 코미디언들이 제 주변에서 경험하는 뜻밖의 어색함이에요. 이런 일들은 저를 포함해 대기실에 있는 모든 사람에게 큰 웃음을 줍니다. 우선 사회자가 저에게 마이크가 필요한지 물어본 횟수를 세는 일은 이제 그만뒀어요. 여기서 잠깐! 속보입니다. 저는 말을 못 해요. 젠장, 마이크는 당연히 필요 없다고요! 대신 제 토커를 콘솔에 직접 연결하죠. 무대 위로 올라갈 때 저에게 마이크를 건네려고 하는 행동도 잘못된 건 마찬가지예요. 누가 마이크를 건네려고 하면 그 사람을 일부러 한심하다는 듯 뚫어지게 보면서 토커를 작동시켜요. 관객석에 울려퍼지는 토커 소리를 들으면서 자기가 얼마나 바보 같은 짓을 한 건지 깨달으라고.

비슷한 경험을 한 것 중 가장 좋아하는 순간은 〈브리튼스 갓 탤런트〉의 결승전에서 우승자로 발표된 직후였어요. 사회자 덱이 우승 소감을 물어보면서 얼마나 기쁜지 모두에게 말할 수 있도록 마이크를 제 쪽으로 건넸어요. 그 장면을 다시 보면 덱이 자기가 뭘 한 건지 깨닫는 순간을 정확히 알아차릴 수 있을 거예요. 전국으로 나가는 생방송에서 웃지 않으려고 태연한 척 애쓰는 그의 얼굴을 보는 건 재미난 일이죠.

 그 밖에 제 이름을 잘못 알고 있는 사회자들이 있어요. 목소리를 잃어버린 소년, 목소리 없는 남자, 말을 못 하는 남자 그리고 기타 등등 이와 유사한 여러 이름으로 불렸죠. 심지어 몇 번은 리 리그비라는 이름으로 소개되기도 했어요. 이슬람 극단주의자 살인사건의 비극적인 희생자로 2013년 런던 남동부 거리에서 잔혹하게 살해당한 군인의 이름이죠…. 이런, 제가 분위기를 죽이고 말았네요.

노련한
전문가 되기 8

코미디계에 발을 들인 지 이제 7년 가까이 되었습니다. 저의 코미디언 인생이 꽃길이기만 한 건 아니었어요. 만약 그랬다면 솔직히 좀 지루했겠죠. 코미디언으로 사는 것이 쉬운 사람은 아무도 없을 거예요. 소심한 사람에게 제격인 일은 아니에요. 반대로 막 나가는 사람들에게는 참 잘 맞는 직업이죠.

코미디언이라는 직업 덕분에 많은 곳을 다녔어요. 가본 곳 중에는 멋진 곳도 있었지만, 시궁창같은 곳도 있었죠. 물론 방문하는 도시에서 많은 걸 보긴 어려워요. 보통 어두워질 즈음 도착해서 완전히 어두워졌을 때 떠나거든요. 이렇게 말하는 이유는 사실 어느 정도 빠져나갈 구멍을 만들어 놓는 것이기도 해요. 저를 불러줬던 곳에 시비를 걸었다간 다시는 절 불러주지 않을 테니까요. 어떤 공연은 다른 공연보다 유독 기억에 오래 남았다는 정도로 말해 두죠. 좋은 이유든 나쁜 이유든 간에요.

1. 뉴캐슬의 스탠드 코미디 클럽The Stand Comedy Club에서의 첫 공연

이곳은 제가 공연하기 몇 년 전 문을 열었기 때문에 관객으로서 공연을 보러 자주 드나들던 곳이에요. 바로 그 무대에서 실제로 공연을 하게 되다니, 믿기지 않았죠. 당시 저는 아직 신인이었고 코미디언으로선 아직 많이 서툴렀어요. 그날 밤 무대에 설 자격이 있는지 솔직히 확신이 들지 않았지요. 그런데 정작 스태프와 다른 출연자들은 전혀 신경 쓰는 것 같이 보이지 않았어요. 제가 출연자 대기실에 들어서는 순간부터 다들 예의를 갖추어 매우 정중하게 대해주었어요. 스태프들이 워낙 친절하고 잘 도와줘서 바로 집같이 편해졌죠. 이건 그곳이 정말 좋은 코미디 클럽이라는 뜻이었고, 관계자들이 코미디언과 관객 모두를 긍정적인 태도로 대한다는 점이 바로 제가 영국에서 이 공연장을 가장 좋아하는 이유랍니다. 그날 밤, 관객들도 멋졌어요(알고 보면 관객들은 늘 멋지긴 하지만요). 모든 게 완벽했죠. 뉴캐슬 스탠드 코미디 클럽은 저에게 그야말로 제2의 고향입니다.

2. 버밍엄의 스트립 클럽 공연

평생 스트립 클럽에 간 경험은 딱 이때 한 번뿐이에요, 엄마. 진짜라니까요. 특별한 경험을 하고 보니 굳이 이걸 모르던 때로 돌아가고 싶지 않네요. 제가 공연하는 동안 스트립쇼는 없었답니다(공연이 끝난 후 스트립 클럽 문을 열 예정이라 스트리퍼는 준비 중이라고 하더군요. 저 보고 짧게 끝내라는 말도 덧붙였습니다). 스트립 클럽인데 코미디 공연만 하고 땡이라니…. 저한테는 좋을 것이 하나도 없었어요. 그곳에선 코미디 쇼가 잘 될 수가 없었죠. 춤추는 스트리퍼를 돋보이기 위한 조명을 중년의 코미디언 무리에게 비추니 영 느낌이 이상했고, 음향 장비도 끔찍했는데 손이 닿는 모든 곳이 끈적거렸어요. 무대에는 폴댄스를 추는 기둥도 그대로 있었는데 농담을 던져야 하나 내 몸을 던져서 폴댄스를 춰야 하나 잘 모르겠더라고요.

3. 영국국립도서관 공연

도서관 로비에서 자선 공연을 한 적이 있어요. 어떻게 설명해야 할까요? 그 공연은 좀… 특이했습니다. 살면서 평생 도서관에서는 떠들지 말라고 들었거든요. 그런데 그 규칙을 완전히 깨야 했던 거죠. 신성한 영국 국립도서관에서 '새끼', '좆나'이라는 단어들을 말하고 심지어 '씨'으로 시작하는 욕을 내뱉는데도 아무도 '쉿!'하라고 저를 제지하지 않았어요. 유치하다고 하겠지만 꽤 자랑스러운 경험입니다.

4. 에버딘 브레이크 넥 코미디 Breakneck Comedy

 북동부를 벗어나 원정 공연을 간 건 에버딘이 처음이었습니다(또 처음으로 돈을 받고 한 공연이기도 해요! 행복한 나날이었죠). 저에게 의미가 큰 공연이었어요. 기차를 타고 공연장에 가는 길에 많이 긴장하고 흥분해서 어떻게 갔는지도 모를 지경이었죠. 제 입으로 말하기는 좀 그렇지만 아주 환상적인 공연을 해냈답니다. 제게는 지금까지도 여전히 손꼽는 공연이에요. 무대에 오른 순간부터 청중들이 제가 하는 모든 농담에 반응하는 게 보였어요. 정말 완벽한 공연이었다고 자부합니다.

 신인 코미디언에게는 정말 굉장한 경험이었죠. 에버딘 브레이크넥 코미디 클럽에는 이후에도 여러 번 갔는데 언제나 좋은 시간을 보내고 왔습니다. 에버딘 사람들과 저의 유머 감각이 비슷한 게 분명해요. 그렇지 않다면 관객들이 그렇게 신나게 웃고 그렇게 저를 보고 싶어 하지 않을 테니까요. 마음속 깊은 곳에 '저 멀리 북쪽에 사는 사람들이니 누구라도 보고 싶겠지'하는 부정적인 생각이 떠오르지만 떨쳐내겠습니다.

5. 런던 코미디 스토어 The Comedy Store

모든 코미디언의 로망이죠. 영국에서 가장 유명한 코미디 공연장이라고 할 수 있기 때문에 대부분의 코미디언은 이 무대에서 공연하고 싶어 하는 야망이 있어요. 저의 첫 코미디 스토어 공연 기회는 사실 거저 얻은 거나 다름없는데, 〈BBC 뉴 코미디 어워드〉가 거기에서 열렸거든요. 이후 완전히 정정당당하게 인정받고 들어가서 공연을 했고, 매번 정말 좋았어요. 공연장으로 내려가는 길에 계단이 아주… 많긴 했지만요. 그래도 아직은 넘어진 적 없어요. 앞으로도 운이 따르길!

6. 로스 노블과 호흡을 맞췄던 뉴캐슬 스탠드 코미디 클럽 공연

가장 좋아하는 공연장에서 가장 좋아하는 코미디언과 함께한 데다, 표까지 다 매진되어서 매우 특별했습니다. 특히 로스 노블이 트위터 쪽지를 보내 함께 공연을 하자고 저에게 직접 물어본 건 깜짝 놀랄 일이었죠. 저는 몇 년 전에 로스 노블이 스티븐 호킹 흉내를 냈던 장면을 다시 재연하며 '성대모사'를 했어요. 녹음해 놓은 로스의 목소리를 토커에 재생한 거죠. 정말 똑같았겠죠?

7. 버밍엄 글리 클럽The Glee Club 에서의 〈가젯쇼The Gadget Show〉[34] 촬영

왠지 모르겠지만 가젯쇼에서 코미디를 하는 로봇을 촬영하고 있었어요. 주최 측은 같은 날 저를 섭외하는 게 좋은 계획이라고 판단했답니다. 왜냐하면… 여러분도 잘 알다시피 그건 전혀 무례한 요청이 아니니까요. 우리는 마치 1980년대까지 40년 넘게 활동한 '모컴 앤 와이즈Morecambe and Wise' 개그 콤비의 로봇 버전 같았죠. 다행히 로봇은 재미없다고 판명 났고, 제가 기계보다 더 재미있다는 사실을 알게 되었습니다.

8. 북아일랜드 벨파스트 블랙박스The Black Box 공연

최초의 '해외' 공연이었어요 (비행기를 타고 바다 너머 날아갔으니 저로선 '해외'인데, 북아일랜드 친영파 이언 페이즐리의 망령은 동의하지 않을지도 몰라요). 정말 신났고 역시나 실망하지 않았습니다. 따뜻한 도시 벨파스트는 저를 두 팔 벌려 환영해 주었어요.

9. 12월의 노천 맥줏집 공연

12월의 노상 공연이라니 말만 들어도 춥지 않나요?

----

34   영국 채널5에서 방영 중인 정보성 프로그램. 이름 그대로('가젯') 최신 전자기기 동향을 소개하고, 첨단 장비 등을 리뷰한다.

멋진 쇼였지만 난로를 틀어놔도 얼어 죽을 지경이었습니다. 당연히 공연 전용 티셔츠를 입을 수 없었죠. 그래도 그날 처음으로, 모든 사람이 저와 똑같이 몸을 떨었답니다.

10. 영국 서부 체셔 주 카페스트 CarFest 공연

5천 명이 넘는 사람들로 채워진 어마어마한 광장 안 무대에서 크리스 에반스가 저를 소개하는 모습을 상상해 보세요. 게다가 제 다음 순서는 록밴드 스테이터스 쿠오 Status Quo 였죠. 도움이 필요한 어린이들을 위한 BBC 방송 〈칠드런 인 니드 Children in Need〉[35]에서 모금을 하고 있다니… 째깍! 째깍! 모금 시간이 얼마 안 남았어요! 아직도 제가 거기에 있었다는 걸 믿을 수가 없네요.

11. 선덜랜드 시의회 공연

모든 공연에서 욕을 하는 건 아니라는 걸 알게 되면 놀라워할지도 모르겠네요. 필요할 때를 대비해서 토커를 착한 버전으로 설정할 수도 있답니다. 다만 오른쪽 버튼을 누르는 걸 잊지 말아야 해요. 이날은 그걸 까먹었고, 선덜랜드 시장 앞에서 '씨발'이라고 말해버렸죠.

---

35 장애 어린이를 돕기 위해 1980년부터 시작된 영국의 대표적인 자선행사. 매년 11월마다 저녁 7시부터 새벽 2시까지 BBC에서 장시간 방영했다.

아무래도 장애인이라서 봐준 것 같아요.

　코미디계에서 몇 년간 일하다 보니 나름대로 성공을 거두었습니다(여기서 성공이라는 건, 공연장으로 향할 때 헐값에 버스로 장거리를 이동하는 신세에서 벗어났다는 뜻이에요). 그렇지만 동시에 여전히 선덜랜드 시의회 홍보 팀에서 의견 소통(저도 이 말이 어떻게 들릴지 아니까 구석에서 그만 웃고 좀 나오시죠?) 업무를 계속 붙들고 있었어요. 그야말로 발에 불이 나게 여기저기로 뛰고 있었던 거죠. 공연을 마치고 새벽에 집에 들어와도 시의회 출근을 위해 오전 6시면 일어나야 했어요. 처음 한두 해는 아드레날린 덕분에 그럭저럭 잘 버텼지만, 곧 감당하지 못할 정도가 되었죠. 시의회에서 맡은 업무도 이미 충분히 벅찼는데, 코미디언으로서 점점 더 많은 일이 들어오니까 쉴 시간이 아예 없어져 버린 거예요. 결국 죽도 밥도 안 되는 지경이 되어버렸죠. 둘 중 어느 쪽 일에도 집중을 제대로 못 하니까 매번 이를 만회하는 데만 급급해서 저를 더 밀어붙이게 되더라고요.
　이렇게는 도저히 안 되겠다 싶었어요. 시의회에서 일하는 것도 즐거웠지만 제 마음을 더욱 사로잡은 것은 스탠드업 코미디였죠.
　시의회 분들은 항상 저의 코미디에 대한 도전을 전폭

적으로 지지해주었고 가능한 한 편의를 봐주려고 노력했어요. 지금도 그 점을 매우 감사하게 생각해요. 직장에서 융통성을 발휘해 주지 않았다면 제 삶이 어떻게 되었을지 생각만 해도 아찔해요. 일단 저만의 시간을 가지지 못했겠죠(물론, 이건 신인이든 자리 잡은 코미디언이든 다 마찬가지겠지만요). 뇌성마비가 있으면 일이 몇 배는 더 복잡해지거든요. 본업이 있어야 먹고사는데, 그걸 유지하려면 나름의 대가가 따르는 법이죠.

다행히 시의회에서는 마지막 몇 년 동안 파트타임으로 일하는 걸 허락했고, 일주일에 하루는 집에서 일하게 해 주기도 했어요. 덕분에 압박감이 줄긴 했지만, 에너지를 쏟아야 하는 두 가지 일을 병행하는 건 여간 스트레스가 아니었죠. 한 손도 잘 못 쓰는데 양손에 일을 쥐고 있으려니 얼마나 힘들었겠어요.

2014년이었습니다. 본업이 점점 뒷전이 되어갈 즈음 〈BBC 뉴 코미디 어워드〉에 참가하기로 결심했어요. BBC 라디오4에서 유망한 신인 코미디언을 발굴하기 위해 매년 개최하는 대회인데, 제가 배은망덕하다고 생각할 수도 있겠지만 사실 전 이렇게 대회에서 경쟁하는 것을 좋아하진 않아요. 겨우 2~3분만 보고 그 사람의 코미디를 제대로 판단할 순 없다고 생각하거든요. 하지만 그동안 이 대회에서 상을 받은 피터 케이, 사라밀리컨, 리 맥 같은 코미디언을 봤을 때 한 번쯤 해 볼 만한 가치는 있다고 생각했죠. 밑져야 본전이니까요.

예선 무대는 프린지 축제가 열리는 에든버러였는데 어쩌다 보니 통과했더라고요. 준결승은 11월에 런던 99번 클럽에서 열렸는데 그것도 어쩌다 보니 통과했어요. 대체 무슨 일이 벌어지고 있는지 실감이 안 났죠. 결승전은 12월, 런던의 코미디 스토어에서 개최됐어요.

이때쯤 되니 공연을 할 때 더 이상 크게 긴장하지 않게 되었습니다. 그래야 한다는 걸 알긴 했지만 어느 순간 긴장이 저절로 사라졌고 무대에서 개그를 하는 게 자연스러운 것만 같았죠. 그런데 코미디 어워드 결승에서는 얼마나 긴장했던지 완전 지릴 뻔했죠. 코미디 스토어 공연장 대기실이 상당히 좁은 것도 별로 도움이 되지 않았죠. 매우 초조한 여섯 명의 코미디언이 좁아 터진 대기실 안을 서성이고 있었고, 꽉 찬 공간에 같이 있다는 사실만으로 의심할 필요도 없이 서로를 더 초조하게 만들었죠. 저는 그날 세 번째 출연자였던 것으로 기억하는데 내 공연을 끝내면 마음이 좀 가라앉겠지 생각했고, 무대를 마치고 내려왔어요.

잘못 생각했던 거죠. 결과를 기다리는 건 제 순서를 기다리는 것보다 더 끔찍했어요. 여기까지 멀리 오면서 정말 많은 걸 해냈고, 모든 게 다 잘 끝나기를 바랐습니다. 제 무대가 끝나고 약 한 시간이 지나고 나서 결과 발표의 시간이 왔어요.

제가 얼마나 마음 졸였는지 짐작이 되시나요? 사실 정답은 '그다지'입니다. 제가 공연을 할 때면 언제나 토커를 올려놓기 위한 테이블을 준비해 주거든요. 제가 최종 우승을 했다는 깜짝 놀랄 소식을 스포일러 한 건 담당 PD였어요. 결과 발표의 시간에 그 테이블을 무대 위로 옮겨 놓으라고 한 거죠. 저는 우승을 했거나 아니면 최악의 잔인한 농담에 속는 거겠구나 싶었어요. 후자라면 누군가 장애인을 앞세워 사람들을 신나게 웃기려고 한다는 건데 참 위험한 행동이라고 봅니다. 어쨌든 PD가 대기실로 와서 우승 소감을 준비했냐고 물어보는 순간 전자라는 것이 확실해졌죠. 음, 물론 소감은 준비되어 있었습니다. 토커로 소통할 때 한 가지 명심해야 할 일은 어떤 상황이든 다 대비해야 한다는 거예요. 전혀 일어나지 않을 것 같은 그런 일들까지도요. 몇 분 후 우승자로 이름이 불렸을 때, 생각만큼 별로 놀라지 않아 보였을 수도 있어요. (게다가 영국 성인 남자 그레이엄은 깜짝 놀란 마음을 표현하는 데엔 젬병이죠.) 그렇지만 실제로는 정말 엄청나게 기뻤습니다.

〈어빌리티〉 한번 해 볼리티?

BBC 뉴 코미디 어워드 우승자의 영광은 상금에만 있는 게 아니었습니다. 라디오4 시트콤의 시험용 파일럿 에피소드를 쓰는 기회도 얻었죠. 저는 라디오4에서 나오는 코미디를 늘 즐겨 들었고, 제 우상 중 몇 명은 〈리그 오브 젠틀맨〉과 같은 라디오4 연속극에 출연하면서 본격적으로 활동을 시작했습니다. 시트콤으로 방영될 만한 아이디어가 벌써 몇 개 있었고, 이 프로젝트를 시작하게 되어 정말 기뻤습니다.

그렇지만 동시에 겁도 났어요. 저는 라디오 코미디 대본을 한 번도 써본 적이 없는데, 그 일이 스탠드업 코미디 대본을 쓰는 일과는 아주 다르다는 사실을 알고 있었거든요. 우선 저 혼자 쓰지 않는다는 점이 달랐어요. 다른 스태프들도 대본을 쓰는 일에 함께할 테니까요. 또 다른 큰 차이점은 그저 제가 무대에서 할 말을 쓰는 게 아닌, 등장인물 사이의 대사를 쓴다는 점이었습니다. 스토리라인도 있어야 했고요. 그래도 기꺼이 도전할 준비가 되어있었습니다.

다행히도 BBC가 캐서린 제이크웨이즈를 집필 파트너로 정해주었어요. 캐서린은 저와는 달리 시트콤을 써본 경험이 있고 우리가 할 일이 무엇인지 잘 알았어요. 우리는 만나는 순간 죽이 맞는다는 걸 알았죠. 서로 아이디어를 나눴고, 결국 〈어빌리티^{Ability}〉라는 첫 번째 라디오 시트콤을 제작하게 됐습니다. 궁지에 몰렸을 때 캐서린을 만나 함께 작업했다는 것에 정말 감사합니다. 캐서린, 그리고 제작자인 제인 베르투에게 많은 것을 배웠고, 두 사람 덕분에 시트콤 전체를 써야 한다는 두려움을 한결 덜 수 있었죠.

〈어빌리티〉는 '맷'이라는 한 장애인 청년에 관한 이야기입니다. 맷은 말을 할 수 없고 때로는 좀 바보스럽기도 한 인물입니다. 분명히 말하는 거지만, 순전히 가상 인물 맞아요. 맷은 '제스'라는 절친, 그리고 아주 이상한 활동지원사 '밥'(만취해서 우리 집 방바닥에서 곯아떨어진 저의 예전 활동지원사에게서 영감을 받아 만들었습니다)과 함께 살아요. 이 라디오 코미디는 등장인물들이 함께 맷의 '장애'를 어떻게든 '장점'으로 활용하려고 머리를 굴리는 이야기입니다. 다들 짐작하겠지만 일이 항상 계획한 대로 되지 않겠죠. 첫 번째 시즌만 살짝 예고하자면, 맷은 마약을 판 다음 빠져나갈 방법이 있는지 보려고 가게에서 좀도둑질을 하고 기계음으로 통화하는 '섹스봇 폰팅'이라는 성인용 전화 회선도 만들죠. 제 삶이 맷의 삶만큼 흥미진진하다고 말하고 싶지만, 애석하게도 그렇진 않네요.

우리 엄마 말고도 그 시트콤을 좋아한 사람들이 많

았는지, 일을 다시 의뢰받았답니다. 〈어빌리티〉 대본 쓰기는 정말 즐거웠기 때문에 기뻤어요. 계속해서 오래 대본을 쓰고 싶습니다. 〈아처스 Archers〉[36], 두고봐요. 익숙한 분야에서 벗어나서 라디오라는 새로운 매체에 맞는 새로운 글쓰기를 생각하게 되었다는 사실이 좋았어요. 스탠드업 코미디에서는 결코 할 수 없었던 방식으로 등장인물 간의 반응을 살필 수 있다는 점도 즐거웠죠. 제가 무대에서 관객들을 상대로 이야기할 때는 방해하는 사람이 없으면 거의 대부분 저 혼자 이야기하잖아요. 그런데 시트콤에서는 등장인물들 사이에 대화가 있는 거죠. 저 혼자만의 재미있는 생각에서 벗어나서 어떠한 상황을 만드는 자유가 있는 경험이 정말 좋았습니다. 아마도 그런 이유 때문에 이 장르를 상황극 Situation Comedy, 시트콤 Sitcom이라 부르는 거겠죠.

캐서린과 함께 〈어빌리티〉를 쓰고 있었을 때, 처음으로 '내면의 목소리'에 관한 아이디어가 떠올랐습니다. 맷이 토커 목소리인 '그레이엄' 말고도 제대로 된 북동부 사투리 '조디' 목소리를 같이 내면 좋겠다 생각했거든요. 그리고 아마 생각할 때는 조디 사투리를 쓰지 않을까 싶었죠. 이 '내면의 목소리'는 시트콤에 특별함을 더하는 데 큰 도움이 됐어요. 스토리상 맷의 생각

36　BBC 라디오4가 65년째 방송하고 있는 세계 최장수 라디오 드라마.

은 크게 소리내어 하는 말만큼이나 중요하거든요. 청취자들은 맷의 내면의 목소리를 통해 장애인 청년으로 살아가는 맷의 삶을 배우게 되는 거죠. 보통은 이런 걸 접할 일이 잘 없잖…, 아, 여러분은 이 책을 찾아 읽을 만큼 트인 분들이니까 당연히 예외로 쳐야죠. 하지만 제가 진짜 마음 속 깊이 무슨 생각을 하는지, 곤란한 상황에 처했을 때 속으로 무슨 말을 하고 있는지는 절대 여러분들에게 들키고 싶지 않네요.

운 좋게도 대단한 성우들과 〈어빌리티〉를 제작하게 되었습니다. 자신의 배역을 완벽하게 소화하는 사람들만 캐스팅되었어요. 물론 관심에 목마른 저는 맷의 역할로 저를 캐스팅했습니다. 다행히도 '누군가와 이야기할 때 토커를 사용하는 뇌성마비 장애인 남성' 배역은 경쟁자가 많지 않았어요. 적어도 당분간은 제가 이 틈새시장을 독점하겠죠.

그리고 맷의 쓸모없는 활동지원사 역을 〈사람들이 하는 게 대체 뭐 있는데?^{People Just Do Nothing}〉[37]에서 MC 그린다 역할을 한 앨런 무스타파가 맡게 되어 특히 기뻤습니다. 원래 앨런의 열혈 팬이었는데 앨런이 밥의 배역을 수락하니까 엄청나게 기뻤죠. 앨런과 스튜디오에서 함께 작업하는 건 정말 재미있었고, 우리가 쓴 대본 속의 밥이

---

37 BBC3에서 방영되는 영국의 코미디 시리즈. 배우들이 각본과 제작을 맡는 모큐멘터리 형식의 방송.

라는 인물을 앨런이 훨씬 더 훌륭하게 표현했다고 생각해요. 앨런이 녹음할 때 소소한 애드립을 쳤는데 덕분에 밥의 미덥지 않은 면도 더 잘 살았고, 밥을 더 매력적인 인물로 만들어 주었죠. 너무 오버한다 생각할 수도 있지만 앨런과 함께 일할 수 있어서 정말로 즐거웠어요. 사실 모든 성우와 제작진이 함께 그렇게 많이 웃었던 적이 없었고, 제가 이 팀의 일원이라는 사실이 믿을 수 없을 정도로 좋았어요. 이런 재미있는 일이 더 있다면 저는 무조건 또 하고 싶어요. 그러니 만약 여러분이 텔레비전이나 라디오 프로그램 제작을 기획하고 있고, '누군가와 이야기할 때 토커를 사용하는 뇌성마비 장애인 남성'을 연기할 배우를 구한다면, 저 시간 많아요!

처음 〈어빌리티〉 방송을 들었던 그 순간은 정말 감동적이었습니다. 첫 방송이 있던 밤에 저는 뉴캐슬 스탠드 클럽에서 공연을 하고 있었기 때문에 운이 좋게도 공연이 끝난 후 공연장 사운드 장비로 방송을 들을 수 있었죠. 스탠드 클럽에서 모든 동료에게 둘러싸여 제 방송을 듣는 경험은 정말 최고였어요. 몇 년간 저를 지지해준 동료에게 보답하는 듯한 기분이 들었답니다.

뉴 코미디 어워드에서의 우승은 제가 꽤 괜찮은 코미디언이라는 점만 의미하는 게 아니라, 제 삶에서도 중요한 분기점이 되었습니다. 이 상은 코미디 업계 종사자와 일반 대중이 함께 심사하기 때문에 코미디언으로선 아주 좋은 보증수표였거든요. 코미디를 하기 시작한 이래 처음으로 이 일이 단지 시간과 노력을 쏟아붓는 취미 이상이 될 수 있겠구나, 하는 생각이 들었어요. 사람들을 웃기면서 실제로 생계를 유지할 수 있을 거라고 저 자신을 믿기 시작했습니다.

그렇지만 거기서 더 나아가기까지는 시간이 좀 더 걸렸어요. 시의회에 취직하기 전에 무려 3년 동안 일자리를 구하느라 무척 고생했거든요. 면접을 수도 없이 봤지만 어디에서도 저를 고용하지 않았어요. 당시에 거의 모든 사람이 어려움을 겪고 있었기 때문이라고 믿고 싶습니다. 금융 위기는 경제에 엄청난 타격을 줬고 일자리가 생기는 족족 수백 명의 지원자가 쏟아졌거든요. 하지만 마음속 한켠으로는 장애 때문에 취업을 못 하고 있는 건 아닌가 의구심이 들었습니다. 저의 머릿속 편집증은 초과근무를 참 잘해서 (취업도 못 했으면서 벌써 초과근무라니 좀 아이러니하긴 합니다만) 제가 장애로 인해 차별을 당하고 있다는 생각을 떨치기가 어려웠어요. 일단, 저를 고용하기 전에 작성해야 할 위험평가 보고서가 얼마나 많을지부터 한번 생각해 보세요.

마침내 구한 일자리는 선덜랜드 시의회 온라인 콘텐츠 관리자였습니다. 대부분의 시의회 일자리처럼 직함이 길고 복잡했지만, 기본적으로는 시의회 웹사이트의 모든 콘텐츠를 책임진다는 뜻이었어요. 쓰레기 분리수거에 관한 이야기를 쓰는 것보다 재미없는 일은 절대 없겠지만, 긴 시간 취업난 속 구직자로 고생을 한 뒤라 (석사학위도 있었는데 말이죠….) 취직을 하게 된 것만으로도 행복했죠.

시의회 면접 직전에 봤던 다른 면접에서는 토커가 중간에 말썽을 부리기로 작정했어요. 기괴한 소리가 나기 시작했고 말도 제대로 하지 않았죠. 정말 난처했고 이제 그만 면접 보는 걸 포기하라는 신호가 아닐까, 하는 생각까지 들더군요. 그래서 선덜랜드 시의회에 면접을 보러 가면서도 별로 기대하지 않았어요. 사실 집으로 가면서도 면접을 잘 봤다는 생각이 들지 않았고요. 면접이 끝나자마자 '어차피 매일 지하철을 타고 선덜랜드까지 출퇴근하고 싶지 않았어.' 하면서 그 일이 별로인 것처럼 자신을 설득하며 기분을 추스르려고 애썼죠. 그래서인지 최종 합격했다는 연락받았을 때는 정말 뜻밖이었어요. 저에게는 최초의(적어도 그때까지 유일한) 제대로 된 직장이었습니다.

내겐 너무 벅찬 그대, 지하철

직장인이 되어 월급을 받게 되면서 변한 건 익숙해졌

던 많은 것들이 사라졌다는 겁니다. 백수라서 늦잠을 자곤 했던 제가 갑자기 아침 6시에 일어나 9시까지 사무실에 나가야 했죠(이유는 잘 모르겠지만 저는 뇌성마비 장애가 없는 사람보다 씻는 시간이 더 오래 걸리거든요). 또 오랜 시간 대중교통을 이용한 것도 처음이었어요. 버스는 전에도 타보긴 했지만 자주 타는 건 아니었고, 출근을 하게 되니 매일 지하철을 타고 선덜랜드로 가야 했죠. 열차 안에서 봤던 풍경들, 마주친 사람 대부분이 제 스탠드업 코미디의 훌륭한 소재가 되었어요. 사람들이 말하는 것처럼 하늘 아래 새로운 것은 없다잖아요.

　지하철로 출퇴근하면서 노약자석에 앉아 있는 사람들을 밀어내고 그 자리를 차지하는 일에 도가 텄습니다. 사람들을 안절부절못하게 하고 불편하게 만들어 결국 자리를 양보할 때까지 그 앞에서 비틀거리는 기술은 언제든 잘 먹히거든요. 가끔 오버하다가 의도치 않게 엉덩방아를 찧는 경우도 솔직히 있지만 앉아 있는 사람들을 더욱 불편하게 만들기 때문에 효과는 더 컸죠. 어떻게 해도 제가 이기는 게임이에요. 혼자만 편안하게 출퇴근하려는 사람들을 자리에서 일어나게 하려고 임산부가 볼록 튀어나온 배를 살짝 손으로 받치는 방식과 다소 비슷하죠. 자신이 가진 걸 잘 활용해야 합니다.

매일 정해진 일정을 지키며 사는 건 힘들었어요. 직장에 다니기 시작한 처음 몇 달 동안은 퇴근하고 집에 오면 완전히 지쳐서 나가떨어졌어요. 직장생활에 적응하기 위해 평소보다 더 자주 초저녁부터 잠들 수밖에 없었습니다.

그러다가 시의회 소셜미디어 관리까지 업무 영역이 확장되었어요. 여러분한테만 털어놓자면, 막 잠자리에 들려는 밤 열한 시에 움푹 팬 도로 상태를 지적하는 성난 주민의 트윗을 주야장천 보는 일보다 더 우울한 일은 없을 거예요. 성난 주민 문제를 처리하다 보면 말도 안 되는 소리에 내성이 생기더라고요. 실은 시의회에 있었던 동안 악성 민원인들을 상대했던 경험이 있어서 지금 소셜미디어 악플에 더 잘 대처(사실 대부분은 무시)하고 있다고 생각해요. 당시에는 그냥 이를 악물고 참는 것 외에는 다른 선택지가 없었거든요. 선덜랜드 시의회 트윗 계정 @SunderlandUK으로 누군가에게 '꺼져, 좆까라!'라고 했다간 분명히 해고당했을 테니까요.

그렇지만 온통 짜증 나고 불평 가득한 일만 있던 건 아니었습니다. 시의회에 있을 때 몇몇 놀라운 행사를 취재하게 되었죠. 정말로요. 그중 선덜랜드 국제 에어쇼는 항상 최고의 (날씨가 좋다는 전제하에⋯) 하이라이트였고, 또 지방선거 취재도 재미있었습니다(믿든 안 믿든 여러분의 자유지만요). 재빨리 아이디어를 내서 가능한 한 빨리 온라인에서 뭔가를 해야 한다는 압박감을 즐겼어요. 이렇게 아드레날린을 급격히 증가시키는 일들을 하고 싶어서 대학 때 저널리즘을 공부했던 거였죠.

일을 하는 데는 어떠한 적응도 필요치 않았습니다. 물론, 전화 응대 업무에는 재주가 없으니 가능한 한 이메일로 연락하려고 노력했죠. 운이 좋게도 정말 좋은 팀원들과 함께 일했어요. 우리 모두 서로 잘 지냈고, 그때 같이 일했던 직원 대부분은 지금까지도 친구로 남아있습니다. 물론 동료 가운데 예외인 사람도 항상 한두 명 정도는 있었겠죠. 옆 팀이었던 '스티브'(물론 절대로 실명이 아닙니다)가 그런 경우예요. 제가 말을 할 수 없지만, 청각장애인은 아니라는 사실을 전혀 이해하려고 하지 않았어요. 저랑 얘기해야 할 때마다 그냥 말로 하면 될 걸 쪽지에 써서 주곤 했죠. 이 짓을 무려 6년 동안이나 한 겁니다. 그러다 보니 그냥 말을 걸고 싶은 마음이 들지 않더군요.

공공부문에서 근무하면서 팀워크 향상을 빌미로 하는 무의미한 행사들에 많은 돈을 낭비하는 것을 봤습니다. 하지만 한 가지 일화는 특별한 기억으로 남았어요. 잉글랜드 북서부 더웬트 힐 호숫가에 팀 워크숍을 갔을 때입니다. 암벽등반, 산비탈 걷기, 지도와 나침반만 가지고 길을 찾아가는 길 찾기 게임 등 다양한 야외 활동을 할 수 있는 곳이었는데요, 아마도 여러분 가운데 몇 분은 벌써 이런 장소에 장애인을 데리고 가는 것은 좋은 생각이 아니라고 생각하고 있을 것 같네요. 그렇죠? 하지만 팀원들과 (솔직히 말해서 내가 좋아하는 팀원들만 해당하지만) 더 친해지기 위해 어쨌든 따라갔죠.

워크숍의 시작은 꽤 좋았습니다. 우선 우리 팀이 단체 길 찾기 게임에서 우승했어요. 다음은 줄로 실뜨기 비슷한 걸 하는 로프 챌린지 순서였는데 스스로 목에 줄을 매게 되는 사고가 발생할지도 모른다는 충분히 합리적인 우려 때문에 저는 빠지게 됐죠. 그리고 카누 타는 시간이 왔어요. 그런대로 간단해 보이더라고요. 2인용 카누니까 파트너가 열심히 노를 젓는 동안 저는 앉아 있기만 하면 된다고 생각했죠. 그런데… 제가 예상 못한 건 2월의 시리도록 차가운 호수 한가운데에서 엉덩이가 얼어버릴 것 같은 카누 안에서 무릎을 굽히고 두 시간을 앉아있어야 한다는 것이었습니다. 카누에서 나오려는데 얼어붙은(너무 추웠기 때문이기도 하고 너무 오랫동안 혈액순환이 되지 않았기 때문이기도 했겠죠) 다리가 말을 듣지 않자 그제서야 문제가 생겼다는 걸 알아차렸습니다. 전혀 걸을 수가 없었어요. 대신 동료들이 교대로 저를 업어서 숙소까지 데려다주었죠. 팀

워크와 서로 간의 믿음을 둘 다 잡은 야외활동이었고 '누군가의 큰 그림'인 것만 같았습니다.

몇 년 후, 저는 시의회에서의 찬란한 생활을 뒤로 하고 코미디에 대한 꿈을 좇기로 마음먹었습니다. '벌이가 좋은 직장을 그만두고 입에 풀칠만 하면서 무대 주위를 서성거리는 게 진정 내가 원하는 건가?' 저 자신에게 몇 번이나 물어봤어요. 스스로 직장을 그만두고 위험을 감수하는 사람이 꼭 고민해야 할 질문이죠. 이 질문에 대해 명확한 답을 얻었는지는 아직도 잘 모르겠네요. 가족들도 어떤 결정을 해야 옳은 건지 확신이 없었던 것 같아요.

합리적이고 신중하신 아빠는 시의회를 그만두는 건 좋은 생각이 아니라고 하셨어요. 연금도 잘 나오는 안정된 직업을 던져버리는 건 어리석은 행동일 거라고 말씀하셨죠. 제가 더 멀리 보고 현실적인 사람이 되게 하기 위해 애를 쓰는 좋은 아빠였어요. 저는 아빠에게 그때 그런 말을 들을 수 있었다는 것이 정말 기쁩니다. 아빠의 현명한 말씀이 없었다면 훨씬 더 빨리, 훨씬 더 충동적으로 어떤 일이든 저질렀을 거니까요. 아빠는 판타지 세계라는 선택지를 고민하고 있던 제가 현실 세계에 필요한 침착함을 잃지 않도록 하는 데 큰 도움을 주었어요.

엄마는 꿈을 좇는 아들을 좀 더 응원해주시는 쪽이었지만 여전히 의구심을 떨치지는 못했어요. 아니면 아마도 당신의 어린 아들이 전 세계를 돌아다니기보다는 좀 더 집에 머물기를 원했을지도 모르겠네요.

'흠···.', '하아···.' 하면서 생각에 잠긴 지 몇 달이 지났어요(실제로 냈다고 생각한 건 아니죠? 저는 '흠···.'이나 '하아···.'라는 소리를 못 내잖아요). 마음을 굳힌 그날 밤, 가족들에게 단체 메일을 보내서 제가 하고 있는 일이 무엇인지, 왜 이 일을 하는지에 관해 설명했습니다.

가족들 안녕!

다음주 또는 그즈음 시의회에 사직서를 낸다고 알려드리려고 메일을 보내요. 쉬운 결정이 아니었고 몇 달 동안 마음을 바꿔보려고도 했지만, 코미디를 할 수 있는 적절한 때가 절대 오지 않겠다는 결론에 이르렀어요. 지금 제가 코미디를 할 수 없다면, 어쩌면 앞으로도 영영 하지 못하겠다는 생각이 들더라고요.

이런 결정을 내린 중요한 이유가 몇 가지 있어요. 우선 두 가지 일을 병행하기가 점점 더 힘에 부치고 있다는 느낌이 들어요. 솔직히 말하자면 두 군데에서 각각 맡은 업무가 상당한데 둘 중 어느 하나 제대로 하지 못하고 있어요. 하나를 내려놔야겠다는 생각이 들더라고요. 만일 결국 실패하고 상황이 좋지 않게 끝나더라도 저는 시도해봤다고 말하고 싶어요. 지금으로선 매일 다른 일 때문에 코미디에 최선을 다하지 못하고 있다는 기분이 들어요. 그나마 저 혼자만의 시간이 생긴다고 해도 보통은 이동해야 하거나 늦게 끝난 공연 때문에 생긴 피로를 풀어야 하죠. 시트콤을 쓰거나 제 이름을 떨치는 기회는 매일 생기지 않더라고요. 그런 기회가 주어졌을 때 제 모든 시간을 쏟아 최선을 다하고 싶어요.

두 번째 이유로 넘어갈게요. 현재 주어진 업무량을 고려했을 때 절대로 건강에 좋지 않다고 생각해요. 특히 휴식을 취하거나 수영할 시간이 거의 나지 않는데, 이런 시간이 원래 도움이 많이 되곤 했죠. 물론 간단하게 공연을 많이 잡지 않을 수도 있겠지만, 그건 곧 제가 좋아하는 일에서 전혀 발전이 없을 거라는 의미잖아요. 항상 양쪽 진영에 발을 걸치고 있는 것, 그건 저다운 게 아니죠. 저는 항상 제가 하는 건 뭐든지 성공하려고 마음먹었어요. 한 번 더 제가 어디까지 갈 수 있는지 보고 싶어요.

계산해 보니, 모든 경비와 세금을 제외하고 나서 공연으로 한 달 평균 550파운드[38]를 벌더라고요. 장애인 수당을 더 이상 받지 못하게 될 수도 있고 다른 불이익이 있을 수도 있다는 걸 깨달았지만, 반대로 생각하면 코미디를 하면서 돈을 더 많이 벌 수도 있잖아요. 미래에 무슨 일이 일어날 건지 그 누구도 확신할 수 없다는 점이 두렵긴 해요. 하지만 저는 언제나 돈에 민감했고, 그러니까 코미디

---

38 코로나19 팬데믹 이전 기준으로 얼추 런던을 제외한 잉글랜드 지역 방 한 칸 월세쯤 되는 금액. 매물에 따라 천차만별이긴 하나, 당시 런던 도심의 방 한 칸 월세 하한은 대략 800파운드대 전후이다.

를 하면서도 돈에 있어서는 확실히 하려고 해요.

무엇보다도 저는 지금 인생에서 중대한 길림길에 서 있다고 생각해요. 저에게 주어진 코미디와 집필 활동, 그와 관련된 모든 일에 집중할 수도 있고, 지금까지 살던 대로 그냥 일을 계속할 수도 있어요. 후자라면 영원히 제 잠재력의 끝이 어디인지 알 수 없겠죠. 꿈을 좇고 지금 사랑하는 일을 시도하지 않으면 앞으로 평생 후회하게 될 것 같아요.

적어도 가족들만큼은 제가 쓴 이유를 전부 이해하기를 바라고 있어요. 지금까지 이룬 모든 건 가족들 덕분이에요. 이렇게 하기로 결심했으니 그저 가족들이 저를 자랑스러워하도록 할 수 있는 한 최선을 다하고 싶네요.

가족들 모두 정말 사랑해요!

사랑을 담아,
리 올림

그렇게 해서 시의회를 그만두었지만, 뉴 코미디 어워드 수상자건 아니건 간에 업계에서 자리를 잡기 위해서는 엉덩이에 불이 나도록 정신없이 공연하러 다녀야 했습니다. 신체에 별 장애가 없는 코미디언에게도 힘든 일인데, 하물며 뇌성마비 장애가 있는 코미디언은 오죽했겠어요?

여전히 몇몇 사람들은 장애 소재 개그에 웃을 준비가 돼 있지 않지만 그 사람들을 웃기려고 하는 게 얼마나 재밌는지 모릅니다. 처음 코미디를 시작할 때 무대 위로 걸어 나오는 제가 보통 흔히 보는 코미디언이 아니라는 것을 관객들이 알아보는 그 순간, 가끔 좌석에서 '헉'하는 소리가 들려요. 맞아요. 저는 백인, 남성, 이성애자였지만(지금도 여전히 그렇습니다) 관객들이 기대하고 있는 모습은 아니죠. 게다가 제가 말을 할 수 없다는 것을 알아차리는 순간 관객들은 충격에 빠집니다. 요크셔의 핼리팩스에서 공연했을 때, 무대에 제가 올라가자마자 어느 한 여성이 일어서서 "어머! 이런 건 못 보겠네요!"라고 크게 외치고 공연장 밖으로 나갔어요. 그 당시 저는 한마디 말도 하지 않았다는 점을 강조할게요. 이런 일까지도 심심치 않게 겪고 있다는 걸 보여주는 좋은 예죠. 그런데 공연이 잘 끝나고 나니까 그 개념 없는 여자가 뻔뻔하게도 저에게 "잘했어요." 하면서 악수하려고 하더군요. 말할 필요도 없지만 그 여자를 아예 무시했고 정말 즐거웠습니다.

여러분이 좋아하든 아니든 간에 방해꾼은 코미디 공연의 일부분이라고 볼 수 있어요. 관객(주로 술 취한 관객) 중에는 다른 사람의 이목을 독차지하고 공연에 참여하고 싶은 욕망을 억제 못 하는 사람들도 있습니다.

그들은 자기가 재밌다고 생각하지만 대개의 경우는 그렇지 않아요. 방해꾼을 상대하는 일은 어느 코미디언에게나 힘들지만 바로 앞에 앉아 있는 사람들과 소통하는 능력이 없는 사람에게는 조금 더 어려워지는데, 제가 딱 그렇거든요. 바로 저요. 저는 하던 이야기를 바로 멈춘 다음, 술 취한 관객에게 빠르고 (부디) 재치있게 한 방을 먹이고, 멈추기 전에 하고 있던 이야기로 돌아갈 수가 없잖아요. 하고 싶은 말이야 머릿속에 다 생각하고 있지만 제가 쓰고 있는 기계가 아직 그 정도로 발전하진 못했답니다. 실은 공연을 방해하는 사람들을 막겠다는 바람으로 이런 농담을 자주 합니다. "절 방해하지 말아 주세요. 그러면 여러분 밤새 여기에 있어야 할 거예요."

물론 엄밀히 말하면 이 말은 사실이 아닙니다. 말을 할 수 있는 코미디언과 똑같은 방식은 아니지만 방해꾼들에게 대처하는 저만의 방법이 있습니다. 당연히 있죠. 앞에서 얘기했지만 모든 상황에 대비해 항상 준비되어있어야 하니까요. 예를 들어 공연 도중 방해꾼이 있다면 언제든 쓰려고 저장해놓은 대답들이 있어요. 딱히 시상식 때 쓰려고 준비한 건 아니지만, 우연히도 대답 중 하나가 '씨발, 좀 닥쳐!'이긴 하네요.[39] 아

39 한 음악 시상식에서, 무대에 오른 아티스트가 멘트를 하던 중 카메라가 해당 아티스트의 전 연인이었던 다른 아티스트를 비추고, 때맞춰 그의 입술이 움직이며 '씨발, 좀 닥

주 현명한 방법은 아니지만 영국 남자 그레이엄 목소리로 하면 대성공이죠. 더 세련된 대답들도 있지만 아직 쓸 기회가 없었네요. 어떤 게 나올지 한번 운을 시험해보고 싶은데…. 지금도 첫 번째 방해꾼을 기다리고 있답니다.

7년 동안 코미디를 했는데 아직까지 "꺼져!"라는 전통적인 구식의 야유 한 번 받은 적이 없어서 좀 신기해요. 대부분의 코미디언은 데뷔 첫날부터 방해꾼들이 하는 짓을 참아야 하는데 말이죠. 왜 사람들이 저한테는 그런 식으로 야유하지 않는지 확실히는 알 수 없어요. 하지만 왜 그럴까 몇 가지 이유를 추측해봤어요.

우선 많은 사람들이 장애인을 야유하는 행위를 사회적으로 용납할 수 없다고 생각해요. 여러분도 (완전 돌아이가 아니고서야) 길에서 장애인을 보고 소리치지는 않을 거고 장애인이 무대에 오르는 상황에서도 마찬가지라고 생각합니다. 솔직히 한편으로 정말 누군가로부터 야유를 받아보고 싶어요. 제가 어떻게 대처할까도 궁금하지만 그보다도 나머지 관객들이 어떻게 반응하는지도 보고 싶거든요. 이런 사회적 실험이 있다면 기꺼이 참여하고 싶어요. 이런 제약에도 불구하고 야유하고 방해하는 사람이 나올 거 같지는 않아 보이네요.

쳐!'라고 소리 없이 말하던 입모양이 우연히 잡혀 중계된 일화에 빗댄 농담.

공연 방식이 특이한 것도 야유받지 않는 또 다른 이유라고 생각합니다. 의식하든 의식하지 않든 관객들은 다른 코미디언의 공연을 볼 때보다 제 말에 약간 더 집중하게 돼요. 어조와 몸짓이 많이 없기 때문에 제가 하는 이야기를 보다 주의 깊게 들어야 한다는 점에 대해서는 두말할 필요도 없겠죠. 열심히 듣는 것 말고는 다른 선택지가 없으니까 어떤 면에서 저는 관객들에 대한 통제권을 더 많이 가진다고 봐요. 인생 대부분을 다른 사람과 의사소통하기 위해 몸부림쳤던 저 같은 사람에게는 소통에 있어 제가 더 유리한 위치에 있다는 사실이 꽤 기이하게 느껴진답니다. 한때는 그 누구에게 어떤 말이든 전하는 게 힘들었는데 이제는 모든 사람이 제가 하는 한 마디, 한 마디에 다 귀를 기울이고 있으니까요.

TFAQ VIII

"계단을 오르내릴 수 있나요?"

대부분의 코미디 공연장이 얼마나 접근하기 힘든지를 생각하면 정말 속상합니다. 술집 2층에 마련된 무대에 가기 위해 다 허물어져 가는 가파른 계단을 힘겹게 오르거나, 지하로 향하는 미끄러운 계단에서 거의 엎어질 뻔한(웃기려고 그런 거예요⋯) 적이 셀 수 없이 많아요. 이렇게 건축학적으로 기이한 형태의 공연장은 스탠드업 코미디에서 빠질 수 없는 부분이라는 걸 잘 알고 있죠. 관객이 코앞에 있는 그런 무대들에서 최고의 공연을 하기도 했어요. 다만 스태프들도 저도 만일을 대비해 가장 가까운 비상구가 어딘지 파악하고 나서야 겨우 안심할 수 있었죠.

코미디는 이런 곳에서 번창했고, 이런 곳들이 코미디 산업을 살아있게 합니다. 뭐 거의 '지하실이나 천장이 낮은 다락방이 아니면 큰 소리로 웃으면 안 되나보다'라는 생각이 들 정도죠. 저는 그저 공연장에 들어가는 길이 너무 험난하지 않기만을 언제나 바라고 있습니다. 이런 부분에서 에든버러 프린지 축제는 특히 최악입니다. 물론 영국에서 가장 오래된 도시 가운데 하나인 이곳에서 코미디 축제를 하려면 어쩔 수 없는 부분이 많겠죠. 그래도 틀림없이 타협 지점은 있을 거예요. 코미디는 모든 사람이 즐기라고 만들어졌고 따라서 누구든 접근할 수 있어야 하죠. 어떤 면에서는 상황이 갈수록 나아지고 있지만 앞으로 할 수 있는 일도 여전히 참 많아요. 장애인 화장실이 마련된 접근성 좋은 공연장도 좋은 출발점이 될 거예요. 이런 페스티벌 운영과 공연 기획에 있어 장애인단체에서 더욱 많은 피드

백을 주면 좋을 것 같습니다. 뒤늦게 '이렇게 하면 좋았을걸' 생각만 해서는 더 이상 충분하지 않아요. 발전을 만들어 내려면 각 진행 단계에 장애인이 참여해야 하죠. 앞서 말한 것처럼 균형을 바로잡기 위해서요.

공연장에 도착은 했지만 들어갈 수 없을 때, 장애인 코미디언인 저는 특히 낙담합니다. 계단 따위 오를 수 없는 게으른 놈이라는 것을 인정하는 꼴일 뿐만 아니라, 돈을 내고 저를 보러 온 사람들도 못 들어갈 수 있기 때문이죠. 공연을 보러 갔는데 들어올 수가 없어서 저를 못 봤다고 실망하는 트위터 메시지를 받으면 정말로 죄책감을 많이 느낍니다. 하지만 이런 일은 대부분 제 능력 밖에 있죠. 특히 에든버러 페스티벌의 경우 우리 집을 담보로 대출이라도 받지 않고서야 제가 빌릴 수 있는 공연장이 그리 많지는 않아요. 공연장을 고르고 선택할 수 있는 위치에 있다면 참 좋겠지만 아직은 아니거든요. 코미디 축제의 접근성을 어떻게 개선할 것인가를 논의하기 위해서는 엄청난 변화가 필요하고, 상위 기관에서 먼저 주도적으로 변화를 끌어나가는 하향식 방식이어야 가능할 겁니다.

코미디 업계로 들어가는 접근성 또한 개선할 필요가 있습니다. 엄청난 잠재력을 가진 장애인 코미디언이 여럿 있지만 메이저 클럽에서는 극소수만 섭외하는 것으로 보여요. 이는 정말 유감스러운 일이고, 관객들은 훌륭한 무대를 보는 기회를 놓치고 있죠. 여러분, 그러니까 우리 장애인 코미디언에게 공연할 기회를 더 주세요. 이거 옮는 병 아니에요. 진짜예요.

브리튼스 갓 탤런트?

9

코미디언이 되고 얼마 후, 사람들이 저에게 왜 〈브리튼스 갓 탤런트〉에 나가지 않냐고 물었어요. 일리가 있는 제안이죠. 딱 보기에도 제가 이 프로그램의 출연자 유형에 잘 들어맞았으니까요. 독특한 공연 방식과 기가 막힌 사연, 무엇보다 일단 영국에 살고 재능이 있죠. 친구들이 보기엔 별로 고민할 필요도 없는 문제였어요. 정작 신입 코미디언이었던 저는 그 길이 제 길이 아니라고 생각했어요.

예전부터 코미디언들은 〈브리튼스 갓 탤런트〉를 절대 입에 올려선 안 될 불결한 말로 생각하고 얕잡아봤어요. 저도 마찬가지였죠. 일반 대중을 상대로 하는 예능 프로그램이다 보니 대중적인 수준에 맞춰 쇼를 준비해야 하는데 그러기에 우리는 너무 쿨한 사람들이니까요. 〈브리튼스 갓 탤런트〉 출신' 따위로 알려지는 건 경계 대상 1순위였거든요. 물론, 이제 전 영원히 '〈브리튼스 갓 탤런트〉에서 우승한 놈'으로 기억되겠죠. 아니면 '〈엑스 팩터〉였던가 〈더 보이스〉에 나왔던 것 같은 그놈'으로 기억될 거예요. 뭐 어느 연령대랑 얘기하느냐에 따라 무슨 프로그램인지 조금 헷갈릴 수도 있겠죠.

  제가 〈브리튼스 갓 탤런트〉에 참가하는 걸 망설인 또 다른 이유는 이게 다소 불건전한 방송들이 편성되는 밤 9시 이전에 나가는, 온 가족이 함께 보는 프로그램이라 방영 시간대를 감안해 제 개그 수위도 같이 낮춰야 했기 때문이에요. 수백만 가정에서 저녁 식사를 하는 시간대니까요. 아, 고상한 남부 사람들은 그 시간에 저녁 정찬을 들죠. 때로 제 유머는 엄청 어두운 데다가 제가 욕을 '졸라' 좋아하거든요. 제가 이런 인간입니다. 공연에서 욕을 쓰는 게 익숙해요. 그러면 공연 전체를 더 웃기게 만들 수 있거든요. 우아한 기득권층 말씨로 '씨발', '제기랄' 같은 단어는 발음하는 것 자체가 웃기기도 하지만(할 때마다 매번 빵빵 터지죠), 저는 무조건 욕을 곁들어야 더 잘 사는 개그 소재가 따로 있다고 생각해요. 욕이 문장부호의 역할을 하는 거나 마찬가지죠.

다 경험을 통해 내린 결론이에요. 자선 공연을 많이 뛰었는데 거기선 욕을 쓸 수 없거든요. 물론 그때도 관객들이 개그를 잘 받아주긴 했지만 똑같이 정곡을 찌르지는 못하는 것 같아요. 욕을 써도 될 때는 펀치라인에서 사람들이 더 빵 터지거든요. 저에게는 늘 촌철살인이라는 평판이 따릅니다. 그렇게 해도 용서가 되죠, 장애 덕분에요. 괜히 〈브리튼스 갓 탤런트〉에 나갔다가 그 개성을 잃어버리면 어떡하나 걱정도 됐고, 그게 제가 감수할 만한 희생인지 확신이 없었어요. 저는 관객들에게 충격을 주는 걸 좋아하거든요. 평소에는 그냥 무시하고 지나갈 수 있는 주제에 관해 조금 더 생각하게 만드는 거죠. 삶에서 장애를 직접적으로 접하지 않는다면 굳이 시간을 내어 장애에 관해 고민할 필요도 없을 테니까요.

하지만 〈브리튼스 갓 탤런트〉에 적합한 무대를 짠다는 건, 그저 발칙한 표현을 얌전하게 순화시키는 방식으로 끝나지 않았어요. 물론, 그걸로 족한 경우도 있긴 하죠. '좆 같은 놈'을 '멍청한 놈'으로 바꾼다거나 '씨발'을 '젠장'으로 바꾼다거나. 하지만 이 프로그램만을 위한 가족 친화적인 소재를 아예 새로 쓸 필요도 있었어요. 만약 소재의 수위도 낮추고 언어도 순화했는데 개그가 별로라면, 그래서 관객들 웃음이 크게 터지지 않는다면 오디션에 참가하기로 한 결정이 일생일대의 실수가 될 상황이었죠.

결국 2018년에 〈브리튼스 갓 탤런트〉에 나가기로 마음을 바꾼 데에는 여러 가지 이유가 있는데요, 우선 최근 몇 년 사이 〈브리튼스 갓 탤런트〉에서 코미디의 인기가 훨씬 높아졌다는 점이에요. 특히 댈리소 차폰다 Daliso Chaponda 와 조니 오섬 Jonny Awsum 같은 코미디언들[40] 이후로요. 음치 가수와 재롱 부리는 강아지(스포츠댄스를 추는 고양이한테 진다면 얼마나 처참하겠어요?)가 전부였던 시절은 끝난 거죠. 이젠 참가자들도 훨씬 다양해졌고 스탠드업 코미디도 빼놓을 수 없는 요소가 되었어요. 댈리소와 조니가 과감하게 모든 걸 걸고 도전하지 않았다면 아마 저는 〈브리튼스 갓 탤런트〉에 참가하겠다는 마음을 먹지 못했을 거예요. 저는 제가 꽤 용감하고 일도 꽤 잘 벌인다고 생각하지만 그렇다고 무모할 정도로 어리석진 않거든요. 무언가에 최선을 다했을 때 과연 내가 잘 해낼 수 있을지 없을지를 우선 가늠하죠. 그렇게 방송 출연의 길이 닦였다고 볼 수 있어요.

....

40 두 사람 다 리들리보다 1년 먼저인 2017년 '브갓텔' 오디션에 도전했는데 오섬은 준결승에 진출했고, 차폰다는 최종 3위를 기록했다. 로스트 보이스 가이가 2018년 '브갓텔' 오디션에서 최종 우승한 뒤, 그 이듬해 리들리와 오섬은 같이 영국 투어를 돌았는데 함께 만든 깜짝 듀엣곡을 공개하며 폴 매카트니와 스티비 원더를 잇는 듀오가 되겠다는 포부를 밝히기도 했다. 이 영상은 로스트 보이스 가이 유튜브 채널에서 감상할 수 있다.

둘째로, 코미디를 저처럼 몇 년 넘게 하다 보면 진짜 텔레비전에(지나가듯이 장애인 코미디언의 흥미로운 개그를 다루는 뉴스 단신 수준 이상으로) 나올 기회가 거의 없다는 사실을 깨닫기 시작합니다. 이것은 누구에게나 마찬가지이고요(하물며 장애를 갖게 될 운조차 없는 사람은 더 말할 것도 없죠). 그리고 경쟁도 치열해요. 물론, 〈라이브 앳 디 아폴로 Live at the Apollo〉[41]도 있고 그와 유사한 기가 막힌 프로그램들이 있어서 신인 코미디언들이 노출될 수 있게 해준다지만 예전만큼 시청률이 나오진 않거든요. 그에 반해서 〈브리튼스 갓 탤런트〉는 화제성이 있는 인기 프로그램이죠. 지금까지도 매회 수백만 명의 사람들이 방송을 보고 있어요. 다양한 소셜미디어 플랫폼에서 최고의 장면과 최악의 장면 편집본을 보는 사람들을 제외하고도 조회수가 엄청납니다.

저는 이러한 관점으로 접근하기 시작했어요. 이 프로그램에서 잘하고 못하고를 떠나서, 딱 한 번만 출연해도 텔레비전에 크게 노출될 텐데 그것만으로도 본전은 뽑는 거죠. 저로선 〈브리튼스 갓 탤런트〉를 보는 사람들 대부분이 제가 공략하는 시장이 아니란 사실만 명심하면 되었죠. 최근에는 에든버러 공연에서 '카드를 맞춰라' 게임을 응용해서 '장애인을 맞춰라!' 게

---

41 런던 서부에 있는 해머스미스 극장에서 공연하는 영국 스탠드업 코미디 프로그램.

임도 진행한걸요(제가 장애에 관해서라면 좀 과감하다고 말했던가요?). 공략하는 시장이 다르다는 게 나쁜 것도 아니잖아요. 사람들이 코미디를 보고 재밌어하기만 한다면야, 누가 보느냐가 그리 중요하겠어요? 사람들을 웃기는 것, 그게 가장 중요하죠. 〈브리튼스 갓 탤런트〉에 참가해서 배운 점이 하나 있다면 이전엔 전혀 생각지도 않았던 곳에서 내가 하는 개그를 좋아하는 사람들을 찾아낼 수 있다는 사실이었어요. 그 사람들은 방송이 아니었다면 절대 저를 찾아내지 못했을 텐데, 더 폭넓은 관객층을 발견한 것만으로도 저는 정말 기뻐요.

이 바닥 코미디언들 사이에는 환상적인 동지애가 있어요. 말 그대로 한배를 탔으니까요. 그러다 보니 〈브리튼스 갓 탤런트〉에 나가면서 가장 두려웠던 것도 동료들이 절 어떻게 볼까 하는 점이었어요. 돈에 눈이 멀어 '변절'했다고 보는 건 아닐까. 이 바닥에서 구르는 일은 힘들지만 다들 영예로운 훈장으로 여기거든요. 황금 시간대의 TV에 나오는 것은 굳이 비교하자면 야생에서 구르는 사람들이 보기에 공원에서 산책하기처럼 쉬운 일로 보이니까요. 그게 너무 마음에 걸렸어요. 같이 공연하는 친구들한테도 제가 출연한 에피소드가 방영되기 전까진 오디션을 봤다는 사실을 입도 뻥긋 안 했어요. 맙소사! 제가 완전히 바보였다는 걸 깨달았죠. 첫 공연을 한 순간부터 이 바닥 사람들은 저를 무조건 지지해줄 뿐이었는데 말이에요. 다른 코미디언들이 방송을 보고 나서 보내준 다정한 말과 메시지들 덕분에 기분이 정말 날아갈 것 같았어요. 저는 제대로 알기도 전에 의심부터 했던 거죠. 동료나 저 자신, 심지어 영국 대중에 대해서도요.

〈브리튼스 갓 탤런트〉 오디션에 참가하기로 결심한 가장 중요한 이유는 물론 앤트와 덱을 만나기 위해서였죠. 자고로 조디라면 다들 평생 한 번은 꼭 이루고 싶어 하는 일이잖아요. 거기에 더해 공연하는 삶으로 성장하는 데 도움이 되리라고 생각해서 결정한 일이기도 했어요. 이렇게 말하면 너무 진지하게 들릴 것 같긴 하네요. 사실 저의 우상들, 많은 코미디언이 〈브리튼스 갓 탤런트〉가 열리는 바로 그 해머스미스 아폴로 극장의 무대에 섰기 때문이랍니다. 존경해마지 않던 사람들의 발자국을 뒤따르는 건 훌륭한(정말로 미치도록 멋진!) 일이라고 생각해요.

거기서 공연했다는 걸 아직도 잘 믿을 수 없는 데다가 지금까지도 출연 이후 일어난 일들은 어안이 벙벙해요. 이 코미디라는 것은 단지 웃음거리로 여겨질 운명으로 태어났잖아요. 기껏 잘 되어 봤자 취미 정도나 되는 거고, 안정적인 선덜랜드 시의회에 출근하면서 한

가한 시간에 할 법한 그런 일이었죠. 단 한 순간도 코미디가 제 인생을 송두리째 바꿔버릴 거라고 생각하지 않았어요. 하지만 그렇게 되어서 겁나게 기쁘네요!

코웰이라는 시련

맨체스터 솔퍼드의 라우리 극장에서 했던 오디션을 매우 또렷이 기억해요. 〈브리튼스 갓 탤런트〉 오디션 프로그램 때문에 여러 가지의 촬영을 해야 했거든요. 촬영 분량을 확보해야 한다고 해서 하루 종일 카메라 앞에서 많은 질문에 대답해야 했어요.

"왜 〈브리튼스 갓 탤런트〉 오디션을 보는거죠?"
좋은 질문이에요. 저도 대답을 할 수 있다면 좋겠네요.
"공연에 자신이 있나요?"
이런, 그 질문을 받기 전까지는 자신 있었는데 이제 걱정되기 시작하네요.
"가족 분들이 리 씨를 자랑스러워 하나요?"
… 제기랄, 그러기를 바라야겠죠!

토커에 타이핑을 어찌나 많이 했던지 무대에 오를 때쯤에는 손가락에 물집이 잡혔더라고요. 하루 종일 바빠서 한 가지 좋았던 점은 거의 마지막 순간까지 긴장할 새도 없었다는 거예요. 종일 제 이야기를 떠들어대고 나니 어느 순간 앤트와 덱이 양옆에 서 있었어요. 시간이 된 거죠. 무대 위로 걸어나가면서도 뭐가 더 무서운지 몰랐어요. 직설적으로 사실을 말해 비수를 꽂는 악명 높은 사이먼 코웰 때문인지, 2천 개의 눈이 저만 보고 있다는 별것 아닌 사실 때문인지….

사이먼은 미처 답변을 준비하지 못했던 질문을 하면서 저에게 곧장 변화구를 날렸어요. 솔직히 저는 심사위원이 물어볼지도 모를 예상 질문에 대해 완벽하게 대비했다고 생각했거든요. 전혀 아니었습니다. 사이먼은 제가 얼마나 오랫동안 말을 할 수 없었는지 질문했는데 준비된 답변이 없었죠. 아니, 말할 수 없는 사람한테 질문을 하다니… 실로 아이러니한 상황이었죠. 그나마 다행이었던 건 아무런 말도 하지 못하고 멀뚱멀뚱 그냥 서 있을 수도 있다는 끔찍한 가능성을 고려했고, "미처 준비하지 못한 내용에 대해서 질문하실 줄 알았어요. 대답을 입력하게 1분만 기다려주세요"라고 사전에 입력해놓은 거였어요. 미리 준비해둔 덕에 매우 곤란한 순간에서 시간을 좀 벌 수 있긴 했지만 잔뜩 긴장한 채로 오디션을 시작했습니다.

모든 사람이 저를 지켜보는 가운데 적절한 답변을 토커에 타이핑하기 시작했습니다. 모두 내가 뭔가 하기만을 기다리고 있는 그런 상황 다들 알죠? 후진 주차를 하려는데 다들 나만 뚫어져라 보고 있는 그런 상황 말이에요. 그것도 주차 공간이 널찍해서 보통은 전혀 문제없이 할 수 있는데 사람들이 지켜보고 있다는 것을 의식한 순간 서너번을 왔다갔다 하는 것도 모자라 연석에 올라가고, 범퍼가 부딪혀서 '꽝'하고 울리는 끝에야 겨우 성공하죠. 이렇게 제 손으로 무언가를 하려고 할 때 사람들이 지켜보고 있으면, 긴장해서 손가락이 마음대로 움직이지 않아요. 그래도 오디션의 그 순간만큼은 절대로 그런 식으로 하고 싶지 않았어요. 말도 안 되는 소리를 입력해버리면 안되잖아요.

화끈한 불세례가 한번 지나가고 나니 모든 것이 계획대로 흘러갔어요. 사람들이 내 농담에 안 웃으면 어쩌지 하는 걱정도 사라졌고요. 사실 말 한마디 하기도 전에 시작이 좋다는 것을 알았거든요. 제 파란 티셔츠에 쓰인 '주차 편하게 하려고 입은 것뿐이에요'라는 문구를 보고서 이미 사람들이 웃음을 터뜨렸죠. 반응이 좋을 줄 알았어요. 무대 위에서 관객들의 소리는 들렸는데 조명이 너무 강해서 관객석이 잘 보이진 않았어요 (심지어 심사위원들도 잘 안 보였죠). 그런데도 공연장 안의 분위기가 정말 긍정적이라는 건 느낄 수 있었어요. 열광의 도가니였죠(좀 상투적인 표현이긴 하지만 정말 그랬어요). 웃음소리도 엄청나게 컸어요. 바로 제가 바라고 꿈꿔왔던 분위기였답니다. 딱 이 정도의 분위기만 유지할 수 있다면 제가 할 수 있는 건 다 했다고 볼 수 있을 정도였지요. 엄마들이 자식들한테 자주 하는 말이긴 하지만, 할 수 있는 만큼만 하면 되는 것 아닌가요?

관객들은 처음으로 던진 농담부터 매우 좋아했고 내내 즐거운 분위기에서 펀치라인마다 폭소가 터져나왔어요. 이렇게 많은 관객 앞에서 공연을 한 적은 한 번도 없었거든요. 관객들이 만드는 소리가 믿을 수 없을 정도로 컸고, 그 소리로 힘을 더 얻었죠. 심사위원인 어멘다 홀든[42]이 낄낄거리며 웃는 소리를 들은 건 가장 기억에 남는 순간이에요. 살면서 그런 웃음 소리를 들은 적은 한 번도 없었거든요. 무대가 끝나자 심사위원들이 기립박수를 쳤고, 나머지 관객들도 곧 심사위원들을 따라 일어나 박수갈채를 보냈어요. 지금까지 무대에 섰던 경험 중 가장 경이로운 순간이었죠.

공연이 끝난 뒤 심사위원들이 했던 말이 기억나면 좋겠네요. 칭찬 일색이었다는 건 알지만 그 순간의 기억이 통으로 가물가물해요. 관객들이 열광한 건 잘 기억나는데 말이죠. 선덜랜드에서 생애 첫 공연을 마친 뒤 느꼈던 기분과 비슷했어요. 무대 밖으로 걸어 나와 엔

---

42 배우, MC, 가수, 작가로 활동하는 영국의 유명 연예인.

트와 덱 옆을 스쳐 지날 때, 5분 전으로 돌아가 공연을 처음부터 다시 할 수 있기를 바랄 뿐이었죠. 〈브리튼스 갓 탤런트〉 여정 내내 이 굉장했던 첫 번째 오디션 날로 돌아가고 싶다고 계속 생각했고, 그 기분을 다시 느껴보기를 갈망했다니까요?

아직 제 오디션 영상을 보지 못한 분이 계시다면 유튜브에 올라왔으니 보세요. 그런데 업로드한 사람이 누구든 간에 저를 놀리려고 하는 게 틀림없어요. 댓글에 장애가 있다고 쓰여있더라니까요.[43]

〈브리튼스 갓 탤런트〉에 나갔던 일이 얼마나 영향력 있는지 실감한 건 몇 달이 지나서였어요. 녹화는 2월에 했지만 방송은 5월이 되어서야 나갔거든요. ITV 채널에 방영이 된 토요일 밤, 런던에서 공연을 하고 있어서 다음날이나 되야 방송을 볼 수 있었어요. 하지만 휴대폰 알림이 미친 듯이 울려서 언제 방송이 나간건지 정확히 알았죠. 지금까지 알고 지낸 거의 모든 사람과 잘 모르는 수많은 사람에게서 메시지가 오고 있었어요. 무엇보다 놀란 건 유명 MC인 티미 몰렛이 트위터에서 저를 팔로우하기 시작했다는 거예요. 2주도 넘는 시간 동안 휴대폰 알림음에 파묻혀 살았어요. 감당이 안 될 정도로 어마어마한 메시지가 왔죠.

---

43 유튜브 한국어판의 '댓글이 사용 중지되었습니다' 문구는 영어판에 'Comments are disabled for this video'라고 쓰여 있다.

소셜미디어에서 활동하는 많은 사람들이 저를 좋아해줬어요. 제가 얼마나 웃겼는지 얘기하면서 다음 라운드인 준결승도 응원한다고 전하더군요. 정말 감사했어요! 쏟아지는 호의로 깜짝 놀라 숨이 멎는 듯했어요. 그러나 모든 네티즌이 제 편은 아니었어요. 사실 예상했던 일이죠. 모니터 뒤에 숨어서 여러분의 환상을 깨뜨리려고 하는 악플러 몇 명은 항상 있잖아요. 댓글 가운데 상당수는 단순히 "너는 재미없어"를 다양하게 표현한 거라 괜찮아요. 전혀 언짢지 않았어요. 뭐… 제가 하는 코미디가 모든 사람의 입맛에 맞지 않을 수 있고, 그럴 수 있어요. 세상 모든 사람이 저를 웃기다고 생각했다면, 제가 코미디를 잘못 하고 있다고 생각했을 거예요.

코미디라는 건 언제나 참 주관적이고, 바로 이 점이 가장 흥미진진해요. 여러분의 유머 감각이 어떻든 간에 여러분이 좋아할 무언가를 찾으면 되는 거지, 제가 딱히 어떻게 할 수 있는 방법은 없거든요. 이게 코미디라는 겁니다. 다른 사람과 자신의 유머 감각이 다르다고 트위터에 올리는 사람들, 어떻게 하면 더 시간을 유익하게 쓸 수 있을까 고민하는 게 나을 거예요. 인생에 뭐 문제라도 있나요? 어쩌면 새로운 취미에 도전할 시간이 아닐까요?

그 외 다른 댓글들은 동정표를 얻으려고 한다는 일상적인 개소리였어요. 어쩌겠어요. 제가 장애인인 것도 재주가 많은 것도, 둘 다 제가 자처한 건 아닌걸요.

뚜껑을 여는 버튼

댓글 중에 가장 화가 나는 건 제가 무대에서 그저 버튼만 누른다는 거예요. 누군가가 대신해서 어려운 일, 즉 웃긴 이야기를 쓰는 일을 해준다는 거죠. 씁… 욕이 절로 나옵니다. 장애인 새끼라서 혼자서는 웃긴 얘기를 못 쓴다고 생각하는 건 대단히 모욕적이거든요. 일단, 다른 누군가가 제가 하는 이야기 비슷한 걸 떠올렸다 하더라도 그걸 아무 문제없이 써먹을 순 없었을 거예요. 또 제 개그의 대부분은 저에 관한 이야기이고 제가 살면서 겪은 경험에 관한 것이죠. 다른 사람이 대신 써주는 건 사실상 불가능해요.

무대에 올라 그냥 버튼 몇 개 누르는 일이 다가 아니에요. 이것보다 훨씬 더 복잡하죠. 다른 모든 코미디언처럼 저도 관객의 마음을 읽고 그날 공연장에 온 사람들에게 가장 잘 먹힐 개그를 결정해야 할 뿐만 아니라 무대에서 연기도 해야 해요. 말을 할 수는 없지만 제 코미디 공연에는 표정 연기, 저만의 개성이 드러나는 몸짓까지 다 들어 있죠. 그냥 글로만 때우는 게 아니랍니다. 모든 요소가 다 합쳐져야 공연이 완성되는 거죠.

심지어 제가 무대 위에서 그냥 '테이프를 틀었다'고 생각하는 사람도 더러 있습니다. 아니 지금이 무슨 80 년대도 아니고… 카세트 테이프 같은 건 이제 아무도 안 듣는 데다가 저는 〈탑 오브 더 팝스〉[44]에 나와서 입만 뻥긋대는 그저 그런 아이돌 그룹 멤버도 아니고 말이죠.

시간이 조금 흐르면서 이런 댓글들이 상처가 되기 시작했어요. 저는 최대한 성공해보려고 혀 빠지게 일을 하고 있는데, 악플러들은 전혀 인정하려 하지 않았죠. 부정적인 얘기는 무시하기로 결심했지만, 말이야 쉽죠. 트위터 알람이 울려서 휴대폰 화면을 잠깐 보는 순간 도루묵이에요. 제가 전혀 재미있지 않다는 트윗을 보고는 왜 이 사람들은 이런 얘기를 해야 했을까 파악하려고 순식간에 로그인을 하고 해당 트윗 타래 전체를 샅샅이 읽게 되거든요.

몇몇 댓글은 의도가 명확해요. 다른 사람을 도발하면서 쾌감을 느끼는 녀석들. 그런 놈들은 별로 신경 안 써요. 오히려 똑똑해 보이는 사람들한테 더 화가 나죠. 알 만한 사람들일텐데 왜 이러나 싶어요. 직설적으로 말하면서 합리적으로 설득을 하려고 해도 진도가 잘

---

44   Top of the Pops, 줄여서 TOTP. 1964년부터 2006년까지 높은 시청률로 방영한 영국의 음악 차트 텔레비전 프로그램으로 영국 대중문화에 중요한 역할을 했다.

안 나가죠. 노력하는 게 오히려 시간 낭비가 되어 버린다니까요. 우리가 사는 시대는 맞거나 틀리거나 둘 중 하나이지, 타협이란 없는 시대인걸까요? '내 생각에 동의 못해? 그건 네가 멍청해서 그래.' 그런 식의 흑백 논리로 생각하는 사람이랑 대화를 나눈다는 건 참 힘든 일이에요.

그나마 다행인 건 제가 도발에는 도발로 답하는 걸 정말로 즐긴다는 점이죠. 소셜미디어는 방구석 악플러들이 방해받지 않고 자유롭게 날뛸 수 있는 광장을 만들어 줬다고 생각해요. 그래서 이런 인간들을 더 합리적으로 굴복시키려고 노력한답니다. 그들이 하는 말이 아무 근거가 없다는 증거를 자주 찾아내요. 어딘가에서 듣고 앵무새처럼 조잘대고 있다는 걸 증명하죠. 누가 저를 약 올리려고 하면 똑같이 그 사람을 약 올리면서 큰 기쁨을 느낍니다. 코미디 클럽에서 야유에 대처하는 방법과 유사해요(아니, 유사할 거예요. 아직은 누가 저한테 시비를 걸어온 적이 없으니까. 여러분이 한 번 도전해 볼래요?). 그리고 하루 종일 이 짓을 할 수가 있죠. 그러니까 저를 도발하고 싶다면 덤비셔도 됩니다. 다만 저 때문에 세상 사람들에게 바보 취급을 당해도 놀라시면 안 돼요.

아무튼 그렇게 2018년 6월, 최종 결선이 열리는 해머스미스 아폴로 극장 무대 위에 서게 됐어요. 장단점은 이미 다 따져봤고 일정상 결국 여름 휴가는 취소했어 요(환불 불가능한 계약금이 날아갔다는 사실은 덧붙이도록 하 죠). 괜찮은 결정이었다, 나란 녀석.

당시엔 머릿속으로 정말이지 오만 생각이 다 스치더 라고요.

- 젠장, 도대체 어떻게 이런 일이 일어났지?
- 아이고, 관객이 많이 왔네.
- 그냥 취미로만 할 거라고 분명히 그랬는데…
- TV 화면에 내가 입은 티셔츠가 잘 나올까?
- 나 화면발 잘 받나?
- 오늘 아침에 나오면서 문은 잠갔나?
- 할머니가 집에서 보고 계실까?
- 집에서 누구든 이걸 보고 있는 사람이 있을까?
- 우승 못 하면 집에 못 돌아가는 거 아닌가?
- 아니, 진짜, 제기랄 도대체 내가 어떻게 여기까지 온 거지?
- 오, 맙소사! 덱이 말을 걸고 있네. 이제 정신 차려 야겠다…

서른일곱 살 먹을 동안 꽤 멋진 순간을 경험했죠. 친

구들과 함께 이비사 섬에서 일몰을 봤고, 대학에서 석사과정을 마쳤고, 세인트 제임스 파크에서 뉴캐슬 유나이티드가 선덜랜드를 5대 0으로 이기는 경기도 봤어요. 그러나 〈브리튼스 갓 탤런트〉 우승은 이 모든 것을 뛰어넘는 압도적인 사건이었죠. 불가능하게만 보였던 꿈을 이뤘으니까요.

처음부터 끝까지 경험한 모든 일이 굉장했습니다. TV 쇼에 출연하는 것만으로도 재밌는 일인데 어마어마한 관객 앞에서 공연까지 한 건 진짜 대단한 일이었죠. 오디션 여정 동안 정말 좋은 친구도 몇 명 만들었고, 대중의 반응은 굉장했어요. 그렇게 잘할 거라고는 저도 전혀 예상하지 못했죠.

그다음에 어떤 일이 일어났냐고요? 당연히 돈을 많이 벌었죠. 그렇다고 영국 노동연금부에 말하진 마세요. 장애 수당이 제겐 정말 필요하거든요! 농담은 그만하고 진지하게 얘기하자면 이 프로그램에서 우승을 하면서 삶의 여러 다양한 면이 달라졌어요. 코미디언으로서 생애 그 어느 때보다 더 바빠졌고, 첫 번째 전국 투어 공연을 했고, 이 책을 쓸 기회를 얻게 됐죠. 책을 구매해 주어서 정말 고맙습니다. 전부 저 혼자 썼거든요? 진짜 거의 죽는 줄 알았다니까요. 네, 고마워들 하세요. 그리고 사람들이 정말 많이 응원해주고 계세요. 길거리에서 셀카를 찍자고 붙잡는 사람들이 많아졌고 축하도 정말 많이 받았어요. 그래서 요즘에는 어디를 가더라도 이전보다 두 배 정도 시간이 더 걸리지만 정말 멋진 나날을 보내고 있어요. 정말 감사한 마음입니다.

하지만 뭐니 뭐니 해도 〈브리튼스 갓 탤런트〉에 나와서 가장 좋은 점은 예전보다 사람들과 훨씬 더 많이 교류한다는 거예요. 난생 처음, 사람들이 장애인인 저에게 처음부터 편하게 말을 걸더라고요. 타인의 부정적인 시선을 견디는 게 워낙 익숙했어서, 긍정적인 시선을 받는 기분이 좋긴 한데 가끔은 좀 불안해지기도 해요.

처음 보는 사람들이 저를 이상한 눈으로 쳐다보는 건 익숙해요. 고개를 돌렸다가 또 한 번 빤히 쳐다보다가 안녕이라고 인사도 않고 그냥 지나쳐서 걸어가기 일쑤죠. 솔직히 이런 반응을 보면 기분이 엿 같아요. 단지 다른 사람과 다르다는 이유만으로 왠지 스스로가 열등한 것처럼 생각되거든요. 이런 기분을 자꾸 느끼지 않도록 사람이 많이 모여 있는 곳을 지나가는 일은 최대한 피했어요 (특히 십 대 애들은 최악이죠. 키득거리고 한마디씩 내뱉고). 이렇게 피해가려면 먼 길을 돌아서 걸어가야 한다는 얘기지만 사람들이 저를 빤히 쳐다보는 것보다 차라리 낫다고 생각했죠. 이게 어떤 느낌인지 알지 못한다면 여러분은 정말로 운이 좋은 사람이에요.

그렇지만 이제는 사람들이 저와 제 장애에 익숙해져서 그런 일이 생기지 않더라고요. 예전에는 새로운 사람과 대화하는 것을 부끄러워했지만 지금은 제가 오히려 사람들에게 말을 걸라고 부추기고, 심지어 제가 먼저 다가가 말을 걸기도 하죠.

대학교에 갓 입학한 수줍음 많은 열여덟 살 소년은 가족의 보호에서 벗어나 자신을 마주해야만 했죠. 그 시절부터 지금까지 참 먼 길을 왔네요. 사회적으로 비교적 정상 범주에 들어갈 수 있게 된 계기가 텔레비전 쇼 프로그램이라는 게 안타깝기는 해요. 대부분의 장애인들은 이런 기회가 없잖아요. 장애인으로 산다는 건 진정한 고립을 경험할 수 있다는 뜻이기도 하죠. 그래서 장애인들이 가능한 한 사람들과 많이 교류하는 건 중요해요. 문제는 다른 사람과 장애인을 똑같이 대해야만 가능한 일이라는 거죠.

스탠드업 코미디를 시작했을 때, 그 일을 즐겼기 때문에 도전한 거예요. 분명히 말하지만, 저는 장애에 대한 긍정적인 메시지를 퍼트리겠다는 목적으로 시작하지 않았어요. 그러나 지금은 무대에 설 때마다 장애에 대한 긍정적인 메시지를 무의식 중에 퍼트리고 있다는 사실을 압니다. 제가 의도한 것은 아니지만 제 코미디를 보고 사람들이 장애를 둘러싼 주제에 대해 생각해본다면 틀림없이 좋은 일일 거예요. 이 관심이 오래오래 이어지길 바라고 있습니다.

삶이 저에게 던진 여러 시련들에도 불구하고 성공한 코미디언이 될 수 있다는 것을 스스로에게 결정적으로 확인시켜준 것이 바로 〈브리튼스 갓 탤런트〉 우승이었어요. 결승전에서 덱이 "2018년 〈브리튼스 갓 탤런트〉 우승자는… 로스트 보이스 가이입니다!"라는 마법과 같은 멘트를 외쳤을 때, 꿈이 현실이 될 수 있구나, 하고 깨달았어요. 할 수 있다는 용기를 갖고 간절히 원한다면, 나를 사랑하고 온 힘을 다해서 지지해주는 사람들을 만날 만큼 운이 좋다면 그렇게 될 수 있다는 것을 알았죠.

콘셉트의 신앙 치료사를 경계하라

이쯤 되었으니 〈브리튼스 갓 탤런트 출연자〉답게 우리 할머니를 소개해볼까 해요. 앞에서 외할머니와 외할아버지 얘기는 제법 많이 이야기했지만, 친할머니와 친할아버지에 대해서는 그렇게 많이 이야기하지 않았네요. 이제 균형을 잡아줄 시간이군요.

〈브리튼스 갓 탤런트〉에서 우승했을 때, 아마 친할머니가 그 누구보다 기뻐하셨을 거예요. 결승전을 하는 날, 할머니 얼굴이 제 얼굴만큼이나 화면에 자주 잡혔더라고요. 할머니가 어느 자리에 앉아야 주목을 받을 수 있는지 다 파악한 다음 화면에 잘 나오는 '지정석'을 고르셨다고 저는 확신합니다. 우승한 뒤 방송 마지막에 가족이 모두 무대 위로 올라왔을 때, 할머니는 사이먼 코웰을 꼭 껴안았죠. 절대로 안 놓아줄 듯한 기세로요. 솔직히 사이먼의 안위가 걱정됐어요.

할머니는 만나는 사람마다 로스트 보이스 가이가 자기 손자라고 자랑하고 다니세요. 말 그대로 모.든. 사람에게 말이죠! 공연이 끝나고 저에게 인사를 건네면서 할머니를 만나봤다는 사람들도 있었어요. 할머니가 참 귀여우시다고 그러더군요. 만약 제가 시간이 조금이라도 나서 그리스의 어느 외진 해변으로 휴가를 떠났는데, 우리 할머니한테 제 얘기 많이 들었다며 거기 사람들이 제게 말을 걸어온대도 딱히 놀랍진 않을 거예요.

할머니가 절 자랑스러워 하셔서 기뻐요. 그건 저한테 큰 의미가 있거든요. 할머니는 제가 어떻게 할 수 있었든 없었든 간에 장애인 손자 때문에 많은 일을 겪으셨거든요. 그런 것과 상관없이 할머니와 할아버지는 언제나 절 사랑하신다는 것을 알고 있지만, 그래도 제 힘으로 할머니와 할아버지를 미소 짓게 할 수 있다는 건 여전히 기분 좋은 일이죠.

 할머니는 항상 저를 위해 온 마음을 다하셨어요. 가끔 진짜 저를 위한 일인지 확신이 안 설 때도 있긴 했지만요… 이게 무슨 얘기냐 하면, 할머니가 신앙심이 매우 깊으시거든요. 어렸을 때 장애를 치료하려고 뉴캐슬에서 차로 30~40분 떨어진 콘세트의 한 교회로 절 데려가신 적이 있어요. 신앙 치료사라니, 처음부터 모든 게 잘못된 생각이라는 걸 깨달아야만 했죠. 신앙으로 치료를 한다는 이 남자가 정말로 신과 직접 소통할 수 있다면, 어째서 콘세트 같은 조그만한 도시에서 살려고 했을까요? 뭐, 생각해보면 거기엔 치료가 필요한 노인들이 끊이지 않긴 하죠. 어쨌든 콘세트에 다녀온 지 몇 달 후, 뇌전증이 시작됐어요. 신성한 힘으로 그 어떤 치료 효과도 없었을 뿐더러 오히려 상태가 더 악화된 거죠. 그래도 그 사람을 고소하지는 않았어요. 열네 살 소년이었던 저는 인정이 넘쳤답니다. 결전의 날 법정에서 뭘 입을까 고민할 겨를 없이 뇌전증 때문에 처리해야 할 일들이 잔뜩 있기도 했고요. 무엇보다, 할머니가 별로 달가워하지 않으셨겠죠.

자, 이제 농담은 그만할게요. 할머니와 할아버지는 이렇게 저를 위해 최선을 다 하셨어요. 이 일은 그중 일부일 뿐이죠. 기적의 치료는 효과가 없었지만, 그래도 덕분에 10분짜리 개그 소재를 얻었습니다.

"사람들에게 감동을 주는 존재가 되는 것은 어떤 기분인가요?"

이 질문에 대해 할 말이 정말 많아요.

지난 몇 년 동안 제가 사람들에게 영감을 그렇게 많이 준 것 같지는 않아요. 저는 그저 주어진 삶을 살아가려고 노력하는 장애를 가진 한 사람일 뿐이고 그 과정에서 웃음을 잃지 않는 것뿐이죠. 다른 사람에게 감동을 주는, 저보다 훨씬 굉장한 사람들이 많아요. 자선 행사를 성공시키기 위해 산에 오르고 마라톤을 하는 사람들도 있잖아요. 자신보다 운이 조금 없었던 사람들을 돕기 위해 자신의 여가 시간을 기꺼이 내놓는 사람들이죠.

걸맞는 보상이나 인정을 거의 못 받으면서도 국민의료보험에서 환자들을 위해 봉사하는 의사와 간호사도 많아요. 그런 사람들이야말로 감동을 주는 사람들이고, 그에 비하면 저는 아무것도 한 게 없을 정도죠(물론 사이먼 코웰의 등쌀을 견뎌냈으니 저도 '참 잘했어요' 스티커를 받을 자격이 있긴 해요). 일주일에 몇 번 한 시간짜리 스탠드업 무대에 서는 건 전혀 어려운 일이 아니에요.

하지만 한편으로는 장애와 관련된 영역에 있어서 우리 장애인들이 스스로를 과소평가하는 경향이 있다는 사실은 아무도 부정할 수 없죠. 비장애인 동료 시민의 눈에 어떻게 보이는지가 높은 자존감 형성에 항상 도움이 되지는 않거든요. 장애인들이 이 나라 문화의 중심에 있고 사회로부터 정말로 존중받는다는 느낌이 들수 있는 유일한 순간은 4년에 한 번, 온 국민이 패럴림픽을 지켜보는 몇 주 동안뿐이에요. 일반 영국 대중과 장애와의 관계를 보면 불륜 관계 같기도 해요. 감정이 지속되는 동안에는 즐겁고 자신이 뭐라도 된 것 같지만, 결국에는 먼 미래에 대해서는 아무런 약속도 하고 싶지 않다고 하며 좋은 기억들만 남긴 채 예전과 같은 삶으로 돌아가자고 하니까요.

장애인이 패럴림픽에 대해서 불만을 토로하는 것은 사회적으로 용납되는 일이 아닐지 모르겠지만, 그렇다고 해도 저를 멈추지 못할 거예요. 자, 시작합니다.

광고에서 모든 장애인을 굉장히 재능 있어 보이게 표

현하는 것도 그런 문제들 중 하나죠. '넌 왜 그런 대단한 사람이 아니야?'하고 저를 놀리려고 줄을 서는 사람들의 행렬에 국영채널까지도 합세한다는 건 참으로 유감스러운 상황입니다. '장애인 중에서도 너는 최고가 될 수 없어'라고 확인받는 것만큼 잔인한 것도 또 없어요. 네, 저는 분명 잘 쳐봤자 평균정도밖에 안 되는 사람이랍니다. 그렇게 말 안 해도 확실히 알아듣는다고요. 그렇지만 한번 제가 진짜 초인이 되면 뭘 해낼 수 있을지 상상해봅시다. 금메달도 여러 개 땄을 거고, 남아프리카공화국에 호화로운 저택도 있겠죠! 슈퍼모델 여자 친구를 살해했을 수도 있어요. 그리고 지금쯤 13년형을 복역 중[45]일지도 모르죠… 그러니 제가 스포츠에 전혀 소질 없는 게으름뱅이라는 사실에 감사하세요!

이 '모든' 것을 고려할 때, 최근 패럴림픽이 일군 성과가 정말 기뻐요. 사람들이 흔히 못 보고 지나갔던 세계에 눈을 뜰 수 있게 해 주잖아요. 저 스스로 아직도 좀 부족하다고 느끼게 하긴 했지만, 채널 4의 '그래 우리는 할 수 있어Yes We Can' 공익광고도 즐겁게 봤어요. 우리

---

45   남아프리카 공화국 패럴림픽 육상선수 오스카 피스토리우스의 이야기다. 세계 신기록 의족 육상선수로 2011년 대구 세계 육상선수권 대회에도 참가했고, 2012년에는 런던 올림픽에도 출전, 절단 장애인 육상선수로는 최초로 올림픽에서 비장애인과 겨뤄 세계인을 감동시키기도 했다. 2013년 여자 친구였던 슈퍼모델 리바 스틴캠프를 살해한 혐의로 징역형을 선고받았다.

의 미약한 존재에 연민을 느꼈던 사람들의 시선이 이제는 많이 달라졌죠. 뛰어난 운동선수들도 많이 있고요. 하지만 그 사람들이 장애인 모두를 대변할 수는 없어요. 하루를 끝마칠 때 우리 모두가 초인적인 사람이 되어있지는 않으니까요. 그냥 평범한 사람일 뿐이죠. 장애를 가진 다른 모든 사람과 같은 사람. 우리는 그냥 여기에 존재해요. 다른 모든 사람처럼 그럭저럭 살아가려고 하죠.

대형마트에서 입구에 더 가까이 주차할 수 있다고 해서 자동적으로 '초인'이라는 직함을 갖게 되는 것은 아니에요. 화장실에서 뒤도 잘 못 닦아서 애를 먹는데 그보다 더 힘든 일은 말할 것도 없죠. 별로 초인적이진 않아 보이죠?

스포츠를 매우 좋아하기는 하지만요, 패럴림픽은 훌륭한 장애인만이 성공한 장애인이라고 넌지시 말하는 것처럼 보여요. 대부분의 사람들은 그런 태도로 패럴림픽 경기를 본답니다. 그게 바로 문제죠. 상류 사회의 '감동 포르노'나 다름없고, 그 점이 싫어요. 장애인을 단지 '유능한 장애인', '무능한 장애인' 이렇게 두 집단으로만 나눌 수 없어요. 그렇게 간단한 문제가 아니에요. 이런 접근이 왜 위험하냐면, 다른 사회 구성원들에게 일부 장애인은 지지와 관심을 받을 자격이 없다고 암시하는 거나 다름없기 때문이죠.

　보수 성향의 현 정부는 이 문제에 하등 도움이 안 됩니다. 이 정부는 장애인과 매우 기이한 관계에 있다는 생각이 들어요. 우리는 초인 아니면 사회가 짊어질 짐으로 여겨집니다. 무슨 중간지대가 없어요. 육상, 사이클, 수영 등에 많은 자금을 쏟아 붓고 패럴림픽에 나가 슈퍼스타가 되라고 용기를 북돋아주지만, 정작 인간이라면 기본적으로 누려야 할 자립적으로 살 권리를 부정당하고 있죠.

　여기서 의문이 생깁니다. 패럴림픽 선수로 성공하는 것만이 장애인이 사회에서 인정받을 수 있는 길인가요? 만일 하루하루 입에 풀칠하기도 힘든 상황이라면 도대체 무슨 성공을 거둘 수 있을거라 기대하는 거죠? 정부가 장애인들을 상대로 거대한 헝거 게임을 하고 있다는 확신이 점점 더 들고 있어요. 나머지 장애인들이 시들어가고 죽어가는 동안 '최고의' 장애인 선수들을 찾아내려고 고안해낸 그런 게임 말이예요. '자립생활 기금Independent Living Fund' 폐지로 이미 우리 중 몇 명은 삶을 마감하고 걸러졌습니다.

　장애가 있는 우리가 장애가 없는 사람들보다 좀 더 많은 돈이 필요한 게 우리의 잘못은 아니잖아요. 저는 타고 내리기 쉽기 때문에 버스나 지하철과 같은 대중교통보다는 택시에 많이 의존하는 편이죠. 어디를 갈 때는 활동지원인을 항상 데리고 가야 해요. 1박을 하는 여행이라면 호텔 방을 하나 더 예약해야 한다는 의미이기도 하죠. 음악회와 연극 티켓을 구입할 때도 마찬가지로 한 사람의 비용을 추가로 내고요. 이 작은 것들이 모여서 합쳐지면 커다란 비용적 부담이 되죠.

〈브리튼스 갓 탤런트〉에서 받은 상금을 은행에 저축한 제가 이런 말을 하는 게 위선자처럼 보이겠지만 저 역시 경제적 어려움을 몸소 겪었어요. 사실대로 말하자면 많은 장애인이 장애 때문에 추가되는 소위 '장애비용'을 벌 수 없는 현실이죠. 그러니 장애인의 돈을 뺏어가는 결정이 대체 어떻게 장애인에게 도움이 된다는지 잘 모르겠습니다. 장애 수당을 삭감한다고 해서 마법처럼 장애를 훌훌 털 수 있는 게 아니잖아요. 정부 기관에 매일 아침 전화를 걸어, "오늘도 또 장애인으로 눈을 떠서 죄송합니다. 내일은 더 열심히 살아볼게요, 총리님!"이라고 말하는 상황에 신물이 나요.

 현행 사회서비스 제도의 의도적인 무능함에 대해서도 직접 겪은 일을 말해 드릴게요. 1년쯤 전인가, 제가 받는 수당 관련해서 물어볼 게 있어서 상담 서비스 번호로 전화를 건 적이 있었어요. 전화를 받은 작자는 타이핑을 하고 있는 게 저 본인이 맞는지 확인할 수 없기 때문에 상담해줄 수 없다고 하더군요. 아마도 제가 "당신도 당신이 맞는지 증명할 수 없잖아요."라고 말한 것이 딱히 도움이 되진 않았겠죠. 그런데 생각해 보세요. 그 사람도 누군가 다른 사람이었을 수도 있다고요. 저도 그 사람을 볼 수 없고, 그 사람도 저를 볼 수 없고, 그냥 그게 이 빌어먹을 전화기가 작동하는 방식 아니에요?

이 일의 책임은 정부에 있어요. 우리의 성공을 응원하면서 정작 필요할 때는 무시하는 건 말이 안 되잖아요. 지금은 수당을 깎고 여러 사람의 삶을 위험에 빠뜨릴 때가 아니에요. 패럴림픽에서 배울 게 있다면 그건 장애인이 모두 돈이나 구걸하는 사람 또는 부정 수급자가 아니라는 사실이에요. 장애인이 우리 사회에 무지하게 많은 것을 기여하고 있고, 그것도 항상 그렇다는 것, 4년에 한 번 1~2주 동안의 스포츠 경기에서만이 아니라요, 그걸 일반 대중도 알아야 해요.

제가 사람들에게 얘기하고 싶은 건 이런 거예요. "제발 저를 동정하거나, 저에게 미안해 하지 마세요." 세상 만물의 이치를 보건대, 저는 운명의 여신이 내민 시련의 패에 맞서 장렬하게 싸우면서 도덕적으로 세간의 귀감이 되는 사람이 아니에요. 흠… 하긴 좀 잘나갈 때는 그럴지도 모르죠. 하지만 일이 잘 안 풀리는 날에는 그냥 좆밥이 되기도 해요. 선심 쓰는 사람들을 볼모로 삼기도 한다니까요. 이건 은유적으로 하는 말이 아니라 실제로 저질렀던 일이에요.

 몇 년 전, 그러니까 나름 어엿한 직업이 있던 때의 일이에요. 퇴근하는 길에 어떤 남자가 제게 와서 길 건너는 걸 도와주려고 하더라고요. 물론 남들 하는 방식으로는 하지 못 하는 제 모습이 못미더울 수 있죠. 고개를 왼쪽 오른쪽으로 돌려 가며 앞으로 걷는 게 저한테는 어렵긴 하니까요. 그 사람에게 혼자서 할 수 있다고, 감사하다고 표시하려고 하는데 그분이 고집을 피우시더라고요. 그래서 그냥 하시는 대로 내버려두기로 했죠. 그분은 제 손을 잡고 길을 건너주었어요. 바로 그때부터 재미있는 일이 벌어졌어요. 길을 건너고 나서 그분 손을 놓아드리는 대신 계속 붙들고 있으면 흥미로운 일이 생기지 않을까 하고 생각하게 된 거예요. 결국, 집에 갈 때까지 그분 손을 놓지 않았어요. 15분쯤 걸었죠. 시간을 더 끌어 보려고 집까지 먼 길을 일부러 돌아갔어요. 공원도 지나가고 북적거리는 번화가도 지나가고. 그 사람이 손을 빼려고 하면 저는 휘청거리면서 쓰러지려고 했어요. 그러면 깜짝 놀라 다시 잡았죠. 제3자가 보기엔 제가 좀 짓궂었다는 걸 알아요. 굳이 안 해도 될 일을 했을 뿐인 그 사람을 볼모로 삼아버린 셈이죠. 그런데 이런 경우를 많이 겪은 저 같은 사람이라면(아마 다른 장애인들도 마찬가지일 걸요?), 다시 말해 그나마 조금 남아 있는 나의 독립 생활 중 하나를 내심 선심 좀 쓰려고 하는 분이 빼앗아가 버리는 경우, 괜찮다고 하는데도 귓등으로도 안 듣는 분을 만나는 경우에는 가끔 소소한 복수를 하고 싶어질 수도 있다는 거죠.

사람들이 저에 대해 가진 잘못된 편견을 뒤틀어서 장난치는 걸 가장 재밌어 하는 것이 바로 제 모습입니다. 엘리베이터에서 내리면서 다른 층 버튼까지 다 누르는 사람도 바로 저고요. 지하철에 의자가 텅텅 비어 있어도 굳이 장애인석에 앉아 있는 사람을 일어나게 만드는 것도 저예요. 노래방에서 노래하겠다고 일어나서, 목소리도 안 나오면서 마이크가 고장 난 척하는 사람도 저죠.

이렇게 못된 짓을 해도 사람들은 저한테 와서 감동했다고 얘기하더라고요. 제가 무대에 올라가는 것이 얼마나 용감한지 얘기해요. 정작 저는 그들에게 감동을 주려고 와 있는 것도 아니고, 솔직히 진짜 진심을 말하면, 감동적인 인물로 불리는 게 지겨워요. 오해는 하지 마세요. 저는 늘 장애인들에게 감동한답니다. 하지만 감동하는 이유가 그들이 장애인이라서는 아니에요.

요즘 영감을 주는 인용구들은 어디에나 있죠. 그것 때문에 저 같은 사람들은 더 피곤해져요. 여러분 친구 중에도 그런 구절을 온 방 벽에 붙여놓고 사는 사람들이 한두 명은 있을 거라고 장담해요. 그 구절들은 보통 이런 거죠. '집에 사랑을 가득 채우면 집은 사랑이 됩니다' 아니면 '오늘 우리가 꾸는 꿈은 우리의 내일이 됩니다' 하지만 식상한 명언이나 장애인들로부터 감동을 받으려고 하는 사람은 번지수를 잘못 찾은 거랍니다.

저를 진짜 불쾌하게 만드는 영감을 주는 구절은 페이스북에서 공유되는, '인생의 유일한 장애는 잘못된 마음가짐이다.' 같은 거예요. 꺼지라고 하세요. 사람들에게 저를 보여주면서 '긍정적인 마음가짐'을 갖추게 하려고 제가 아침마다 침대를 박차고 나오는 게 아니거든요. 이런 말을 했다고 누군가 저를 이상한 사람으로 본다면 그러라죠. 그래요, 말이 나왔으니 조금 더 깊이 들어가 볼까요?

우리 아파트에 있는 계단한테 언제나 상냥하게 대해줬는데 지금까지도 경사로로 안 변하던데요? 긍정적 사고를 아무리 많이 해도 서점에 들어가는 시각장애인한테는 별 도움이 안 될 거예요. 그래요. 말이 나왔으니 조금 더 깊이 들어가 보자고요.

로열 버라이어티는 인생의 묘미

10

저는 BBC 스탠드업 코미디 쇼 〈라이브 앳 디 아폴로〉를 보면서 자랐어요. 거의 모든 에피소드를 챙겨 봤죠. 세계 최고의 코미디언들을 보고는 싶지만 너무 귀찮아서 공연장에 갈 수 없는 (또는 코딱지만해진 복지 수당 때문에 티켓 살 돈이 없는) 사람들을 위한 국내 유일의 프로그램이었거든요. 그 쇼에 출연하는 건 런던의 유명 코미디 클럽 '코미디 스토어'에서 공연하는 것만큼이나 경력이 어느 정도 쌓인 코미디언이라면 대부분 꼭 해보고 싶어 하는 일이었어요.

처음 코미디를 시작했을 때, 친구들은 언젠가 그 쇼에서 저를 보게 될 거라고 농담하곤 했어요. 진짜 그런 일이 일어날 거라고 생각한 사람은 아무도 없었지만요.

특히 저는 더욱 그럴 리 없다고 생각했어요. 절대로 그 만큼 잘할 수는 없다고 생각했거든요. 전국에 재능 넘 치는 코미디언이 수백 명이나 있잖아요(수천 명일지도 몰라요. 요즘엔 미치도록 웃긴 개그를 누구나 할 수 있는 세상이 니까). 그중 한 줌도 안 되는 사람들만 눈부시게 빛나 는 작은 전구로 수놓은(그래서 땀이 많이 나는)〈라이브 앳 디 아폴로〉무대에 서는 영광을 누릴 수 있었어요.

시간을 훌쩍 건너뛰어서 2018년, 제가 바로 거기 서 있었어요. 위대한 해머스미스 아폴로 극장 관객 앞에 서 〈라이브 앳 디 아폴로〉공연을 촬영했죠. 부모님과 친한 친구들도 왔어요. 이상하게도 지금까지 한 그 어 떤 공연보다도 더 긴장되었어요. 〈브리튼스 갓 탤런트〉 결승전보다도 더 떨렸고 하도 긴장해서 그날 밤에 뭘 했는지 기억이 안 날 정도였죠. 몇 달 후 BBC2에서 방 송을 보고서야 기억이 좀 날 듯 말 듯 하더라고요. 매 1초, 1초를 음미하면서 보았습니다.

인생은 가끔 정말 놀라운 순간을 선사하더군요. 날아 갈 것만 같은 순간을요. 인생은 참 위대해요. 끝내주게 환상적이고요. 아무것도 그 누구도 날 건드릴 수 없어 요. 하지만 그 수많은 멋진 순간 사이를 날아다니던 기 분이 갑자기 땅속으로 처박히는 엿 같은 순간도 있기 마련입니다. 지금까지 겪은 최악의 순간 중 가장 기억에 남는 몇 가지를 소개할게요.

잔디밭에게 당한 의문의 1패

돈캐스터 축구 경기장에서 공연하던 날인데, 대기실 위치가 경기장 밖이 내다보이는 감독 특별석이었어요. 한 여성분이 들어와 사진을 찍어도 되냐고 물었고, 저는 '네, 물론이죠!'라고 대답하며 사진 찍을 준비를 했어요. 저한테는 정말 쉽지 않은 일이었거든요? 그런데 그분은 제 바로 옆을 지나치더니 경기장 잔디 사진을 찍고 있더라고요. 완전 상처였죠.

엉뚱한 대기실로 안내받은 사건

때는 크리스마스 무렵이었고 런던의 캠던에서 공연할 예정이었어요. 행사장으로 가는 길에 살짝 길을 잃었고, 마음이 조급해져서 경비원에게 길을 물었죠. 경비원은 행사장 출연자 대기실로 안내해주겠다 하더군요. 정말 다행이라고 생각했어요. 경비원을 따라 크리스마스 밤을 즐기며 춤추는 젊은이들 사이를 지나갔어요. 좀 이상하다는 생각이 들긴 했죠. 전혀 코미디 클럽처럼 보이지 않았거든요. '에이, 그래도 설마 잘 알지도 못하면서 안내해주겠어?' 생각하며 따라갔죠. 어차피 저는 정확한 길을 몰랐으니까요. 드디어 대기실에 들어섰을 때 엄청난 착오가 있었다는 사실을 깨달았습니다. 무대에 오를 준비를 하고 있는 밴드(!!!)와 마주쳤거든요. 거기는 코미디 클럽이 아니었어요. 딩월스라는 콘서트장이었어요. 경비원이 저를 노래하는 사람이라고 생각했을 줄이야… 젠장. 사이먼앤가펑클의 '침묵의 소리' 정도는 부를 수 있었을지도 모르겠네요.

리 넬슨으로 오해받은 사건

BBC 라디오2 안내데스크 덕분에 일어난 일입니다. 〈더 스티브 라이트 쇼〉에 출연해서 제가 쓴 시트콤 〈어빌리티〉 얘기를 하기로 한 날이었어요. 왜인지는 모르겠지만 방문증에 '리 리들리' 대신 '리 넬슨[46]'이라고 적혀 있었죠. 또 다른 리^{Lee} 씨에게 악감정은 없지만 우리 둘의 공연 스타일은 닮은 구석이라곤 거의 없거든요. 제 토커에 '교양 없게 말하기' 옵션은 없단 말입니다.

똥조차 평화롭게 쌀 수 없었던 날

이런 일이 일어나기에는 호화로워도 너무 호화로운 곳인 런던의 그로 베너 하우스 호텔[47]에서 일어난 일입

---

46 코미디언 사이먼 브로드킨이 연기하는 캐릭터 중 하나로, 교양 없고 경박한 장난꾸러기 캐릭터의 이름.
47 5성급 호텔로 1박 최저가가 2022년 기준 한화 50~60만 원이 넘는 고급 숙소.

니다. 그날은 유독 긴 하루를 보내고 방에 가서 잘 준비를 하고 있었죠. 취침 준비라 하면 보통 목욕재계도 포함이잖아요? 씻으러 욕실로 갔고, 방해받을 일이 있으리라고 생각하지 못 했기 때문에 귀찮아서 욕실 문은 안 닫았어요. 큰 실수를 저질렀다고 깨달은 순간은 볼일을 중간쯤 봤을 때였어요. 하우스키퍼가 문을 두드리고 '턴다운 서비스'를 원하는지 물었습니다. 여러분도 턴다운 서비스가 뭔지 모르시죠? 그때의 저처럼요. 침구를 정리해서 바로 들어가 잘 수 있게 해주는 거라네요. 운이 좋으면 초콜릿도 올려두고 가고요. 살면서 그런 게 있는지는 그때 처음 알았어요. 어쨌든, 누가 올 거라는 생각을 못 했기 때문에 이 모든 난리가 당황스러웠죠. 얌전하게 표현하자면 말이에요. 그냥 조용히만 있으면 (이건 저한텐 너무 쉬운 일이니까) 그분이 그냥 가겠지 생각했어요. 그런데 녹록지 않았죠. 그분은 떠나기는커녕 제가 문을 활짝 열어둔 채로 변기에 앉아 있는, 바로 그 방으로 들어오기로 결정했답니다. 설상가상으로 객실 문은 화장실 문 바로 맞은편에 있었고… 맞아요. 하우스키퍼가 들어왔을 때 가장 먼저 본 것은 큰 볼일을 보고 있는 제 모습이었어요. 그 여성분은 비명을 지르면서 거의 동시에 문을 닫았지만…. 너무 늦었죠. 이미 피해가 막심한 걸 어쩌겠어요. 피해자

는 결코 머릿속에서 떨칠 수 없는 이미지를 봐버렸다
는 거.

택시 기사가 앞자리에 못 앉게 한 사건

한 가지 특정 사건을 이야기하려고 골랐지만, 사실
생각 없이 행동하는 택시 기사들이 하도 많아서 택시
에서 일어난 다양한 에피소드가 열 가지도 넘게 있어
요. 그중 아무 얘기나 골라서 해도 상관없을걸요. 대부
분의 경우 택시 기사님들은 그저 장애인을 어떻게 대
해야 할지 모를 뿐 무례하게 굴려고 작정하진 않아요.
이런 분들을 제외하고 남는 한두 명은 평등과 다양성
에 관한 교육이 확실히 필요한 사람들입니다. 보통 저
는 언제나 앞자리에 타려고 해요. 앞자리는 타고 내리
기가 더 쉽고 공간도 더 넓거든요. 그런데 이 기사님은
꿈쩍도 안 하더라고요. 건강상, 안전상의 이유로 제가
앞에 앉을 수 없다는 거예요. 장애인은 무조건 뒤에 앉
아야 한다고 우겼죠. 여러 번 이유를 설명해달라고 했
지만, 단 한 번도 제대로 된 답은 안 주더군요. 길가에
서 5분 정도 다투다가 어쨌든 앞자리에 앉았어요(말했
지만, 저도 한 고집 하거든요). 기사는 제가 뒷자리에 앉지
않았다고 계속해서 화를 냈고, 목적지에 도착할 때까
지 말도 안 되는 헛소리를 늘어놓으며 내내 자기주장

만 했어요. 정말 길고 불편한 30분의 여정이었죠. 제가 택시에 타면 평정심을 잃는 기사님들, 제가 혼자 가는지, 함께 가 줄 친구가 있는지 참견하는 모든 택시 기사님들에게 특별히 소리 한번 치겠습니다. 내가 어디에 앉든지 누구랑 같이 타든지 젠장, 그게 무슨 상관입니까?

공포의 초콜릿케이크 기차 사건

우선 '스플래시 존'이 뭔지 설명할게요. 저와 밥을 먹을 때 절대 앉으면 안 되는 자리를 의미하는데, 바로 제 앞입니다. 씨월드 돌고래 쇼에서 관객들에게 물이 튀는 자리를 스플래시 존이라 하잖아요. 저의 스플래시 존도 비슷한데, 물이 튀는 대신 음식이 튀죠. 따라서 씨월드의 스플래시 존은 재미있지만, 제 스플래시 존은 아니에요. 친구들은 대부분 무슨 수를 써서라도 스플래시 존을 벗어나야 한다는 걸 알고 있어요. 이 존에 들어오는 건 엄청나게 위험할 수 있는데, 특히 제가 코코팝스를 먹고 있고, 여러분이 자신의 시력을 소중히 여긴다면 더욱 그렇습니다. 문제는 모두가 무조건 스플래시 존을 벗어날 수 있는 건 아니라는 점이죠. 기차 여행을 할 때, 특히 운이 좋아서 테이블 좌석을 얻고, 누군가와 마주 앉게 되면 이런 일이 벌어집니다. 기차 안 테이블은 폭이 좁거든요. 이미 가까운 사이이고, 서로 끔찍이 사랑하지 않는 한, 기차 안에서 식사를 하고 있는 누군가와 마주 앉는 것은 결코 좋은 생각이 아니죠. 보통은 모르는 사람이 나랑 마주 앉아 있다면 뭘 먹지 않으려 해요. 그들은 스플래시 존이 존재한다는 것을 전혀 모르고, 직접 체험의 기회를 제공하느니 차라리 굶어 죽는 편이 낫기 때문이죠. 그런데 슬프게도 항상 그럴 수는 없잖아요. 건강상의 이유로, 기차 안에서 밥을 먹는 선택지밖에 없을 때가 가끔 있어요.

바로 이렇게 가끔 일어나는 상황 때문에 엄청나게 당혹스러운 일이 한 번 일어났습니다. 기차 일등칸에 앉아서 맛있는 초콜릿케이크를 먹고 있었는데, 어떤 상류층 신사가 와서 맞은편에 앉았어요. 빳빳하게 다린 양복에 구두는 반짝반짝 빛이 났죠. 나중에 생각해보니 이 새것같이 깨끗한 옷을 봤을 때, 빨리 정리하고 즉시 식사를 중단했어야 했어요. 스스로 경고 메시지를 보냈어야 했죠. 그런데 케이크가 정말 너무 맛있는 겁니다. 잠깐은 별일 없이 괜찮았어요. 그러다 보니 안일하게도 안심을 해버린 거예요. 낯선 사람과 가까이서 식사를 하면서 아무 일 없이 잘 넘어갈 리가 없는데 말이죠. 느낌이 오고 말았습니다. 기침의 기운이 올라왔어요. 처음에는 괜찮았지만, 곧 절대 참을 수 없어졌어요. 그런 일이 일어난다면 어떤 결과를 가져올 줄도 알고 있었지만… 참아보려 노력했지만 상황은 더 나빠졌어요. 참으려고 하면 할수록 기침이 더 맹렬하게 터져 나왔어요. 몇 분간의 전투 끝에 결국 패배했습니다. 입 속에 있던 케이크 조각들이 잘 차려입은 신사를 뒤덮어 확실하게 존재감을 남긴 후, 기침은 전속력으로 달아났어요. 너무 당황스러웠죠. 사과하려고 하니 괜찮다는 대답이 돌아왔지만 괜찮지 않다는 걸 알 수 있었어요. 표정에 다 드러났거든요. 남은 여정 동안 마주 앉은 그 사람과 눈이 마주치지 않도록 열심히 피해야 했어요. 아주 길고 긴 세 시간이었습니다.

직장에서 토커로 포르노를 틀어버린 사건

시의회 업무 협의 중에 포르노 영상을 재생한 건 고의가 아니었어요. 어쩌다 일어난 일이라고요. 이봐요, 진짜예요. 문제는 일상에서 대화할 때와 무대에서 개그를 할 때 같은 토커를 사용하기 때문에 발생했죠. 준비한 공연용 개그중에 음악을 틀려고 찾는 척하다가 실수로 혼자 즐기는 여자의 목소리를 큰 소리로 트는 부분이 있었어요. 포르노 영화에서 녹음한 목소리였답니다. 무대 위에서 들으면 진짜 웃기거든요? 근데 업무 미팅 중 직장 동료들과 선덜랜드시 홍보국장님 앞에서 실수로 틀었을 때는 그다지 웃기지 않았어요. 어쩌다가 그걸 틀었는지도 모르겠지만 어쨌든 민망한 신음이 울려 퍼졌고, 모두 경악했죠. 공연용 자료라고 설명해 보려고 했지만… 아무도 안 믿었던 것 같아요.

모든 걸 끝까지 글로 적어 준 우체국 직원

제 바람과는 달리 많이 일어나는 일입니다. 말문만 막힌 게 아니라 귀도 먹었다고 생각하는 사람을 만나는 일은 생각보다 자주 있어요. 이런 분들은 말로 하면 될 거를 다 글로 써 주려고 해요. 장애인을 대하는 것이 익숙하지 않아서 일어나는 일이죠. 그건 알지만 그렇다고 기분이 나쁘지 않은 건 아니랍니다. 설명했듯이, 저는 전형적인 영국인이기 때문에 소란 피우는 것을 좋아하지 않아요(꾸준히 제 꼭지를 돌게 하는 택시 기사님들을 제외하면요. 짜증 나는 이분들은 특별 대우!). 사실은 완벽하게 잘 듣는다는 걸 알려 드리고 직원분의 실수를 바로잡는 대신, 그냥 하던 걸 계속하게 했어요. 정말 오랜 시간이 걸리는 대화였죠. 손글씨를 알아보기도 힘들었고요. 물론 이 모든 일이 일어난 원인이 부분적으로는 그분의 잘못을 용감하게 지적하지 못 한 제 탓이라는 사실을 인정해야겠죠.

붕 떴던 발을 땅에 붙여 놓는 현실에 대한 이야기는

잠시 제쳐둘까요? 요즘 저의 삶은 놀라운 경험 다음에 또 다른 놀라운 경험이 이어지고 있어요. 제가 살면서 답을 구할 일이 있으리라고 전혀 상상도 못 한 질문이 여기 하나 있어요. "자, 로열 버라이어티 공연에는 어떤 차림으로 가야 할까?" 같은 질문 말이죠.

턱시도 티셔츠와 패션 팁

의외라고 생각하실지도 모르지만, 제 옷장은 왕실 행사에 어울리는 의상으로 가득 차 있지 않답니다. 왕실 이벤트 전까지 입어본 옷 중에 가장 좋은 옷은 몇 년 전 동생 결혼식 때 입었던 양복이었는데, 그것만으로는 충분하지 않을 것 같았죠. 일단, 그때보다 아주 조금… (흠, 솔직히 좀 많이) 살이 쪘어요. 제 탓이 아니라, 파티세리 발레리[48] 케이크 때문이라고요. 그 양복을 입을 수 있는 유일한 방법은 하루 종일 숨을 참는 거였어요. 로열 패밀리 앞에서 쓰러져 죽을 각오가 되어 있지 않는 한 이건 선택지가 될 수 없죠. 왕실 가족에게 기억에 더욱 남을 만한 쇼를 선사해줄 수는 있을 테지만, 우리 엄마 아빠한테는 그다지 좋지 않을 거 같기도 하고요.

엄마는 저에게 새 옷이 필요하다는 사실이 은근히 기

---

48 런던 트라팔가 광장의 유명 프랑스 디저트 카페.

뺐나봐요. 옷 고르는 걸 도울 수 있으니까요. 엄마가 '도와줬다'는 건 엄마 취향의 옷을 사다가 저한테 입으로 강요했다는 말입니다. 엄마는 왕실 사람들한테 최고의 모습을 보여주길 원했고, 이번만큼은 엄마에게 모든 걸 맡기기로 결심했지요. 물론 어느 정도 의견을 드리긴 했어요. 평소 입던 재미난 문구가 적힌 티셔츠는 절대 안 된다는 걸 알았거든요. 그래도 제 스타일에 맞는 옷을 입고 싶었어요(메건 마클과 저는 그런 의미에서 참 닮은 점이 많죠). 엄마와의 협상 끝에 턱시도가 인쇄된 티셔츠를 입기로 했어요. 평소에 제 패션 센스가 그다지 뛰어나지 않긴 하지만 이건 옳은 선택이었다고 생각합니다.

그날은 정말로 꿈만 같았어요. 아직도 꿈인지 생시인지 믿기지 않아요. TV 화면 속 평행 우주로 들어간 느낌이라고 묘사하면 그나마 이해할 수 있을까요? 하루 종일 그저 믿을 수 없는 일만 있었어요. 팔라듐 극장 무대 입구 앞에 도착해서 수많은 팬들에게 싸인해준 것도(믿거나 말거나, 저를 보러 온 팬들도 있었다니까요), 실제로 해리 왕자와 악수한 것도 놀라웠죠. 유대인들이 약속 받은 땅에 발을 디디면 이런 기분일까요. 정말이지 대단한 여정이었어요.

로열 버라이어티 공연 당일, 크리스마스 아침을 기다

리는 어린아이처럼 일찍 일어났죠. 사실 너무 심하게 들떠 있었어요. 여러분이라면 "〈원쇼〉에 나오던 그 녹색 소파다!", "저 사람 진짜 필립 스코필드잖아?" 이런 호들갑 좀 떨고 나면 사람이 금세 차분해질 거라고 생각하겠죠?

그런데 간신히 적응하면 곧바로 새로운 일이 일어나서 판이 더 커지는 거예요. 왕실 버라이어티 공연을 앞둔 기분은 정말 신났습니다. 하지만 하루를 일찍 시작했다는 건 긴장할 시간이 더 길어진다는 뜻이기도 했어요. 로열 패밀리 앞에서의 공연은 매일 할 수 있는 일이 아니잖아요. 정말 부담이 많이 되더라고요. 만약 안 웃기면? 토커의 버튼을 잘못 눌러서 해리 왕자한테 욕이라도 하면?

그날은 아주 친절한 여자분이 저를 전담으로 보조해줬어요. 그분이 자꾸만 서두르지 말고 발걸음을 조심하라고 했기 때문에 더 기억나요. 한두 번 그런 게 아니에요. 서두르지 않고 발걸음을 조심하라는 신호를 끊임없이 보내셨죠. 몇 번이고 계속 반복해서요, 정말로! 그렇게 상냥한 분이 아니셨다면 짜증 났을 정도였답니다. 다른 날 같았으면 저를 깔본 죄로 일부러 동네 여기저기로 끌고 다니면서 복수했을 테지만, 그날은 이 모든 일이 재밌게 느껴질 정도로 기분이 좋았어요.

무대에서 가장 가까운 대기실을 배정받았는데 그 덕에 아주 편했어요. 알고 보니 그곳은 일주일 전 호주의 국민 가수, 카일리 미노그가 사용했던 곳이었어요. 가끔 이런 특권이 주어질 때면, '장애인이어서 다행이다'라는 생각까지 든다니까요. 우선 가장 중요한 일부터 했어요. 카일리가 소파 밑에 뭐라도 두고 간 물건이 없나 확인했죠. 이베이에 내다 팔면 돈이 되니까요. 하지만 운이 없었어요. 그래도 어쨌든 굉장히 멋진 대기실이었어요(저야 지난 몇 년 동안 휴게실이라도 감지덕지였지만, 카일리 정도면 그런 대우를 감수할 이유가 없지 않겠어요?). 제작진이 냉장고에 케이크를 잔뜩 넣어 놓은 걸 발견하니 더 멋진 대기실이 되었죠. 하지만 먹을 수는 없었어요. 무대 위에서 새 바지가 뜯어지고, 튀어나간 단추가 왕자비 메건 마클의 눈을 맞추고, 결국 바지가 발목까지 흘러 내려서 그가 제 팬티를 보게되는 일이 일어날 위험을 무릅쓸 수 없었죠.

리허설을 하는 도중에 모든 출연자를 무대 뒤편으로 불렀어요. 그날 밤의 엔딩곡인 테이크 댓의 〈절대 잊지 마^{Never Forget}〉[49]라는 곡을 연습하기 위해서였어요. 모두의 노래방 애창곡인 이 노래를 원작자인 테이크 댓이 직접 부르기로 되어 있었죠. 출연자들은 이 곡이 나올

49   2018 로열 버라이어티 쇼 엔딩을 참고하자. (04:59에 리들리의 얼굴이 등장한다.)

때 모두 무대에 나오기로 되어 있었고요. 제발 따라 부르라고만 안 했으면 좋겠다고 생각했죠.

　그러다 가면증후군[50] 증상이 나타났어요. 보안요원이 저를 발견하고는 건물 밖으로 끌고 나가는 망상이 눈앞에 펼쳐진 거예요! '이상한 티셔츠 입은 너, 여기서 뭐 하는 거야? 크게 말해, 이 자식아!' … 우리는 노래가 끝날 때, 모두 다 같이 박수를 쳐야 했어요. 퀸의 〈위 윌 록 유We Will Rock You〉 리듬에 맞춰, (아님 테이크 댓의 〈절대 잊지 마〉여도 분위기가 얼추 비슷할 것 같긴 한데) 살벌하게 박수 치는 모습을 상상해 보세요. 서너 번은 리허설을 해야 했어요. 감독님이 앞에 서서 정확히 어떻게 해야 할지를 보여주고 있는데도 입이 찢어져라 웃는 것 말고는 뭘 해야 하는지 짐작도 가지 않았어요. 리듬감이 전혀 없어서 어떻게 시작할지조차 몰랐고, 다른 사람들과 같은 타이밍에 제대로 칠 기회도 없었죠. 되는대로 어떻게든 해보고, 운이 좋아 잘 맞길 바라는 수밖에는 없었답니다.

　다음은 왕실 사람들이 리허설을 할 차례였어요. 먼저 얘기할게요, 운에 맡길 건 아무것도 남지 않았어요. 이건 군사 작전이었죠. 우리를 해리 왕자와 메건 왕자비

50　imposter syndrome, 회사의 중역이나 의사, 변호사 등 사회적으로 존경받는 지위나 신분에 이르렀음에도 끊임없이 '이건 나의 참모습이 아니다. 언제 가면이 벗겨질지 모른다'는 망상으로 괴로워하는 현상이다.

에게 소개하는 시간일 테니까요. 출연자 모두 해리 왕자를 '저하Your Royal Highness'로, 메건을 '마님Ma'am'으로 불러야 한다고 전달받았습니다. 토커는 '저하' 발음을 정확하게 해냈어요. 그때까지는 아무런 문제가 없었죠. '마님'의 경우는 완전 달랐어요. 토커가 '마님'이라는 단어를 전혀 좋아하지 않았고, 자꾸만 '맘(엄마)'이라고 발음했죠. 이건 완전 다른 차원의 난감한 문제였어요. 우리 엄마와 메건 모두 아름다운 여성이지만, 메건에게 '만나서 반가워, 엄마'라고 말하는 것은 굉장히 부적절한 일이죠. 메건은 제가 미쳤거나, 황당하게 무례하거나, 아니면 자기한테 입양되고 싶어 한다고 생각할 거예요.

대기실로 돌아가서 문제를 해결해야만 했어요. 토커, 지금은 망가질 때가 아니라고. 제 리허설 차례가 왔을 때 턱시도 티셔츠 네 벌 중 벌써 두 번째 것으로 갈아입었어요. (항상 여분의 웃옷을 챙겨 다녀요. 전 칠칠치 못하니까요!) 테이크 댓의 보컬 게리 발로나 싱어송라이터 조지 에즈라를 팔꿈치로 밀어내지 않고 홀로 팔라듐 무대에 서 있는 것이 처음이었기 때문에, 저는 극장의 모습을 좀 더 잘 들여다볼 수 있었어요. 팔라듐 극장은 다채로운 역사를 가진 멋진 공연장입니다. 제가 서 있던 바로 그 무대에서 기라성같은 이들의 공연이 수 없이 펼쳐졌죠. 그 생각을 하고 나니 전율이 느껴졌어요. 바로 그 순간, 제가 어디에 있고 무엇을 하고 있는지 문득 깨달았죠. 여러분은 약간의 욕설을 기대하고 있을 수도 있겠지만, 잠시 동안 이 생각밖에는 안 났어요. 와! 영원했으면 하는 그 시간 속에 몸을 푹 담그고 이 기분을 마음속에 각인하고 싶은, 그런 날아갈 것만 같은 순간이었답니다. 얼마 안 가 음향 점검을 하려 온 스태프한테 방해받긴 했지만요.

텅 빈 공연장에서 코미디 무대 리허설을 하는 건 아무리 해도 적응이 되질 않아요. 아무도 없는데 그날 밤을 위해 준비한 농담을 해야 하죠. 음향 스태프도 더는 제 리허설을 듣고 있지도 않더라고요. 이게 무슨 의미인가 싶기도 해요. 말이 꼬여 대사를 제대로 못하는 거랑은 또 다른 얘기예요. 고맙게도 아빠와 엄마는 훌륭한 부모님답게 적절한 타이밍에 정중하게 웃으며 관객석에서 저를 지켜봤어요. 부모님이 아니었으면 불안한 침묵 속에서 공연을 해야만 했겠죠.

그리고 그게 다였어요. 모든 리허설이 끝났고, 본 행사가 열릴 시간이 다 됐어요. 대기실로 가서 차례를 기다렸죠. 목구멍에 케이크 한 조각을 몰래 쑤셔 넣었다는 것은 고백할게요. 세 번째 티셔츠를 내려주신 신께 감사를! 그리고 막판에야 제 바지 버클이 튕겨져 나가든 말든 누가 신경이나 쓰겠어요? 잔뜩 날카로워진 신경을 가라앉히려면 당 충전이라도 해야죠.

쇼가 시작되었고, 카일리의 분장실에서 모니터링 화면으로 다른 공연자들을 보려고 했어요. 그런데 솔직히 눈에 잘 들어오지 않았어요. 환상적인 쇼처럼 보였지만 너무 긴장해서 집중을 할 수 없었거든요. 사실 너무 긴장해서 그 어떤 것도 제대로 할 수 없었어요. 공연 전 화장실에 가는 것도 잊었죠. 미래의 저에게 당부할게요. 언제나 공연 전엔 소변을 보고 와야 해.

그때쯤 좀 전의 그 친절한 '서두르지 말고 발걸음 조심' 도우미 분이 돌아와서 저를 무대로 데려갔어요. 이번에야말로 진짜로 이분의 현명한 말을 진심으로 듣고 정말 서두르지 않고 조심해서 걸었어요. 넘어져서 머리가 깨지면 안 되는 순간이었으니까요. 그렇게 된다면 이곳에 사람이 아무리 많다 해도, 여왕님의 모든 시종과 부하들이 공연 시간에 맞춰 저를 다시 조립할 수는 없을 테죠.

무대 위에는 사이먼 코웰이 있었어요. 특별히 저를 소개하러 온 거였으니 이런 대단한 친절이 또 어디 있겠어요? 그저 감개무량할 따름이죠. 저한테는 의미가 컸어요. 매력적인 조수의 에스코트를 받으며 무대로 걸어 나갔습니다. 왜, 모두들 조수 하나쯤 있지 않나요?

사실은 무대에 올라갈 때 항상 누가 동행해주는 건 아니에요. 노동연금부의 어느 융통성 없는 꼰대 공무원이 집에서 방송으로 절 보고 있을지도 모르니까, 제 장애인 자격을 의심받지 않도록 한 거죠. 잘 해낸 것 같아요.

무대도 나쁘지 않았어요. 그날 밤 관객들 반응도 좋았어서 매우 기뻤어요. 모두가 정말로 즐기고 있는 것 같아 보였고, 결정적인 순간에 다 빵빵 터졌어요. 코미디언으로서 여기서 더 바랄 게 있을까요? (앗, 그래도 케이크를 위시리스트에 추가하고 싶긴 하네요.) 왕자 저하와 왕자비 마님이 있는 로열 박스석을 몰래 몰래 계속 봤어요. 다른 관객들처럼 그분들도 저의 공연을 즐기고 있는지 보고 싶었거든요. 왕실의 인증을 받는 건 꽤나 즐거운 일이더군요.

눈 깜짝할 사이에 공연이 모두 끝났어요. 그런데 위기의 순간은 아직이었죠. 허리 숙여 하는 정중한 인사를 두 번 해야 한다는 말을 들은 적이 있거든요. 한 번은 관객들을 향해, 그리고 또 한 번은 로열 박스석을 향해. 그런데 지금쯤이면 여러분들 잘 알겠지만 아무리 상태가 좋을 때에도 저는 서 있는 게 상당히 불안정하잖아요. 그런데 이날은 장애인이라고 봐주는 게 없었어요. 원래 마지막에 하고 싶었던 건, 힘든 공연을 끝내고 나서 중심을 잃고 쓰러지는 것이었는데 말이죠(얼굴을 바닥에 대고 납작 엎드리는 것도 나쁘지 않고요). 얼마나 당황스러울지 한번 상상해보세요. 그랬다간 우선 제 역대 '이제는 우리가 현실로 돌아갈 시간' 목록을 갱신하게 되겠죠. '서두르지 말고 발걸음 조심' 도우미분도 제게 무척 실망하실 테고요. 관중에게 소심하게 인사를 하고 겨우 똑바로 서 있었어요. 그리고 지시대로 왕실 가족 쪽으로 몸을 돌려 다시 허리를 숙여 인사했어요. 그러고는… 안 쓰러지고 서 있었어요. 크리스마스의 기적이었죠.

 잠깐 쉴 수 있었지만, 오래는 못 쉬었어요. 아직 테이크 댓 피날레가 남아있었거든요. 두말할 것 없겠지만, 엔딩곡이 나올 때 뭘 해야 할지 생각나지 않았어요. 솔직히 저 말고 다른 공연자도 대부분 그랬을걸요? 우리 모두 거기 그냥 서서 대충 박수를 치고 그게 맞는 자리이길 바랄 뿐이었죠. 뭐 누가 신경이나 쓸까요? 그저 그 무리의 일부가 된 순간이 놀라웠어요. 테이크 댓과 한 무대에서 〈절대 잊지 마〉를 함께 '따라 부른' 게 제법 끝내주는 기억으로 남았죠.

 〈브리튼스 갓 탤런트〉에서 미처 답변을 준비하지 못한 질문을 사이먼이 해서 어색한 순간이 흘렀었죠. 그래서 이번엔 더욱 철저히 준비했어요. 왕실 사람들이 무언가를 물어볼지도 모른다는 것을 알고 있었기 때문에 혹시나 하는 마음에 토커에 몇 가지 대답을 저장해 뒀어요. "그래요, 저도 정말 즐거웠어요.", "감사합니다. 즐거우셨다니 저도 기뻐요.", 뭐 이런 식이에요. 사람들이 저녁 식사 때 자기 옆자리에 같이 앉자고 청할 만큼 매력이 철철 넘치는 답변을 준비한 거죠. 사전 답변 중 제일 마음에 든 건 "여기서 당신을 만나다니, 세상에나!"였죠. 다만 이걸 써 볼 배짱은 끝내 생기지 않더군요.

결국 미리 저장한 답은 하나도 사용하지 않았답니다. 정신이 나갔냐고 할 수도 있겠지만, 그냥 기류에 몸을 맡기기로 했죠. 메건이 저에게 뭔가 물어봤을 때, 현장에서 바로 대답을 입력했어요 (의전 담당이 '당신을 죽여야 할 것 같아' 등의 말은 할 수 없다고 주지시켰죠). 메건이 거기 서서 지루하게 눈을 굴리거나 더 못 기다린다는 듯 발을 동동 구른다면 어땠을까요? 다행히도 행복한 표정으로 답변을 기다리는 것 같았어요. 아마도 난처했겠지만 서두르라는 어떤 부담감도 주지 않았어요. 해리가 제 공연을 보는 걸 고대해왔다고 메건이 얘기해줘서 깜짝 놀랐어요. 여왕이 실내복 가운을 입고 슬리퍼를 신고 텔레비전에서 나를 보고 있는 걸 생각해 본 적이 없거든요. 주문이라도 외워야 떠오르는 이미

지죠. 솔직히 가장 궁금했던 건 부적절한 말로 잘 알려진 왕세자 필립 공이 저를 보고 무슨 말을 했을지였어요. 뭐가 되었든 정치적으로 매우 잘못된 말을 했을 거라고 확신해요. 제가 들었다면 분명 엄청 재밌어했겠죠.[51]

해리 왕자 앞에 섰을 때, 역시 대답을 타이핑하는 시간을 기다릴 수 있을 만큼 충분히 편안해 보였어요. 왕자가 여유로워 보여 다행이었던 게, 제가 추호도 예상 못 한, "곁에서 본 사이먼 코웰은 어떤 분이에요?" 같은 걸 물었거든요. 마땅한 답을 준비 못 한 제가 고른 대답은 "좀 알고 보면 호감형이에요."였답니다. 제 소개를 끝낸 뒤에도 사이먼은 제 공연을 보려고 자리에 끝까지 남아 있다가, 제 대기실(이자 카일리가 썼던 대기실)까지 찾아와 축하도 해 주었어요. 이런 대접에 이제는 좀 익숙해져야겠죠?

'곁에서 본 사이먼 코웰은 어떤 분이에요?', 이건 제가 자주 받는 질문 중 하나예요. 사실대로 말하자면, 사이먼은 정말 좋은 친구예요(적어도 그동안 제게는 내내 잘 대해 줬으니까 앞으로도 계속 그러지 않을까요?). 어…, 사이먼이 이렇게 말하라고 저한테 사주한 거 아니에요. 솔직히 실제로 만나기 전에는 좀 무서웠어요. 전 국민

---

51 필립 왕세자가 2000년 한 청각장애인 어린이 단체를 방문했을 때 "농아라고? 만약 당신이 거기 근처에 있다면 귀가 먹어도 이상할 것이 없다."라는 실언을 한 적 있다.

이 보는 앞에서 '당신은 전혀 재미있지 않아'라고 말하는 환영도 보았죠. 그렇게 깔아뭉개지면 다시 일어서기가 힘들잖아요. 고맙게도, 그런 일은 일어나지 않았고 대신 그를 더 잘 알 수 있는 기회를 얻었습니다. 사이먼은 저를 많이 지지해주고, 저에게 조언도 많이 해주고, 전 세계를 돌며 정말 특별한 행사에서 공연할 수 있는 기회를 줬어요. 심지어 미국에서 공연할 기회도 있었죠. 일등석을 타고 로스앤젤레스로 간 것은 정말 대단한 경험이라 기내에서 말문이 막힐 정도였죠. 별일은 아니고, 비행기 모드로 설정하면 원래 그래요.

뉴캐슬에서 온 콜 부부

사이먼 코웰은 2018년 여름 파티에 저를 초대할 만큼 저에게 잘 해줬어요. 로열 버라이어티 쇼 만큼이나 꽤나 비현실적인 일이랍니다. 뉴캐슬의 동네 술집에서 친구들과 어울리던 제가 갑자기 런던의 아주 호화로운 파티에서 셰릴 콜 Cheryl Cole 같은 사람들과 어울리게 된 거죠. 파티가 쉴 새 없이 계속되더군요. 거듭 말하지만, 불평하는 거 아니에요.

내로라하는 공연 제작사가 다 모인 자리인, 로열 버라이어티 공연의 애프터쇼 파티가 그날의 하이라이트였어요. 화려한 상류층 이벤트의 초대 손님 목록에는 세계인명사전에 등재될 법한 유명인들이 있었어요. 그리고 제가 있었죠. 기분 좋은 식사를 막 마치고 난 후(그때쯤엔 네 번째 티셔츠를 입고 있었죠) 다 같이 댄스 플로어에 올라가서 춤을 좀 췄어요. 그때 다른 종류의 '로열 패밀리'를 마주치게 됐어요. 이번엔 TV 왕국의 왕족이었죠. 바로 처클 브라더스의 폴[52]이었어요.

그날 밤 처클 브라더스의 폴을 만난 것이 단연코 최고의 순간이 아니라고 말한다면 거짓말이 될 거예요. 테이크 댓의 마크는 잊어버려요. 릭 애스틀리도 잊어버려요. 해리 왕자도 뭐 잊어버려요. 처클 브라더스라니까요? 80년대의 리 리들리는 학교가 끝나면 TV에서 두 처클 브라더스를 보려고 집으로 온 힘을 다해 달려갔어요. 그리고 30년이 지난 오늘, 여기서 그들 중 한 명과 함께 마카레나를 추고(뭐, 추려고 시도는 했죠) 있었죠. 폴이 내 공연을 즐겼다니, 내가 폴을 웃게 만들었다니! 완벽한 하루의 완벽한 엔딩이었습니다.

TFAQ X

"괜찮으세요?"

넘어지거나 발작을 일으킨 후, '괜찮아요?'라는 질문

---

52 처클 브라더스(Chuckle Brothers)는 베리 데이비드 엘리엇과 폴 하먼 엘리엇으로 이뤄진 영국의 코미디 듀오다. 참고로 '처클'은 영어로 '킬킬거리며 작게 웃는 행동이나 그 웃음 자체'를 뜻한다.

에 답하면서 의식을 다시 더듬더듬 되찾은 적이 꽤 많아요. 다행히도 저는 국민보건서비스와 항상 좋은 친구였습니다. 병원에 몇 번이나 갔는지 세다가 포기했거든요. 뉴캐슬 로열 빅토리아 병원에 있는 대부분의 직원들과 친근하게 이름을 부르는 사이죠. 아직도 병원에 제 전용 침대가 없다는 사실이 놀랍기만 해요. 물론 국립병원에 병상이 남아날 리가 없지만요.

감사하게도 저는 거의 응급실에 갈 일만 있었고, 더 심각하게 입원할 일은 없었어요. 응급실에 하도 많이 가다보니 포인트를 적립해 주더라고요. 5번만 더 가면 모르핀을 보너스로 맞을 수 있대요. 25번을 가면 목욕을 시켜줄 간호사를 고를 수 있답니다. 한번은 스페인에 휴가를 갔다가 병원에 신세를 진 적이 있었는데, 영어를 못하는 사람에게 말을 할 수 없다고 설명하는 일이 얼마나 골치 아픈지는 겪어보지 않고는 모를 거예요. '몸으로 말해요' 게임을 아주 기~이~일게 해야 했습니다.

사고를 당하거나 아픈 일이 잦은 저에 대해 불평을 늘어놓기보다는, (대부분의 경우에는) 환상적인 국민보건서비스가 저를 돌봐주어 얼마나 운이 좋았던가를 생각하는 편이 더 나을 것 같아요. 공화당, 그러니까 보수당이 또 한 번 이기지 못 하게 기도해야 겠어요.

이 나라 영국이 이룬 그동안의 영광을 구멍가게만도 못한 것으로 만들려는 이들의 꿈이 실현되지 않게 막아야죠.

한 가지 확실한 것은 다른 나라, 다른 지역에 사는 장애인들은 나만큼 쉽게 내가 가진 것을 이룰 수 없다는 사실입니다 예를 들어, 아프리카 일부 지역에서는 태어날 때 장애가 있는 아기들이 악령이 깃들어 있다고 믿기 때문에 이 아기들을 살해합니다. 장애인을 마귀 취급하고 멀리 수용소에 보내서 함께 가둬 두는 경우도 있어요. 수용소에 사람들을 가둬 놓는 것은 결코 좋게 끝나지 않는다고 역사가 가르쳐줬는데도요…. 저는 절대로 나치 독일에서 살아남지 못 했을 거예요. 사실 장애인들은 그 당시에 가장 먼저 몰살당한 사람들이었을 겁니다. 우리는 꽤 쉬운 목표물이었을 게 분명해요. 일단 저만 봐도 계단을 올라 다락방에 숨을 수 있을 리가 없으니까요.

"웃음이 최고의 약이다"라는 말은 "응급실 대기 시간을 줄인다"는 보수당의 공약과 다를 바 없어요. 무슨 일이 있어도 최고의 약은 어린이 해열제 칼폴^{Calpol}이죠.

이 선량한 보라색 상자 덕분에, 어렸을 때 잘못된 건 뭐든 고칠 수 있었죠. 엄마, 나 방금 머리를 찧었어. 칼폴 좀 먹어! 엄마, 나 방금 벌에 쏘였어. 칼폴 좀 먹어! 엄마, 나 방금 트럭에 치였는데, 트럭이 다시 후진해서 나를 한 번 더 깔아뭉개고, 운전사가 트럭에서 내려서 나를 제대로 한 방 발로 차고, 그래서 누워서 고통에 몸부림치고 있을 때 개 한 마리가 곧바로 나한테 와서 내 얼굴을 물어뜯으려고 해요. 칼폴 좀 먹어! 한동안은 제 뇌성마비도 칼폴을 먹으면 나을 거라고 생각했었다니까요.

물론 칼폴은 뇌성마비도, 폐렴도 치료할 수 없었어요. 하지만 국민보건서비스는 할 수 있었죠. 완쾌되어 다시 무대에 올라 일을 시작하고 싶어 필사적으로 국립병원 침대에 누워 있었어요. 지난 세월 동안 저를 돌봐준 모든 사람에 대한 생각을 멈출 수가 없네요. 그분들이 없었다면 저는 분명히 오늘 여기에 없었을 것이고, 병원에 입원했던 다양한 이야기들을 이 페이지에 써나갈 수도 없었을 거예요(수년간 겪었던 많은 사고를 모두 다 쓰지는 못 하겠지만요).

이제 뼈아플 정도로 분명하게 깨닫고 안고 살고 있는 사실은, 뇌성마비로 인해 똑바로 잘 서 있지 못한다는 것입니다. 사실 인생의 반은 걸려 넘어지거나 바닥에서 굴렀기 때문에, 균형 잃은 남자, '로스트 밸런스 가이'가 제 활동명으로 훨씬 더 적합할 수도 있어요. 대부분의 사람들은 넘어질 때 재빨리 반응하고 손을 뻗어 넘어지지 않으려고 하는데 저는 그렇게 하지 못 하는 게 문제죠.

그 사고들 중 일부는 너무 끔찍해서 기억에서 지워버렸다고 말하고 싶지만, 아빠 때문에 그렇게 하기가 힘들어요. 아빠는 제가 부상당했을 때 언제나 사진을 찍으라고 말했거든요. 걱정 말아요, 다친 사진을 액자에 넣어 벽에 걸어 놓거나 그런 이상한 일은 하지 않으세요. 다만, 정부가 제가 더 이상 장애인이 아니라고 주장하며 장애인 연금을 끊는 경우에 대비해서 많은 증거를 남겨놓는 걸 좋아하실 뿐이죠. 우리 아빠는 매우 똑똑한 분이거든요. 자, 그러면 혹이 생기고 멍이 들었던 순간들 중 최고의 기억들을 특별한 순서 없이 나열해보겠습니다.

소방관한테 구조된 사건

최근 일부터 먼저 말해드릴게요. 특별히 심각하게 넘어진 건 아니었어요. 그런데 좀 웃기는 일이었죠. 듣고 나면 웃음을 참을 수 없을 거예요. 새 아파트로 막 이사를 했고, 새로운 장소에 적응해 나가고 있는 중이었죠. 시각장애인이 되어볼 수는 없겠지만 (분명 색다른 경험일 거예요) 방을 구할 때 비슷한 기분을 느낄 수 있어요. 모든 것이 어디에 있는지 정확하게 알아야하거든요. 1센티미터 차이도 중요해요. 뭐가 되었든 엉뚱한 곳에 있다면 재앙을 일으킬 수 있습니다. 바닥재가 핵심이죠.

그날은 처음으로 혼자 있는 날이었고 새 집의 편안함을 마음껏 누리려고 기대에 한껏 차 있었어요. 설렘이 과했던 걸까요, 순식간에 미끄러져 엉덩방아를 찧었어요. 다행히 다치지는 않았지만 고통보다 훨씬 더 큰 문제에 맞닥뜨렸답니다. 한번 넘어지면 혼자 일어나기가 매우 힘들거든요. 보통은 누군가에게 일으켜 달라고 도움을 청하지만, 지원인력이 24시간 내내 있는 게 아니니까 그러지 못 할 때도 있죠. 그래도 항상 지원인과 붙어있는 거보다는 그 편이 더 좋아요. 예전에 살던 아파트에서는 소파로 기어가서 소파를 지지대로 사용해 몸을 일으켰어요. 그러면 바닥에서 몸을 일으킬 수 있었거든요. 매우 피곤한 몸부림이었지만 언제나 성공적이었죠. 새 아파트에서도 그 방법을 시도해보려 했어요.

소파로 기어가서 몸을 일으키려고 하는 순간, 옛날 아파트에 카펫이 깔려 있었던 게 생각났어요. 아차, 전략이 성공한 이유가 있었구나. 새 아파트의 맨들 맨들한 마루가 맘에 쏙 들었었는데, 웬걸, 손과 발이 사방으로 미끄러져서 전혀 통제가 안 되었어요. 꼼짝 없이 누워있어야만 했죠.

몸을 일으켜 세울 수 있길 간절히 바라면서 몇 가지 다른 방법을 시도해봤어요. 각도가 더 잘 나오게 계단에서도 시도해보고, 침대 쪽으로 기어가 이불을 써 보기도 하고, 좀 비위생적이긴 하지만 화장실 변기를 활용해보기도 했습니다. 그러나… 그 어떤 방법도 통하지 않았어요. 패배를 인정하고 엄마에게 구하러 와 달라고 전화를 할 수밖에 없었답니다. 이제 다 끝났다 생각하고 바닥에 누워서 엄마의 구조를 기다리고 있었는데, 그게 끝이 아니었어요. 현관문을 잠그고 밖에서 못 열게 열쇠를 안에다 꽂아둔 게 떠올랐죠.

문을 억지로 열려고 애썼지만 결국 들어올 수 없었던 엄마도 패배를 인정해야만 했죠. 결국 소방대원을 불렀고, 사이렌을 울리며 달려온 소방관들이 문을 부수고 들어와 저를 일으켜 세워주었어요. 현관문은 없어졌지만, 꽤나 흥미로운 모험이었어요. 안쪽에 열쇠를 꽂지 않아도 되는 문은 새로 주문했지만, 바닥재까지 바꿀 수는 없어서 여전히 스릴을 즐기며 아슬아슬하게 살고 있답니다.

다친 채 텔레비전에 나온 사건

〈브리튼스 갓 탤런트〉 결승에 막 진출한 날 호텔 바

의자에서 떨어졌어요. 매우 긴 하루였고, 감격스러운 날이었는데, 몸이 너무 무리했던 것 같아요. 가끔 그러거든요. 가족과 친구들과 함께 결승 진출을 축하하려고 하는데 말 그대로 신선한 공기에 걸려 넘어져서 결국 바닥에 납작하게 엎어졌죠. 꽤 많이 아팠지만 축하 파티의 기회를 놓쳤다는 게 더 속상했어요. 좋은 점을 생각해보자면, 결승 진출팀이었던 디-데이 달링스^{D-Day Darlings}로부터 키스 세례를 받았다는 거예요. 이 팀은 전시를 배경으로 한 노래를 하는 멋진 팀이었는데 영국 사람들이 제일 좋아하는 공연 팀이 되었죠.

리버풀에서 다 함께 지새운 밤

이때 일은, 꽤 심하게 넘어져서 소개하는 거긴 한데 한편으로는 이런 상황에서 친구들이 제 곁에 남아줬다는 게 놀라서 그런 것도 있어요. 만약 친구들 입장이었다면 저도 똑같이 했을지 확신이 안 서거든요. 그날은 남자들끼리 밤새 노는 날이었어요. 모두가 즐거운 시간을 보내고 있었고 우리 모두 재밌어 했죠. 음, 제가 길거리에서 넘어져서 머리가 깨지기로 결정(!)하기 전까지는 재밌었어요. 우연히도 존 레논의 동상 옆에서 일어난 일인데 그 이후로 존 레논의 음악을 한 번도 들어 본 적이 없네요. 제 얼굴이 피투성이가 되었기 때문

296

에 밤샘파티는 짧게 끝날 수밖에 없었고, 우리 모두 바로 택시에 몸을 싣고 서둘러 병원으로 갔어요. 결국 머리를 꿰맸고, 집에 가서 안정을 취해야만 했어요. 통증이 계속된 건 아니었어요. 그런데도 그날 밤 친구들은 교대로 돌봐주면서 제가 괜찮은지 확인했어요. 누군가 제 손을 잡아줬을 가능성도 커요. 이제는 그날 밤에 대해 친구들과 농담을 하곤 하지만 친구들은 아직도 그 경험으로 인한 정신적 트라우마가 좀 있는 것 같아요. 누군가가 그 속도로 지면을 강타하는 모습(1초 전에 바로 옆에 있던 사람이 바로 다음 순간 바닥에 엎어져 있는 상황)은 아무래도 꽤나 충격적인 일이니까요.

이가 부러진 사건

이 일은 어렸을 때 뉴캐슬 서쪽 콘세트에 있는 아고스 매장 앞에서 일어난 일이에요. 제 생에 최악의 추락은 확실히 아니었지만 발을 헛디뎌서 넘어질 때 계단에 입을 부딪혀 앞니가 부러지고 말았죠. 그때부터 평생 치과 치료를 받게 되었습니다. 치과 치료비는 정말 비싼데 말이죠.

프랭키 앤 더 하트스트링스 보러 가서 생긴 사건

뉴캐슬의 클루니에서 '프랭키 앤 더 하트스트링스'

의 공연을 막 보려던 참이었어요. 선덜랜드에 기반을
둔 인디 록밴드인데 지금도 정말 좋아해요. 그런데 제
가 또 한 번 넘어져서 계단에 얼굴을 박살내고 말았어
요. 반복되는 패턴이 이제 보이기 시작했나요? 이번에
는 공연이 다 끝날 때까지 병원에 안 가겠다고 했어요.
티켓을 벌써 샀으니까요. 멋진 콘서트였기 때문에 내내
공연장에 붙어 있길 잘했다는 생각을 했어요. 제 헌신
에 경의를 표하기 위해, 밴드 멤버들이 굿즈에 사인을
해서 저에게 선물로 주기도 했습니다. 때때로 고통 없
이 얻는 것은 정말로 없나 봐요.

통제가 안 되는 자전거 사건

좀 색다른 얘기랍니다. 이번엔 칠칠찮게 아무 이유 없
이 넘어진 이야기가 아니에요. 어렸을 때 겪은 일인데
끔찍하게 아팠기 때문에 아직도 생생하게 기억해요.
부모님댁 마당에서 행복하게 자전거를 타고 있었죠. 세
발자전거(저는 두발자전거를 타본 적이 없어요)를 타고 작
은 언덕을 내려가기로 결심했어요. 처음에는 좋은 생
각처럼 느껴졌지만, 결국에는 아주 멍청한 생각으로
밝혀졌습니다. 자전거를 통제할 수 없었고 멈출 수가
없었어요. 오랫동안 봐 왔던 뻔한 장면이죠. 평범한 아
이라면 브레이크를 밟았을 텐데, 제가 평범과는 거리가

멀다는 걸 우리는 알잖아요. 대신 자전거를 멈추기 위해 벽으로 돌진했답니다. 이게 그땐 말이 되는 것 같았다니까요?

욕실 바닥에서 구조된 사건

슬프게도 상상하는 것처럼 야한 얘기는 아니에요. 시의회에서 일하고 있을 때였어요. 급해서 화장실에 갔는데 바닥이 막 깨끗하게 청소된 후였어요. 넘어졌죠. 저는 뒤집어져 일어나지 못 하는 거북이 같았습니다… 넘어지자마자 제가 똥을 깔고 누워 있다는 걸 알았어요… 화장실 변기 속으로 넘어져서가 아니었죠. 도움이 필요했어요. 누가 저를 구조할지를 잘 선택해야만 했죠. 모르는 누군가가 와서 제가 바닥에 있는 걸 발견하길 (끔찍하게 이상해 보일 테지만) 기다려야 할까, 아니면 휴대폰으로 사무실 동료들에게 문자를 보내고 무슨 일이 일어났는지 인정하고, 나를 놀려먹는 걸 영원히 견디는 게 나을까? 저는 두 번째 옵션을 선택했고 퇴직하는 날까지 모두가 그 일을 잊지 않았죠.

여보세요?
저와 통화를
하겠다고요?

11

토커를 쓸 때 생기는 문제는 전화로 소통하기가 무척 힘들다는 거예요. 제가 용건이 있어서 전화를 걸면 사람들은 늘 그냥 보험 광고 전화라고 생각하고는 바로 끊어버리기 일쑤지요. 심지어 저희 가족들도 그래요. 전화로 공연 티켓을 예매하는 건 완전 악몽 같아요. 특히 신용카드 번호를 불러줘야 하는 상황이 되면, 토커가 숨도 안 쉬고 줄줄 읊기 때문에 그걸 받아 적는 사람은 진땀을 뺄 수밖에 없답니다. 결국 리틀 믹스^{Little} ^{Mix53} 공연 티켓은 한 번도 살 수 없었죠.

답변을 입력하는 데 시간이 꽤 걸리다 보니 그 모든 과정이 진짜 난감하기 짝이 없어요. 한 시간이나 전화

---

53   영국을 대표하는 4인조 걸그룹.

기를 붙잡고 기다린 끝에 마침내 살아 있는 사람과 연결이 되었다고 해도 그게 끝이 아니에요. '여보세요'라고 입력하는 동안 아무 소리도 안 들리니까 상담원이 전화가 끊어졌나 보다 하고 연결을 끊을 수 있거든요. 그만큼 기운 빠지는 일도 없죠. 무지하게 번거롭기도 하고요. 그래서 가능하면 전화를 써야 하는 상황은 피하려고 애를 씁니다.

토커로 전화 통화를 할 때 좋은 점도 한 가지 있긴 해요. 영업용 전화가 오면 성가시기보다는 일종의 챌린지 게임 정도로 생각하고 반기거든요. 사람들을 난처하게 만드는 장난을 내심 즐기는 이상한 놈이라 그런지, 텔레마케터들과 엄청나게 긴 통화를 하면서 꽤 오랜 시간을 보냈어요. 그 사람들이 저에게 뭔가를 팔려고 부질없이 애쓰는 동안 어떻게 골탕을 먹일까 머리를 굴리면서요.

최근 불의의 사고를 당했다면 보상금을 청구할 수 있다고 (나도 미처 몰랐던 사실을) 전화로 알려주는 보험쟁이들이야말로 저한테 딱 걸렸죠. 사고를 당한 상황에 대해 말을 못 하는 장애인 녀석과 이야기하려면 어떻게 해야 하는지는 미처 교육받지 못 했을 테니까요. 저는 대개 이렇게 답해요. "그래요, 당신 말이 맞아요. 전 최근에 정말이지 고약한 불의의 사고를 당했어요."

그러면 그 사람들이 바로 대답해요. "이런, 선생님, 무척 안됐군요. 자동차 사고였나요?"

이게 제가 던진 미끼에 낚인 상황임을 감안하지 않으면, 제 대답을 듣고 은근히 기뻐하는 듯한 그 사람들의 목소리가 좀 괴기스럽고 불편하게 들릴 수 있습니다. 자, 이제부터가 볼 만하답니다.

"아니, 어떻게 아셨어요?" (그레이엄이 낼 수 있는 한도에서) 최대한 놀라움을 담은 목소리로 말하지요. 제가 지어낸 허무맹랑한 이야기로 그 사람들을 한 발짝 더 끌어들이기 위해서요. "혹시 저한테 도움이 될 만한 뭔가가 있을까요?"

이렇게 물어보면 어김없이 "물론이죠, 기꺼이 도와드리고 말고요."라는 대답이 돌아오기 마련이에요. 이제 그 사람들을 가지고 놀 차례죠. "지난 달에 자동차 사고를 당하는 바람에 목소리를 잃었는데요." 그 말을 이해하는 동안 정적이 흐릅니다.

수화기 너머 상대방이 패닉 상태에 빠져 있을 걸 알면서도 전 굳이 이런 말을 덧붙입니다. "잃어버린 목소리를 되찾고 싶은데 도와주시겠어요?"

저와 통화하는 건 상당히 고난이도의 연기력을 요하는데, 제가 자주 해봐서 잘 알거든요. 몇몇 텔레마케터들은 이 지경이 되어서도 전화를 끊지 않고 주어진 각

본에 충실하게 대화를 계속해보려고 시도합니다. 이분들의 노고는 솔직히 인정해 줘야겠어요. 보통은 이쯤하면 전화를 끊고 절대 다시 걸지 않아요. 고객 명단에서 제 번호를 검은 펜으로 굵게 그어버리고 영영 제외시키는 모습을 떠올리면 기분이 좋아집니다.

가끔 재미로 이런 통화를 녹음하기도 한답니다. 저를 참 별난 녀석이라고 생각할지도 모르겠지만, 먼 미래에 써먹기 위해 웃기는 대화를 녹음해두는 일 역시 프로 코미디언의 업무라고 할 수 있겠죠. 그중 가장 마음에 들었던 건 무려 '마이크로소프트사 직원'이라던 '필' 씨와의 통화였어요(저는 맥^{Mac} 유저인데 '필'이 그건 끝까지 몰랐겠죠?). 그날 '필' 씨는 제 컴퓨터가 바이러스에 감염된 것 같다고 저를 겁주려 했어요. 처음에는 꽤 프로답게 통화를 시작했지만 제가 '필' 씨의 화술에 말려들지 않으니 시간이 지날수록 점차 열 받아 하는 게 보였죠. 이건 여담이긴 한데 '필'에 자꾸 따옴표를 붙이는 이유는 그가 진짜로 '필'인지 확실하지 않기 때문이에요. 인도 억양이 심한 영어를 구사했거든요. 아무리 제가 뉴캐슬 출신이라고 해도 그런 것에 속아 넘어갈 리는 없죠. 어쨌든 그 통화는 대충 이런 식으로 진행되었어요.

필: 여보세요….

필: 여보세요?

필: 여.보.세.요?

나: 잘 안 들려요.

필: 제 말 들리세요?

나: 잘 안 들려요.

필: 지금 저랑 장난하세요?

나: 미안한데, 당신이 뭐라고 하는지 이해가 안 돼요.

필: 당신 컴퓨터 말이에요. 바이러스에 감염된 것 같다고 했잖아요. 신경 안 쓰이세요?

나: 무시무시하네요.

필: 제 말을 대수롭지 않게 생각하시는 것 같은데, 그 이유나 말해보시죠.

나: 잘 안 들려요.

필: 이 개자식이! 젠장! 꺼져! 꺼져버리라고!

… 뚜, 뚜, 뚜 (통화 종료)

당시 녹음된 통화 내용이 거기서 피싱 실습에 활용되고 있길 진심으로 바랍니다.

코미디언에게는 자기들이 직접 쓴 농담 중 가장 마음에 드는 것들을 기록해 두는 레퍼토리가 있어요. 그중 일부는 관객을 즐겁게 해주는 용이지만, 몇 가지는 저 혼자만 웃기다고 생각하기 때문에 차마 버리지 못 하는 농담들도 있지요. 물론 저 역시도 그런 게 있는데, 누가 뭐래도 진짜로 제 개그 코드랑은 잘 들어맞는 것들이랍니다.

　동료 코미디언들이 하는 것과 거의 같은 방식으로 농담을 직접 쓰곤 해요. 뭔가 아이디어가 떠오르면 나중에 더 재미난 방향으로 발전시킬 수 있도록 메모해 두죠. 지금 제 휴대폰에는 그렇게 탄생한 메모들이 무척 많아요. 문제는 그 아이디어들 중 일부는 아주 한참 전에 적어 두었던 것들이라 어떤 맥락에서 무슨 의미로 그런 메모를 남겼는지 더 이상 알 길이 없다는 거예요. 예를 들면 이런 것들이 있어요.

'트립trip 어드바이저 말고 크립crip54 어드바이저'

'그 어떤 친구보다도 저와 오래 함께한 친구는 저의 두 다리입니다.'

'헬륨 풍선을 이용하면 똑바로 서 있을 수 있어요. 조심하세요. 풍선이 너무 많으면 위험하니까요.'

　언젠가 이 메모를 왜 적어 놨는지 기억이 난다면, 실

54　절름발이라는 뜻으로 장애인을 비하해서 부르는 말.

제 공연에서 이왕이면 재미있는 농담으로 발전시켜 볼 생각이에요.

제가 좀 더 단련된 코미디 작가였다면 더 좋았겠지만, 사실 그렇지는 않아요. 하루 종일 앉아서 뭔가를 쓰기에는 너무 게으르고, 〈루스 위민^{Loose Women}〉과 같은 토크쇼에 금방 정신을 팔고 있거든요. 저는 보통 번뜩이는 영감이 떠오르는 순간 개그를 짜는 편이에요. 같은 개그를 계속 우려먹는 짓은 안 한다고 자부하는 편이죠. 똑같은 개그를 무한 반복하면 지루하니까요. 보통 20분짜리 구성으로 된 한 세트를 6개월쯤 공연하고 서서히 새 레퍼토리로 넘어가는데, 기존 개그에다 새로운 개그를 이따금 섞으면서 예행 연습을 합니다. "오늘은 이 얘기를 해 볼까 하는데요…." "그 얘기 벌써 다 알거든요?" 이렇게 관객들이 대놓고 지루한 반응을 보일 때는 새 개그가 필요해요.

나는 아이패드 한다, 고로 나는 존재한다

공연을 준비하는 과정이 다른 코미디언들과 조금 다른 부분이 있다면 바로 이거예요. 농담을 다 쓰고 나면 일단 토커에 저장해 두고 관객들에게 선보일 준비를 마치지만, 코미디 클럽에서 그걸 시전해보기 전에 먼저 이 녀석이 어떻게 읽어주는지, 이게 어떻게 들리는지부터 확인해야 한답니다. 토커가 제대로 발음하지 않으면 문제가 될 수도 있으니까요. 예를 들어 토커가 아이패드^{iPad}를 '이-패드'라고 발음해버리기 때문에 제대로 발음할 수 있도록 일부러 '아이패드$^{Eye\ Pad}$'라고 철자를 다르게 입력해요. 관객들이 이해하기 쉽도록 임의로 문장 중간중간에 필요한 구두점을 추가하기도 한답니다. 정말로 입에 착착 붙는 농담이었는데도 토커가 읽어주는 버전은 영 그 느낌이 안 살아서 살짝 수정하기도 하고요.

이런 노력이 잘 통하면 관객의 반응이 정말 폭발적이죠. 이제부터 제가 직접 쓴 개그 중 가장 마음에 드는 것들을 소개해 볼게요. 순서는 무작위예요.

• 저한테 어쩌다 장애가 생겼는지 궁금하신가요? 어릴 때 행운의 편지를 받아 놓고 거기서 시키는 대로 가까운 친구 10명한테 그 편지를 안 뿌려서 그래요.

• 무대에서 항상 앉아 있는 건 아닌데요. 저기 복지수당 부정수급 조사관처럼 보이는 남자분이 계시네요. 최대한 장애인 티를 좀 내야겠어요.

• 장애인 멤버들이 모여 댄스 그룹 스텝스^{Steps} 트리뷰

트 밴드를 결성했어요. 원래 이름이 '계단'이란 뜻이라서, 우리 밴드 이름은 램프스 Ramps, 경사로라고 지었어요.

• 모두가 저를 뚫어져라 쳐다보고 웃어대는 자리에 대체 왜 스스로 서고 싶어 하는지 사람들이 자주 물어봤어요. 사실 그러나 저러나 어차피 그런 상황은 일상다반사로 일어나거든요. 그런데 적어도 이렇게 하면 조롱당하는 시간과 장소는 제가 정할 수 있잖아요.

• 상황에 따라 '장애인 카드'를 내밀어야 할 때가 워낙 많다 보니, 급기야 이 카드를 실물로 만들어버렸어요. 붐비는 기차에서 앉고 싶을 때 이 카드를 내밉니다. 매진된 콘서트 티켓을 구하고 싶을 때도 이 카드를 내밀고요. 저 정도는 거들떠도 안 볼 법한 어떤 매력적인 여자분이 지나가는데, 그분이 선한 인상에 저를 향한 연민으로 하룻밤 정도는 저랑 같이 잘 수도 있겠단 생각이 들면 장애인 카드보다 더한 것도 내밀어야죠, 뭐.

• 보시다시피 제 농담들은 저절로 쓰여진 거나 다름없답니다. 아이패드 자동 수정 기능의 묘미가 이것 아니겠어요?

• 저는 스티븐 호킹과 친인척도 뭣도 아니에요. 하지만 그가 말하는 방식을 희화화하며 흉내내는 사람들은 달갑지 않죠. 그건 내 전문 분야라고요.

• 아마 화면으로 제 얼굴이 나와도 여러분은 못 알아보시겠죠. 제 얼굴보단 목소리가 훨씬 더 잘 알려진 것 같아요. 이 말을 하면 제가 누군지 기억이 나실지도 몰라요. "잠시 후 4번 승강장으로 1252호 런던 킹스크로스행 열차가 들어옵니다." 그리고 우체국에서 저는 이런 모습이죠. "4번 창구로 가십시오."[55]

• 저도 잠꼬대를 한다니까요. 진짜예요. 매일 아침 아이패드에 되는 대로 마구 타이핑된 문장을 마주하면서 알게 되었답니다.

• 장애인을 묘사하는 데에 있어 정치적으로 올바른 표현들이 너무 많아서 질려버렸어요. 제가 다녔던 학교 이름에는 '스패스틱스'라는 단어[56]가 들어가는데, 학교 측에서 아이들의 자존감을 높이는 방법 하나만은 아주 정확히 알았나 보죠? 요즘에는 전부 '특수'하고

55　토커의 목소리가 기차역이나 우체국에서 나오는 안내방송 목소리와 같은 것을 이용한 개그로 로스트 보이스 가이가 〈브리튼스 갓 탤런트〉 첫 오디션에서 선보인 적이 있다.
56　77쪽 13번 각주 참고.

'스페셜'하대요. 특수 학교에다가 스페셜올림픽까지 저는 제가 뭐 그리 '특수'하고 '스페셜'한지 잘 모르겠거든요. 그래서 이럴 땐 진짜 매번 식겁할 수밖에 없죠. '특수 부대가 전쟁에 투입된다.' 뭐, 이런 소식을 들으면요.

직접 쓴 농담을 혼자 읽을 때는 당연히 웃길지 몰라도, 관객들의 마음까지 사로잡을 수 있을지는 장담하기 어려워요. 관객들이 제 개그를 모두 두 팔 벌려 환영하지는 않았다는 사실을 밝히면 놀랄지도 모르겠네요. 반응이 좋을 거라 생각했던 이야기들이 별로 인기가 없을 때도 있고, 대신 별로 기대하지 않았던 이야기가 엄청나게 성공할 때도 있었어요. 확실히 알 수 있는 유일한 방법은 그저 관객들 앞에 선보이는 것뿐이죠. 골치가 좀 아픈 과정이지만 어떤 이야기가 충분히 재밌는지를 알려면 그렇게 할 수밖에 없어요. 엄마한테 들려주는 건 전혀 의미가 없을 테니까요.

거꾸로 가는 다이어트

길거리에서 사람들이 제게 다가와 축하 인사를 건네면서 셀카를 찍자고 부탁하는 건 너무나도 멋진 일이에요. 부드럽고 따스한 느낌과 삶에 대한 만족감이 들거든요. 〈브리튼스 갓 탤런트〉에서 우승한 이후에 저에게 찾아온 변화지요. 저에게는 정말로 중요한 사건이 아닐 수 없답니다. 신체적으로나 정서적으로나 많은 영향을 주었어요. 전보다 훨씬 더 주목받는 대상이 되면서 어딜 가나 사람들이 바로 알아보고 소셜미디어 팔로워도 엄청나게 늘었답니다. 이거 좋은 일 맞죠? 사실 처음에는 이런 상황을 마주하는 것이 꽤나 힘들었어요. 예전만큼 일에서 벗어나서 자유롭게 쉬는 시간을 더이상 가질 수 없었다는 게 가상 큰 문제였지요. 정신을 차려보면 쉬지 않고 새로운 소재에 대한 글을 쓰거나 공연 일정을 잡거나 아니면 이메일에 답장을 쓰고 있는 제 자신을 발견하게 되더군요. 모든 것을 완벽하게 통제하려고 노력하다 보니 그렇게 된 것 같아요. 가끔은 너무 대책 없이 앞만 보고 달리는 게 아닌가 싶기도 했죠. 넷플릭스로 재미있는 콘텐츠도 실컷 보고 싶고, 완전히 멍 때리면서 아무것도 안 하고 쉬고 싶기도 했어요.

시간이 좀 지나면서 제게 닥친 변화에 그럭저럭 적응해 가고 있답니다. 예를 들면, 예전에는 지금보다 소셜미디어를 훨씬 더 자주 들여다보곤 했어요. 그게 일상생활의 일부였거든요. 모든 것을 마음먹은 대로 통제할 수 없을뿐더러 그런 걸로 저 자신에게 부담을 주는 행위는 아무런 의미가 없다는 사실을 깨달았기 때문에, 이제는 그냥 좀 자제하고 있어요. 또 시간 관리도 더 능률적으로 하게 되었어요. 모든 일이 한꺼번에 밀어닥치지 않도록 전보다 더 세심하게 계획을 세워서 하게 되더라고요. 예전에는 마감일이 되면 몰아서 해치우곤 했는데 말이에요. 이젠 마지막 순간까지 일을 남겨 놓는 대신 조금씩 미리 해두는 게 더 나은 것 같아요.

건강 관리는 훨씬 더 까다로운 문제예요. 직업상 이동하는 일이 잦으니까 쉽게 피로가 쌓이거든요. 과로하지 말고 제 페이스를 찾아 거기에 맞춰야겠죠. 최근에는 건강이 일보다 중요하다는 걸 마침내 깨달으면서 더 효과적으로 건강 관리하는 법을 터득해 가고 있어요. 몸에 무리가 오면 일도 더 이상 할 수가 없을테니까요. 엄마가 지난 38년 동안 건강 좀 돌보라고 말했을 땐 귓등으로 흘려들었는데…. 모든 훌륭한 엄마가 자식의 안위를 걱정하겠지만(엄마들은 늘 그렇죠), 우리 엄마가 다른 분보다 유난히 더 걱정이 많을 수밖에 없는 이유가 있답니다.

엄마는 늘 제 몸무게에 각별히 신경을 썼어요. 제가 한 번도 체중이 많이 나가본 적이 없거든요. 게다가 저는 아무리 많이 먹어도 그게 살로 가지 않는 운 좋은 체질이에요. 케이크나 단 것이라면 꼼짝 못 하는 제 식성을 감안하면 얼마나 다행이에요? 하지만 엄마는 섭취한 칼로리를 바로 태워버리는 (특히 어렸을 때 더 했죠) 이 능력을 축복이라고 생각하지 않고 일종의 도전 과제로 받아들였어요. 마치 사육사처럼 저를 먹이려고 애를 썼지요. 뭔가를 잔뜩 먹이고는 바로 체중이 늘었는지 재보곤 했답니다. 대부분의 아이들은 키가 얼마나 자랐는지 보여주는 키재기표가 있잖아요. 제게는 그런 것 대신 얼마나 더 지방을 축적해 가고 있는지를 대강 알 수 있는 몸무게 차트만 주어졌어요. 살찔수록 더 좋다는 원칙 하에 마치 웨이트와쳐스[57]의 다이어트 프로그램을 청개구리처럼 정반대로 따라하고 있는 기분이었죠. 여차저차해서 체중이 늘면 칭찬을 받고, 그렇지 못한 경우엔 돌아가서 한 그릇을 더 먹어야 했답니다. 이 거꾸로 다이어트는 열두 살 때 갑작스럽게 중단되었어요. 당시 제가 우리 반려견 몸무게를 재려다가 저울을 망가뜨린 게 그 이유였죠.

　인생의 여러 고비를 겪으면서 가끔 남들과는 다른 사람으로 살아야만 하는 게 못 견디게 싫었어요. '왜 나는 보통 사람들처럼 살 수 없는 거야?'라고 스스로 묻고 있더라고요. 이런 마음이 들다 보니 최대한 장애인처럼 보이지 않기 위해 노력하면서 살았어요. 휠체어도

57　고객들에게 맞춤형 체중감량 다이어트 프로그램을 제공하는 미국의 다국적 기업.

안 타겠다고 하고, 공공장소에서 식사를 하는 것도 거부했죠. 음식 흘리는 모습을 누군가 보는 게 싫었거든요. 패배를 인정하는 것 같은 생각이 들어 다른 사람들의 도움도 거절했어요. 고생을 자초한 셈이죠. 제 몸상태 중에서도 침을 줄줄 흘리는 게 최악인 것 같아요. 삼킴 기능을 통제할 수 없어서 거의 늘 계속해서 침이 흐를 수밖에 없거든요. 매력적이지 않나요? 그동안의 경험으로 어떻게 대처해야 하는지는 알고 있어요. 필요하면 턱을 닦을 용으로 언제나 티슈를 갖고 다니죠. 실은 이 자체로 좀 어색해지는 순간도 있어요. 청소하시는 분들이 제 호텔방에서 어마어마한 휴지 뭉치를 발견하면 어떤 생각을 하게 될지 짐작해보세요. 어딘가 외출을 할 때는 혹시 침 자국이 났을까 봐 옷을 여러 번 갈아입기도 해요. 자국이 드러나지 않게 하려면 세로줄 무늬 상의를 입는 게 요령이에요. 그렇다 해도 여전히 이 부분은 저의 장애에 있어 가장 곤란한 부분이고, 또 사람들을 가장 의식하는 부분이기도 해요.

특히 무대 위에서 저를 지켜보는 관객들의 얼굴을 마주할 때면 혹시 침을 흘리고 있지는 않은지 강박 관념에 사로잡혀요. 파티 때 온통 당신의 얼굴에 침을 발라놓았던 큰 개를 아직도 기억하시나요? 음, 저는 그 녀석의 인간 버전이라고 생각하시면 돼요. 친한 친구와

포옹을 한 것뿐인데 결국 그의 깨끗한 셔츠가 온통 침 범벅이 되는 상황이 얼마나 민망한지는 차마 말씀조차 못 드리겠네요. 또 '매력적인 여자들을 침 흘리며 쳐다본다'라는 표현은 저에게 적용하면 완전히 새로운 의미가 되죠.

그런 민망한 일이 일어나는 것을 막으려고 별짓을 다 해봤어요. 침샘의 경로를 바꾸는 수술을 몇 번 받았지만, 이 문제를 전혀 해결해주지 않았죠. 또 입속의 침을 말리는 작용을 한다는 히오스신 패치를 귀 뒤에 붙여 놓기도 했는데, 어쨌거나 그건 지나치게 효과가 좋았어요. 수분을 너무 바짝 말려버리는 통에 시력마저 흐리멍텅해질 정도였거든요. 입이 건조해 보인다는 소리는 들었는데, 글쎄 시야가 흐려져서 확인이 안 되더라고요.

〈브리튼스 갓 탤런트〉에서 우승한 이후, 스스로를 대하는 방식이 달라졌어요. 좀 더 편안한 마음으로 제 장애를 바라볼 수 있게 되었지요. 처음에는 몰랐는데 아주 서서히 마음이 바뀐 것 같아요. 어느 날 기동성 스쿠터[58]를 타고 돌아다니던 중에, 이제는 사람들한테 장애인으로 보여도 별로 신경 쓰지 않고 있다는 사실을 문득 깨달았어요. 스쿠터를 타고 다니는 데에 아무

---

58 고령자나 장애인이 편하게 이동할 수 있도록 고안된 삼륜 또는 사륜의 탈것.

런 거리낌이 없어진 거죠(비록 제가 몰던 스쿠터와 부딪친 경험이 있는 분들은 이런 제 판단에 의문을 제기할지도 모르겠지만요).

스스로를 다르게 받아들이게 되었다는 것을 깨달았을 때, 지금의 저에게 좀 더 편안해진 것들이 또 뭐가 있을까 생각해보기 시작했어요. 토커를 사용할 때 훨씬 홀가분해진 것 같아요. 예전에는 낯선 사람들에게 말을 걸어야 할 때면 스트레스를 받곤 했죠. 상대방이 저와 대화를 하면서 맞게 될 상황을 예상하지 못 하고 있다는 사실을 잘 알고 있었으니까요. 대화의 흐름이 자연스럽게 이어지게 하기 위해서 더 빠른 속도로 대답을 입력해야 한다는 압박감에 시달렸어요. 토커 사용은 대화 상대방에게 불편을 줄 것 같고, 그분들의 시간을 낭비하지 않으려면 빛의 속도로 빠르게 대답을 해야 할 것만 같은 느낌이 들곤 했거든요. 하지만 지금은 달라졌어요. 답을 하는데 시간이 좀 더 걸리더라도 신경 쓰지 않게 되었어요. 여러 사람이 제가 토커를 사용하는 모습을 보았기 때문에 어느 정도는 익숙해졌을 것이고 상황을 이해줄 거라고 생각하기 때문이죠. 여기에 하나 더 덧붙이자면, 그저 저 자신에 대한 전반적인 자신감이 많이 상승한 것 같아요.

사람들은 종종 〈브리튼스 갓 탤런트〉에서 우승해서

가장 좋은 점이 무엇이냐고 묻곤 합니다. 25만 파운드[59]의 상금? 아니면 로열 패밀리 앞에서 공연할 기회? 음, 그 질문에 정말 대답해드리고 싶긴 한데, 지금 제가 찬 신형 애플워치가 '리, 포르쉐를 몰고 공항까지 가서 전용기에 몸을 싣고 모나코 몬테카를로로 출발할 시간입니다'라고 알려줘서 그건 좀 어렵겠네요. 아, 물론 농담이에요! 꼭 제가 직접 운전해서 공항에 가는 것처럼 말해버렸네요, 하하하.

사실 가장 좋은 점은 생애 처음으로 장애인임을 자랑스럽게 생각하게 되었다는 것이에요. 부끄럽지도 않고 실망스럽지도 않고 화가 나지도 않아요. 이 변화에 정말 기분이 좋답니다.

TFAQ XI

"한 번만 써 보면 안 돼요?"

친구들이 재미 삼아 토커에 아무 글자나 입력하는 건 물론 괜찮지만, 처음 보는 사람들도 많이들 그렇게 하려고 한다는 사실은 좀 충격이었어요. 술집에서 만나는 술에 잔뜩 취한 사람들이 특히 문젯거리인데, 완전히 신이 난 나머지 토커를 뺏어가서는 아무 말이나 입력하기 시작해요. 그런 사람들이 토커한테 듣고 싶어

---

59 한화로 약 4억원.

하는 가장 인기 있는 단어들이 무엇일지 여러분도 짐작하실 수 있을 거예요. '좆 같다', '사생아 새끼', '불알' 같은 단어들이 화면을 온통 점령하지요. 사실 영국 성인 남성 그레이엄은 욕설을 아주 그럴싸하게 구사한답니다. 아무리 그렇다 해도 제가 느닷없이 본인들의 성대를 휙 채가서는 오락거리로 삼는다면 어떤 기분일지 상대의 입장도 좀 고려해주면 좋겠네요.

가장 좋아하는 순간 중 하나는 토커를 본 사람들이 어떤 용도인지 물어본 다음, 진심으로 자기도 하나 갖고 싶다고 얘기할 때입니다. '그래, 친구. 대화를 나누려고 기계에 의존하는 건 정말 멋진 일이야. 세상에서 가장 신나는 일이라고!' 그런데 희한하게도 토커와 본인들 목소리를 맞바꾸자고 제안하면 별로 반기는 사람이 없더라고요.

수많은 사람이 토커에 이런저런 비속어를 입력하다 보니 (그리고 저도 어찌 됐든 다양하게 아무 말을 타이핑하는 개그맨이다 보니) 토커의 예상 문구는 항상 비속어가 난무한답니다. 저는 토커에 프롤로쿼투고와 프롤로쿼포텍스트라는 두 가지 어플을 설치해서 사용 중인데 둘 다 제가 과거에 말했던 내용을 기반으로 앞으로 할 말을 예측해주거든요. 현재 예상 문장 목록은 이렇습니다.

- 안녕하세요, 잘 지내시죠?
- 고맙습니다.
- 정말 고마워요.
- 좋은 하루 보내세요.
- 전 괜찮아요. 감사합니다.
- 저를 핥아주세요.

마지막 문장은 제 라디오4 시트콤 〈어빌리티〉의 대사예요. 어떤 식이든 제 성적 취향을 드러내는 말은 아니고요. 방송 녹음 중에 이래저래 이 문장을 하도 많이 말해서 저랑은 영원히 떼려야 뗄 수 없는 말이 되어버렸지요.

사전에 프로그래밍된 예상 문구들(여러 가지 인사말이나 집 주소, 전화번호 같은 것들)은 때로 무척 쓸 만하답니다. 볼일이 너무 급해서 화장실 위치를 물어보는 질문을 빠르게 타이핑할 형편이 안 될 때 특히 더 그래요. 버튼만 한 번 누르면 빠르게 질문할 수 있고 속옷을 버리는 불상사도 피할 수 있어요. 여러분 목소리로는 이런 게 불가능할 테니 절 부러워할 만도 하죠. 다음에 말할 내용을 생각할 필요가 없다면 우리 모두 시간을 많이 절약할 수 있을 거예요. 맘에 드는 사람을 만났을 때 고민 없이 써먹을 여러 작업 멘트가 미리 준비되어 있다고 상상해보세요. 다양한 데이트 사이트에 문구를 복사해서 붙여넣는 거나 다름없죠. 지금까지의 만남은 꽤 성공적이었답니다. 다만 실수로 "저를 핥아 주세요" 같은 말이 튀어나오기 전까지는요.

토커가 제가 한 말을 전부 기억한다는 사실은 자동 수정 기능이 끔찍한 악몽이 될 수 있다는 의미이기도 해요. 이런 불상사는 대개 가장 불편한 상황에서 일어 나더라고요. 토커가 스스로 생각하는 능력이 있어서 일부러 이따위 짓을 하는 거라고 개인적으로 확신합니다. 한번은 어떤 여자분 전화번호를 받아 적으려고 상대에게 펜^{pen}을 빌릴 수 있는지 물어본 적이 있었는데, 토커가 "당신의 페니스^{penis}를 빌려주시겠어요?"라고 말할 거라고는 상상도 못 했지요. 그분도 저만큼이나 좀 놀란 눈치였어요.

예전 여자 친구랑 페인트 가게에 갔을 땐 '거실을 칠하고 싶다'고 말하고 싶었는데 '똥칠하고 싶다'라고 하는 바람에 쫓겨난 적도 있었어요. 그중에서도 최악은 머리카락에 껌이 달라붙었을 때였어요. 여자 친구 어머님께 껌을 제거하는 방법을 아시는지 묻고 싶었죠. 유감스럽게도 토커는 '머리털에 붙은 껌^{gum}을 떼는 방법을 아세요?'라고 묻는 대신 '털에 붙은 정액^{cum60}'을 떼는 방법을 묻기로 결정해버렸답니다. 어머님께서 질문

<hr>

60 '껌'과 비슷하게 '컴'이라 발음한다.

에 대한 답을 정확히 알고 계셔서 분위기는 한층 더 어색해지고 말았죠.

이런 기계적 결함이 있음에도 불구하고 토커를 사용하면 좋은 점도 있답니다. 예를 들면, 정말 짜증 나는 인간이랑 말 섞기 싫을 때 토커의 배터리가 다 닳은 척할 수 있어요. 제 말이 무례하게 들리나요? 아님 여러분도 기회가 생기면 저처럼 하실래요?

왜 이렇게 많은 사람이 장애인을 만나면 바보처럼 행동할까요? 대부분의 경우 일부러 의도적으로 그러는 것 같지는 않아요. 바보가 되고 싶은 사람은 없을 테고, 대부분의 사람들은 그렇게 되지 않으려고 노력하죠. 그런데도 그런 일들이 일어날 뿐이에요. 자신과 다른 누군가를 만났을 때 어떻게 행동해야 하는지 모르기 때문이겠죠.

우리 중 그 누구도 아니라고는 말 못할 거라 생각해요. 사람들은 그게 뭐가 되었든 간에 인간의 정상적인 상호 작용이라는 개념에 너무 익숙해져버린 까닭에 조금 다른 누군가가 나타나면 무척 당황하기 마련이에요. 남들이 하는 방식으로 의사소통을 할 수 없고 그래서 이해하기 어려운 사람은 낯선 존재일 겁니다. 보디랭귀지와 얼굴 표정과 같은 사회적으로 통용되는 비언어적 신호들을 얻지 못하기 때문에 이들을 어떻게 대해야 하는지 확신을 갖지 못하겠지요. 내가 적절한 말을 한 걸까? 제대로 눈 맞춤을 하고 있나? 조금 더 혹은 조금 덜 진지해져야 하는 건가? 더욱 오버해야 하는 타이밍인가?

어느 정도는 제가 상호 작용의 순간을 통제할 수 있기 때문에 더 유리한 위치에 놓이게 돼요. 상대방은 한 번도 이런 일을 겪어본 적이 없고 저는 일상에서 늘 경험하는 것이니까요. 십중팔구 사람들은 제가 주도하는 대로 따라올 수밖에 없기 때문에 저는 엄청나게 불리한 처지이면서도 우위를 점하는 위치에 서게 되죠.

그렇다고 해도 이런 일시적인 역전된 관계의 이점을 활용하는 방법을 제가 잘 알고 있다는 뜻은 아니에요. 상황이 좋을 때마저도 제가 이 세상에서 사회적 상호 작용에 가장 서툰 사람인 건 어쩔 수가 없거든요. 컨디션이 최상일 때도 마찬가지예요. 여러분은 무대 위나 TV에서의 제 모습(그러니까 유창한 말솜씨를 자랑하며 무대를 장악하는 쿨한 모습)만 보셨을 테니 잘 모르겠지만요. 어쨌든 현실에서 보이는 것이 전부는 아니잖아요. 여러분 모두 주변 사람들의 인간관계, 가족, 그와 관련된 모든 삶의 요소가 '행복하게 오래오래 살았습니다'라는 결말을 맞게 될 것이라고 생각하겠지요. 그건 어쩌면 당연해요. 그렇지만 제 경우에는 솔직히 여러분이 기대하는 것과 같은 삶을 살게 되지는 않을 것 같아요. 사실 저는 이미 망했거든요.

제가 아이를 기르는 모습을 상상할 수 있나요? 우선 간식 시간에 토커로 편하게 부르려고 아이에게 숫자 '일(1)'이라는 이름을 지어 줄지도 몰라요. 끔찍하게도 운이 좋은 이 아이에게 말을 가르쳐주는 건 꿈도 못 꾸고, 딸이든 아들이든 아마 자꾸 바닥에 떨어뜨리기나 하겠죠. 토커도 고장 내지 않고 관리할 자신이 없는데 육아의 책임이라니, 절대로 안 되는 거잖아요. 그래서 저는 지금 가진 것에 만족합니다. 말하고 싶은 요지는 어쩌면 저는 스스로에게 도움이 되지 않는다는 거예요. 저조차 저 자신을 평범한 사람으로 생각하지 않는데 어떻게 다른 사람들이 그렇게 대해주기를 기대할 수 있을까요?

주위 사람을 난처하게 만들지 않으려 전전긍긍하는 성향을 갖게 된 이유는 제가 영국인인 탓이 큰 것 같아요. 맞아요. 다소 극단적인 생각일 수도 있겠지만 우리 영국인들은 지나치다 싶을 만큼 자의식이 강하죠. 뭔가를 이해할 수 없을 때 너무 낭패스러운 나머지 인정하려 들지 않고, 과도하게 격식을 차리는 탓에 이해를 도와줄 질문도 하지 않아요. 대신 엉뚱한 말을 함으로써 전반적인 상황을 더 악화시키지요. 심지어 더 나쁜 경우는 '곤란하게 됐네. 조용히 입 다물고 있으면 빨리 지나가겠지' 이런 태도로 아예 아무 말도 하지 않는 거예요. 난처한 여러 문제상황은 꼭 영국인들의 특징을 그대로 가지고 있어서, 우리가 '장애인을 어떻게 대할 것인가'하는 사안을 두고 허심탄회하게 이야기할 수 없는 것은 당연합니다.

영국에서는 똑같은 말을 세 번 이상 반복해달라고 하는 경우가 없어요. 그저 다 이해한 것처럼 웃으면서 넘기고는 어찌어찌 잘 지나가기를 바라지요. 마트에서 한 번 마주친 친구와 또 마주치지 않으려고 진열대 뒤에 몸을 움츠리고 숨어 다니기도 하고요. 길을 잘못 들면 자기가 멍청해서가 아니라 휴대폰의 잘못인 양 먼저 인상을 찌푸려 전화기 화면을 한 번 노려본 후에야 도로에서 방향을 돌린답니다.

사무실도 있고 제대로 된 직장을 다니던 시절 로비에서 사람들을 맞이하던 직원분이 제 이름을 대니로 잘못 알고 있었어요. 언제나 그랬듯이 그냥 놔 두자, 싶었죠. 그러다 같은 일이 또 생겼어요. 그리고 다시 한 번. 또 한 번….

"좋은 아침이에요, 대니!"

"오늘은 기분이 어때요, 대니?"

"또 늦었네요, 대니."

그분은 무려 6년 동안 제 이름을 대니로 알았어요. 그게 다 제가 아니라고 정정하기를 껄끄러워 해서 그렇게 되어버린 거죠. 심지어 제가 퇴사할 때도 그분은 제 이름이 떡하니 인쇄되어 있는 롤링 페이퍼에 '행운을 빌게요, 대니.'라고 써 놨더라고요. 다른 사람들은 다 멀쩡히 제 이름을 썼는데도요. 저, 누가 나 좀 몰라본다고 기분 나빠하고 그러는 사람 아닌데요, 솔직히 그분은 제가 누군지 진짜 모르고 그랬을까요?

가끔 사람들의 실수를 바로잡아주지 않음으로써 난처한 상황이 오히려 지속되도록 만들어요. "도움이 필요하세요?" "네, 길 건너는 걸 도와주시면 좋겠어요." "뇌성마비를 안고 사는 게 어떤 기분이죠?" "오, 전혀 문제없어요, 고마워요." 저는 영국인이라 소란스럽게 굴지 않고 일을 그냥 조용히 처리하라고 교육받고 자랐거든요. 만일 사람들이 아이패드를 뺏어 가서 멀리 떨어져 무언가를 입력한다고 해도 내버려 둔다는 것을 의미하죠. 제가 말만 못 하는 게 아니라 귀도 안 들린다고 생각해서 그렇게 하더라고요.

이런 불편하고 어처구니없는 상황들은 전 국민이 충분히 교육을 받지 못했기 때문에 일어납니다. 사회에서 장애인들의 존재가 전보다 눈에 띄게 된 것도 불과 몇 년밖에 안 되었어요. 세간의 이목을 집중시킨 장애인,

가장 오랜 기간 대중의 관심을 받았던 장애인의 대표적 예로 스티븐 호킹을 들 수 있겠네요. 그 외에도 알제이 밋(《브레이킹 배드》에서 월터 주니어 역할을 했죠), 코미디언 프란체스카 마르티네즈(청소년 드라마 〈그레인지 힐〉에 출연해 스타덤에 올랐어요), 제임스 무어(최근 영국 드라마 〈에메데일〉에 출연했어요) 등 여러 사람이 있습니다. 이 세 사람을 특별히 언급한 이유는 최근 배역에서 그들의 장애가 거의 언급되지 않고 단지 TV 프로그램 속 하나의 캐릭터로만 등장했기 때문이에요. 우리가 바라기만 한다면 얼마나 많은 진전을 이루어 낼 수 있는지 보여주지요.

 이 인물들이 활동하기 이전에는 자기 목소리를 내는 장애인들이 거의 없었기 때문에, 이 사회의 일원으로 살아가는 장애인을 보지 못 한 채 성장한 세대가 존재합니다. 장애인에 대한 경험이 없는데 장애인을 어떻게 대해야 할지 잘 이해할 것이라고 기대하는 건 불공평하겠지요. 다른 소수 집단에 대한 견해가 수년에 걸쳐 변화한 것과 마찬가지로, 우선 장애인은 무턱대고 다르다거나 사회의 문젯거리라는 생각에서 벗어나야 할 거예요. 더 젊은 세대는 일상에서 장애인을 더 많이 접하고 그들이 완전히 평범한 삶을 영위하는 모습도 지켜보면서 성장하기 때문에 장애인을 만나더라도 눈 하나 깜짝하지 않고 자연스럽게 받아들일 수 있을 거라고 믿고 싶어요. 어쨌든 이후 세대는 장애를 더 잘 이해하고 수용하면서 성장하기를 바랍니다. 백 년 후 사람들은 이런 바보 같은 질문들이 있었다는 사실 그 자체로 놀랄지도 모르죠. 그러길 바랍니다.

초저녁부터 장애인 코미디언이 무대에 서는 것이 어딘가 보기 불편해 보이는 관객들을 직접 만나봤죠. '이거 웃어도 되나?' '마음 아파해야 하는 거 아닐까?' '이 사람 보호자는 대체 어디 있지?' 하지만 새벽이 다가올 때쯤 관객들은 모든 어색함과 사회적 긴장감을 잊고 저라는 한 코미디언의 개그를 그저 즐기고 있더라고요. 공연이 끝난 후 메서드 연기 아니었냐는 질문을 받았던 적도 있… 음, 굳이 더 말하지 않겠습니다. 그냥 세상에는 정말 못말릴 사람도 있다는 것만 아시면 될 것 같아요.

그래서 저는 더 많은 장애인 코미디언들이 코미디 클럽에서 공연 일정을 잡고, 축제에 출연하고, 텔레비전에 나오는 광경을 보고 싶어요. 그러니까 더 많은 장애인들이 긍정적인 관점에서 묘사되는 모습을 보고 싶은 거죠. 저는 (반짝거리는 메달을 거머쥐지 않는 이상) 대부분의 미디어에서 악마처럼 묘사하는 사회 집단의 일원이 되는 건 싫거든요. 미디어의 그런 태도가 장애인

혐오 범죄 증가의 원인이기도 하고요.

성공은 또 다른 성공을 불러옵니다. 장애가 있는 모든 아이가, 어른이 되어서 하고 싶은 것은 무엇이든 할 수 있다는 사실을 깨달았으면 좋겠어요. 하지만 그 아이들은 비슷한 처지에 놓인 다른 장애인이 목표를 달성하는 것을 봤을 때야 비로소 그 사실을 믿게 되겠지요. 코미디 프로는 이 부분에서 중요한 역할을 할 수 있습니다. 어려운 주제를 다루면서도 우리를 웃고 생각하게 만들 수 있는 완벽한 수단이죠.

채널4의 〈더 라스트 레그 The Last Leg〉[61]와 같은 프로그램이 장애를 바라보는 새로운 관점을 제시했지만, 여전히 갈 길이 멀다고 생각해요. 무대 위에서, 화면 속에서 장애인을 일상처럼 접해야만 사람들의 태도가 진정으로 바뀔 겁니다. 그래야만 장애인이 완전히 사회의 일부라고 느낄 수 있을 거예요. 코미디언으로서 제가 몸담은 분야가 사람들의 태도를 바꾸는 데 앞장서기를 바라고 있어요.

언제나 제 장애가 가져다주는 재미있는 일면을 보려고 했어요. 만일 제가 그걸 웃어넘기지 못 했다면 우는 수밖에 없잖아요. 그러니 저는 유머를 늘 하나의 방어 기제로 써 왔던 거예요. 저부터 저 자신을 보며 웃을

---

61 2012년부터 채널4에서 방영되는 토크쇼이며, 지체장애 코미디언 아담 힐스와 엘릭스 브루커 등이 출연하여 패럴림픽과 정치 및 기타 사회적 문제 등을 다룬다.

수 있다면 아무도 저를 비웃을 수 없다는 의미예요. 그것은 남들과 다르다는 것에서 오는 낙인을 없애는 데에도 도움이 되었어요. 이런 관점에서 보면 코미디를 통해 제 목소리를 찾았다는 사실은 그다지 놀라운 일도 아닐 겁니다.

맺는 말:
장애인의 목소리로 알려주는
일상의 비법들

지금 당장 언론에서 어떤 주제에 관해 장애인 당사자의 견해를 들어야 한다면 장담하건대 저에게 전화를 걸어 의견을 물을 거예요. 그렇게 하라고 누가 결정했는지는 몰라요. 저만 빼고 장애인들끼리 모여서 투표라도 한 걸까요? 저에게도 투표권이 있었다면, 저보다 훨씬 더 책임감 있는 사람에게 한 표를 던졌을 텐데 말이죠. 안 그래도 빈약한 어깨에 '장애인의 목소리'라는 타이틀까지 짊어지기에 저는 너무 별 볼일 없는 사람이거든요. 그렇지만 책임을 회피하는 그런 류의 인간도 아니다 보니, 전국의 장애인 주차증을 가진 모든 이를 대표해서 몇 가지 요청을 적어봤습니다.

다음 리스트는 그 무엇이든 되는대로 하루 빨리 금지

해야 합니다.

1. 단추. 악마가 만든 작품이죠. 특히 오줌이 마려운데 청바지 단추가 금방 안 풀릴 때, 정말이지 죽을 맛입니다. 이것 때문에 버린 리바이스 청바지가 몇 벌인지 몰라요. 해답은 바로…, 찍찍이! 50년대부터 우리와 함께한 찍찍이! 미래에도 찍찍이가 진리입니다.

2. 청바지. 청바지가 왜 필요하죠? 청바지가 무슨 쓸모가 있나요? 단추를 풀지 못하는 건 그렇다 치고 30분 넘게 고군분투하지 않으면 벗을 수도 없어요. 스타일은 포기해야 하지만 운동복 바지가 훨씬 입기 편한 건 사실이죠.

3. 신발 끈. 위의 찍찍이 부분을 참고하세요.

4. 횡단보도 카운트다운. 이게 저를 얼마나 불안하고 초조하게 만드는지 모르실 거예요. 보통 제가 도로를 절반쯤 건너면 카운트다운이 시작되는데, 마치 죽음의 순간이 임박했음을 알려주는 것 같아요.

5. 기립박수. 휠체어를 타고 있으면 그냥 바보가 되는 거죠.

6. 단단히 포장된 사탕. 요새 포장지가 붙어 있는 채로 스타버스트 과일맛 사탕을 먹기 시작했어요. 어쨌거나 먹는

게 우선이니까요.

7. 계단. 그냥 안 돼요.

8. 장애인 화장실 전용 열쇠. 그래요! 접근하기 쉬운 화장실이라면서 문을 열려면 마법의 열쇠가 필요하답니다. 저는 상태가 좋을 때도 열쇠로 문을 여는 데에는 재주가 없는데, 화장실이 급할 땐 어떻겠어요? 안에 들어가서 문을 다시 잠가야 한다는 사실은 말할 필요도 없고요. 문을 안 잠그면 불도 꺼져버립니다. 어둠 속에서 스위치를 찾은 다음에 또 청바지랑 30분 넘게 씨름해야겠죠. 그런데 궁금한 건 대체 왜 화장실 앞에 '장애가 있는'이라는 말[62]을 붙일까요? 화장실은 아무 장애가 없는데 말이에요.

9. 울퉁불퉁한 돌길. 휠체어를 타고 돌길을 따라가다 보면, 엉망으로 설계된 테마파크 놀이 기구를 타는 기분이 들어요. 그런 건 라이트워터 밸리[63]에만 가더라도 경험할 수 있어요. 장애인들이 아무 데도 가지 못 하게 할 요량으로 돌길을 깔아놓은 건 아닐까요?

10. 언덕. 모든 곳은 평평하고 걸어 다니기 쉬워야 하죠. 어이, 에든버러, 그래, 너 들으라고 하는 말이야.

---

62 장애인 화장실, disabled toilets를 직역하면 '장애가 있는 화장실'이라 부르는 셈이 된다.
63 영국 웨스트요크셔 주에 위치한 놀이공원.

11. 샤워 시설 대신 욕조가 설치된 호텔 내 장애인 지원 객실. 문도 널찍하고 침대도 낮고 비상 호출용 줄이 100만개쯤 있지만 정작 씻지를 못 하는데, 접근성 좋은 객실이 다 무슨 소용인가요? 혹시 저를 만났는데 저한테서 그다지 향기롭지 않은 냄새가 난다면 아마 이런 방에서 하룻밤을 보냈기 때문일 거예요. 냄새 때문에 좀 불쾌하셨다면 사과드릴게요.

12. 안내견. 시각장애인들은 자기 안내견을 데리고 다니는데 왜 저는 말하는 앵무새를 데리고 다닐 수 없는 거죠?

13. 새벽 3시에 상영되는 청각장애인용 TV 프로그램. 그 시간에 깨어 있는 사람은 우버 택시 기사 아니면 살인마뿐이죠. 둘 다 수어 방송의 애청자가 될 것 같진 않은데….

38년 동안 장애와 동고동락하며 살다 보니, 일상을 더 편하게 만들어주는 몇 가지 비결 혹은 요령을 익히게 되더라고요. 장애인으로 살아가기 위한 일종의 꿀팁 같은 건데, 저에게는 매우 요긴했어요. 책을 마무리하면서 그중 가장 괜찮았던 것들을 알려드릴게요.

1. 바지걸이를 활용하면 책을 펼쳐 놓을 수 있어요. 책을 읽을 때 계속 잡고 있기 어렵다면 바지걸이에 있는 집게로 집

어서 사람 대신 들고 있게 하면 돼요. 흥미진진한 이야기가 펼쳐지고 있는데 갑자기 책을 놓쳐버려 읽던 페이지가 어디인지 잊어버릴 염려는 안 하셔도 된답니다.

2. 이런, 뭔가를 떨어뜨렸는데 앞으로 고꾸라지거나 응급실로 실려 가는 일 없이 몸을 굽히기 힘드시죠? 이것도 걱정하실 필요 없어요. 해결책이 간단하거든요. 고데기를 이용해서 바닥에 떨어진 물건을 줍기만 하면 된답니다. 전원이 꺼져 있는지 꼭 확인하시고요.

3. 음료를 마실 때, 사이즈가 중요하다는 사실을 기억하세요. 다음번에 단골 카페나 패스트푸드점에서 주문할 때 컵 사이즈를 한 사이즈 크게 주문해보세요. 짜잔! 미디엄 사이즈 컵에 스몰 사이즈 양만큼 담겨 있으면 흘리지 않고 수월하게 옮길 수 있답니다.

4. 코미디언이라는 직업 특성상 항상 이동을 하기 때문에 휴게소에 많이 들르게 돼요. 심지어 가장 마음에 드는 곳이 어딘지 목록까지 만들었어요(1위는 티베이 휴게소랍니다). 아무튼 문제는 제가 이런 곳에서 나오는 패스트푸드를 잘 못 먹는다는 거예요. 얼마 안 되는 짧은 시간에 음식들을 목구멍으로 욱여 넣어야 하는데 휴게소 음식은 좀 질겨서 그게 힘들었어요. 그래도 해결책을 찾았죠. 편의점에서 간편식을 사서 어느 휴게소에서든 항상 쓸 수 있는 전자레인

지에 넣기만 하면 되거든요. 엄밀히 말하면 이유식을 데울 용도로 있는 거지만, 누가 알겠어요?

5. 물병은 필수품이에요. 친구들이랑 놀러 나왔는데 옷에 음료를 쏟거나, 제 음료를 내내 들고 있어줄 누군가가 필요하다는 사실이 지긋지긋했죠. 뭔가 효과적인 해결책을 고안해야 하는데 괜찮은 아이디어가 좀처럼 떠오르지 않았어요. 그러던 어느 날 친구가 체육관에 스포츠 물병을 가져가는 걸 보고 물병에 물만 담으라는 법은 없다는 생각이 들었죠. 이제 저는 어딜가든 빨대 물병을 챙겨 다녀요. 어떤 종류의 음료든 그 안에 붓기만 하면 되니까요.

6. 의수나 의족은 진창 술에 취했을 때 도움이 됩니다. 컵이 다 떨어졌을 때 친구의 의수나 의족이 술 담기에 제격이라는 것을 경험을 통해 배웠어요.

7. 식당에 앉아서 먹든 밖에 나가서 먹든, 음식은 항상 포장해달라고 주문해보세요. 테이크아웃 용기에 포장된 음식은 휠체어를 타거나 균형을 잡는데 어려움이 있더라도 훨씬 쉽게 옮길 수 있으니까요. 아니면 음식을 담을 수 있도록 봉투를 달라고 요청하는 것도 한 방법이에요. 적어도 먹다 남은 것을 싸달라고 할 필요는 없을 테니 식탐이 넘쳐나는 사람처럼 보이지는 않겠죠. 고맙다는 인사는 받은 걸로 할게요.

8. 스카프는 훌륭한 턱받이 역할을 합니다. 날씨가 어떻든 스카프나 그 비슷한 액세서리를 옷에 걸치는 건 도움이 돼요. 멋지게 유행을 따라가는 게 목적이 아니라, 엄청나게 실용적이기 때문이죠. 저는 저녁식사를 하러 나갈 땐 늘 스카프를 착용해요. 지저분해지면 그냥 벗으면 되고, 나머지 옷을 깨끗하게 지켜주거든요. 단점은 약간 찌질해 보일 수 있다는 거예요.

9. 이야기를 나눠보세요. 당신이 뭔가 고민이 있다면, 같은 장애를 갖고 있는 사람들만큼 훌륭한 조언자는 없어요. 비록 우리 모두 조금씩 다른 인생을 살지만, 누군가의 작은 비법이 다른 누군가의 삶을 변화시킬 수도 있지요. 저는 장애와 더불어 사는 방법을 전수해준 뇌성마비 장애인 동료들에게 늘 고마운 마음으로 살고 있어요.

감사의 글

이 책은 놀라울 만큼 인내심이 강한 트랜스월드 편집자 안드레아 헨리와 환상적인 팀원들, 특히 한나 브라이트와 앨리스 머피-필이 없었다면 나올 수 없었을 거예요. 이 글을 쓸 기회를 주셔서 정말 고맙습니다.

저의 이야기를 구체화하는 데 도움을 준 벤 톰슨에게 감사의 말을 전하고 싶습니다. 벤의 통찰력과 조언은 제 글쓰기에 말로 다 표현할 수 없는 도움을 주었어요.

오늘 이 자리까지 올 수 있도록 도와주신 앤드류 로치, 리 마틴, 그리고 소속사의 모든 분들께 감사해요. 여러분이 옳았어요, 〈브리튼스 갓 탤런트〉 오디션을 본 건 결과적으로 정말 좋은 생각이었어요!

마감일이 빠르게 다가올 때 침착하고 이성적인 목소

리를 들려준 출판 에이전트 다이애나 보몽에게 정말 고맙습니다. 또한 이 책을 쓸 수 있을 만큼 오랫동안 제가 주목을 받도록 도와준 폴 설리번에게도 매우 감사합니다.

저에게 밝은 미래가 있음을 깨닫게 해주셨고 저 자신을 믿고 나아갈 수 있도록 도움을 주신 포드 선생님, 프레이저 선생님 감사합니다. 그리고 당연하지만, 제가 터무니없는 꿈을 좇을 수 있도록 허락해준 가족들에게도 감사해요.

마지막으로, 처음 스탠드업 코미디를 시작할 수 있도록 저를 설득해준 네이선 우드에게 큰 감사를 표합니다. 네이선, 너에게 항상 마음의 빚을 지고 있어. 좋은 친구가 되어줘서 고마워.

로스트 보이스 가이를 옮긴 진짜 이유

2018년 6월 3일 저녁, 834만 명의 영국인이 TV 앞에 모여 앉았습니다. 열두 번째 〈브리튼스 갓 탤런트〉 우승자를 가리는 날이었지요. 이 무대에서 서 있는 것도 잘 못하고 말도 잘 못하는 한 남자가 무엇보다도 그 두 가지를 잘해야 하는 공연을 펼쳤습니다. 바로 스탠드업 코미디였어요. 어쩌면 그 사실 자체가 가장 웃긴 포인트였는지도 모릅니다. 그래서였을까요? 그날 로스트 보이스 가이는 가장 많은 실시간 투표를 받으며 우승 트로피를 거머쥐었습니다.

이 소식은 곧바로 지구 반대편 대한민국에도 타전되었습니다. 조금 이상한 기사 제목이긴 했지만요.

'언어장애 딛고 〈브리튼스 갓 탤런트〉 우승한 참가자' (한 소셜 뉴스 기사 제목)

저희 번역가들도 장애인으로 살아오며 우리 의사와는 무관하게 '장애 극복 스토리'의 주인공으로 포장된 적이 없지 않습니다. 하지만 이 기사 제목을 보는 순간, 기자가 로스트 보이스 가이에 대해 뭔가를 단단히 오해하고 있다고 확신했어요. 로스트 보이스 가이는 자신의 장애를 극복했다기보단 적극적으로 받아들였기 때문에 저 자리에 설 수 있었으니까요. 그래서 기회가 된다면 로스트 보이스 가이의 진가를 제대로 알리고 싶었습니다. 한국의 시청자들이 기사 제목만 보고 그저 그런 장애 극복 스토리로 오해한다면 로스트 보이스 가이가 너무 억울할 테니까요.

그러던 2020년 늦봄에 저희는 로스트 보이스 가이의 책이 출간되어 있다는 사실을 알게 되었어요. 우리동작장애인자립생활센터(이하 '우리동작')에서 '로스트 보이스 가이' 프로젝트가 시작된 순간이었습니다. 국내에서 유일하게 장애인 번역가 양성 과정을 운영하고 있는 우리동작은 이미 7년째 번역 과정을 운영하고 있었기 때문에 내부 역량은 충분한 상태였어요. 그 덕에 프로젝트가 닻을 올리자마자 즉각 번역 팀이 꾸려졌습니다. 이런 말을 하기는 쑥스럽지만, 번역 경험으로 보나 장애에 얽힌 스토리로 보나 화려한 번역 팀이었어요. 특히, 후자의 측면에서 더 그랬습니다. 저희는 장애를 갖게 된 계기도, 시점도, 장애 유형도 각자 다 다르거든요. 그만큼 이 책을 누구보다 풍부하고 깊게 이해할 거라고 예상했습니다. 드디어 로스트 보이스 가이가 누구인지, 왜 〈브리튼스 갓 탤런트〉에서 우승을 했는지 진실을 알릴 기회가 찾아온 것입니다.

순탄하지만은 않았던 번역 과정

하지만 호기로운 도전은 머지않아 막심한 후회로 바뀌었습니다. 첫째, 우리 중 영국의 사회문화적 배경에 통달한 사람은 한 명도 없었어요. 둘째, 우리같이 하루하루 열심히 살아가는 '모범' 장애인이 이 이상한 영국 남자의 개그 코드를 이해하는 데는 생각보다 많은 시간이 걸리더라고요. 셋째, 우리 중 누군가는 눈이 안 보이고, 누군가는 손을 못 쓰기 때문에 번역문을 컴퓨터에 입력하는 시간 자체가 엄청 오래 걸렸습니다. 이런 삼중고로 인해 조금 과장하자면 장애인 '학대'를 스스로 자행하는 지경에 이르렀지요. 심지어 1년 넘게 번역문과 씨름했지만, 솔직히 말해서 이 책을 출판할 수 있을지 의구심까지 들 정도였어요.

그럼에도 애초에 공동 프로젝트였기 때문에 이대로 포기할 순 없었습니다. 우리 우리동작 번역가들은 다시 몇 달에 걸친 토론과 다듬기 작업을 통해 계속해서 로스트 보이스 가이가 의도한 농담의 맛을 한국어로 살리기 위해 최선을 다했습니다. 그 과정에서 우리는 우리의 삶과 로스트 보이스 가이의 삶을 더욱 깊은 층위에서 비교해 볼 수 있었습니다.

놀랍도록 비슷한 장애인의 삶

서로 다른 나라에서 살아왔지만, 로스트 보이스 가이가 하고자 하는 말에 우리는 정확히 공감할 수 있었습니다. 예를 들면 이런 대목이에요.

> 물론, 우리가 호텔을 예약할 때마다 항상 호텔에선 '접근성 좋은' 객실을 원하는지 묻더군요. 그런데 이 질문을 들을 때마다 혼란스러워요. 도대체가 세상에 접근할 수 없는 방에 묵고 싶어 하는 그런 인간도 있나요? 본래 호텔 객실이라 함은 모두 접근 가능해야 하는 거 아닌가요? 아니면 제가 모르는 뭔가가 있는 거예요? 좀 더 도전적인 것을 좋아하는 손님들을 위해 모든 호텔에 '접근성이 나쁜' 층이 따로 있기라도 한 겁니까? -140쪽

모처럼의 즐거운 나들이에서 남들이 겪지 않아도 되는 불쾌한 일을 겪은 경험은 우리 번역가들에게도 모두 한 번씩은 있었습니다. 예를 들어 비싼 호텔 뷔페에 초대받아 갔는데 직원이 음식 서빙을 도와주지 않아 원치 않게 동행인을 고생시켰던 경험, 가족과 놀이공원에 갔다가 롤러코스터 탑승을 거부당한 경험 또는

친구와 함께 찾아간 식당에서 안내견이 있다며 쫓겨난 경험 등. 꼭 타인의 몰이해 때문이 아니더라도 즐거운 일을 하다가도 장애로 인해 재를 뿌리게 되는 경우는 정말! 아주! 많습니다. 로스트 보이스 가이는 정확히 그 지점을 뒤틀어 웃음으로 승화합니다. 특히, '너무 자주 묻는 질문들(TFAQ)'에서 나오는 이야기는 전부 뼈 때리는 이야기뿐이지요.

1장의 "장애인으로 사는 건 어떤 느낌인가요?"라는 질문은 대한민국에서도 "장애인으로 살다 보면 어떨 때 가장 힘든가요?"라는 질문으로 변주되어 반복적으로 장애인의 삶에 등장합니다. 질문의 동기는 정확히 같아요. 장애라는 게 어떤 경험인지 궁금한 비장애인들의 호기심이지요. 하지만 그것만큼 대답하기 힘든 질문은 없습니다. 솔직히 말해서 삶의 모든 부분이 조금씩은 힘들거든요. 그러고 보면 그건 모든 인간의 숙명 아닌가요?

2장의 "스티븐 호킹만큼 똑똑하신가요?"라는 질문은 또 어떻고요. 저희 중 한 명이 어려서부터 가장 많이 들은 질문은 "시각장애인은 남들보다 귀가 더 발달하지 않았나요?"라는 질문이라고 합니다. 그런데 그 질문을 들을 때마다 그는 너무나도 평범한 자신의 청력을 다시 한 번 확인하며 자괴감에 빠질 수밖에 없었다고 합니다. '왜 나는 눈도 안 보이면서 귀도 남들보다 더 좋지 않은 걸까?' 그 점에서 그가 청각이 뛰어난 극소수의 시각장애인 선배들을 원망했듯, 어쩌면 로스트 보이스 가이도 평생 스티븐 호킹을 원망했을지도 모르겠네요.

그런가 하면 9장에서는 "사람들에게 감동을 주는 존재가 되는 것은 어떤 기분인가요?"라는 질문에 답하면서 이런 언급도 합니다.

> 여기서 의문이 생깁니다. 패럴림픽 선수로 성공하는 것만이 장애인이 사회에서 인정받을 수 있는 길인가요? 만일 하루하루 입에 풀칠하기도 힘든 상황이라면 도대체 무슨 성공을 거둘 수 있을거라 기대하는 거죠? 정부가 장애인들을 상대로 거대한 헝거 게임을 하고 있다는 확신이 점점 더 들고 있어요. 나머지 장애인들이 시들어가고 죽어가는 동안 '최고의' 장애인 선수들을 찾아내려고 고안해낸 그런 게임 말이예요. '자립생활 기금' 폐지로 이미 우리 중 몇 명은 삶을 마감하고 걸러졌습니다. -260쪽

장애인이 불쌍해 보이거나 인간 승리를 한 존재처럼 감동적으로 보여야 정부와 사회로부터 인정받는다는 점은 영국도 마찬가지인 모양입니다. 그런 점에서 '감동적인 인물로 불리는 게 지겹다'는 로스트 보이스 가

이의 말에 무릎을 치며 공감합니다.

개그 본능을 깨우다

이 책을 옮기면서 머리를 싸매고 괴로워했던 순간도 많았지만, 항상 마음이 설레던 이유는 '이제부터 우리도 로스트 보이스 가이를 통해 장애에 관해 더욱 자유롭게 농담할 수 있겠다'라는 생각 때문이었습니다. 누가 뭐라고 해도 장애가 우리 정체성의 중요한 한 부분임은 부정할 수 없는 현실입니다. 그런데 그 현실보다 답답한 것은 우리가 우리 자신에 대한 이야기를 꺼내기만 하면 모두가 숙연해지는 그 숨 막히는 분위기입니다. 생각해 보세요. 당신이 외국에 나가 "저는 대한민국 사람이에요"라고 얘기하는데 갑자기 당신을 둘러싼 외국인들이 모두 정색하며 측은한 표정을 짓는다면… 과연 어떤 기분일 것 같으세요?

이 책을 내놓음으로써 세상이 발칵 뒤집히지는 않을 테지만 적어도 이 책을 읽는 분들만은 새로운 사실을 깨닫게 될 겁니다. 장애인들에게도 개그 본능이 있다는 사실을요. 당연한 얘기지만, 우리도 우리 삶을 즐길 권리가 있습니다. 어떨 땐 비장애인들이 우리의 개그 주제가 될 수도 있겠죠. 하지만 비장애인 독자 여러분도 너무 억울해하진 마시길. 장애 개그를 펼치는 무대에서만큼은 우리가 주인공이니까요!

2022년 10월,
우리동작《로스트 보이스 가이》
번역 팀을 대표하여
김헌용 씀

로스트 보이스 가이

지은이 리 리들리
옮긴이 김기택, 김민정, 김헌용, 박환수, 현지수
감수 최유정
편집 서미연
기획 피아바나나
디자인 책덕(김민희)
제작 공간
물류 탐북

1판 1쇄 펴낸날 2022년 11월 25일
펴낸곳 책덕
출판등록 2013년 6월 27일(제2013-000196호)
메일 dearlovelychum@gmail.com
인스타그램 @bookduck.kr
제보 이 책에 대한 감상 혹은 오탈자 제보 등은
　　　cafe.naver.com/bookduckdl에 남겨주세요.

ISBN 979-11-9737-682-5 03840

이 책에 쓰인 종이 (표지)아르떼 내추럴 210g (본문)프런티어 터프 65g
이 책에 쓰인 폰트 창원단감아삭체·산돌정체730·산돌카메오
　　　　　　　　산돌호요요·온고딕·프린텐다드·칠곡할매 이원순체
　　　　　　　　칠곡할매 이종희체

이 책은 우리동작장애인자립생활센터의 번역가 양성 과정의 지원을 받아 제작되었습니다. 또한 "로스트 보이스 가이" 텀블벅 프로젝트를 후원해 주신 분들 덕분에 무사히 출판할 수 있었습니다. 감사합니다.

※ 서점 거래 안내
책덕 출판사는 지역 곳곳에 있는 책방에서 독자들을 만나고 싶습니다. 작은 책방과의 직거래도 하고 있으니 munzymin@gmail.com으로 연락주시기 바랍니다.

ICE GUY